Auch junge Leoparden haben Flecken

1. Auflage 2022
© Ueberreuter Verlag GmbH, Berlin 2022
ISBN 978-3-7641-7121-6
Lektorat: Angela Iacenda
Umschlaggestaltung: Suse Kopp, Buchgestaltung
unter Verwendung eines Bildes von Angelina Bambina / iStock

Druck und Bindung: CPI books GmbH
Gedruckt auf Papier aus geprüfter nachhaltiger Forstwirtschaft.
www.ueberreuter.de

Andreas Brettschneider

Auch junge Leoparden haben Flecken

ueberreuter

I

Das dritte Schiff

Nur zwei Schiffe lagen heute vor der Küste. Gestrandet und unbeweglich ruhten sie genau dort, wo doch seit Jahren drei Schiffe gelegen hatten: Im Süden von Hafun, dort, wo der Wolf sein Maul hatte, wie man bei uns sagte. Ich lebte an der Küste einer kleinen Insel im Norden Somalias. Und unsere Insel sah auf einer Karte eben wie der Kopf eines Wolfes aus. Sein Blick war auf das Festland gerichtet und die Alten behaupteten, dass er mit Sorge auf unser Land schaute. Jeden Tag ging ich auf dem Weg zur Schule diesen Strand entlang. Die Sandalen trug ich immer in der Hand, um den heißen Sand unter meinen Füßen zwischen den Zehen zu zerdrücken. Dann ging es über eine Sandbrücke, den Tombolo, zum Festland. Und an jedem dieser Tage sah ich diese großen, verrosteten Schiffe, die meine Schwester Amina und ich »die drei großen Toten« getauft hatten. Denn sie waren verlassen und leblos, und sie waren ganz sicher genauso tot dort angespült worden wie alles andere, was bei uns seit Jahren an Land kam: Halbe Fische, Seeschildkröten und alles andere, was die Hochseefischer nicht brauchen konnten.

»Was sie in Europa nicht brauchen können«, ergänzte Vater immer. Dabei waren es nicht nur Italiener oder Griechen oder

5

was weiß ich, die mit ihren riesigen Industrieschiffen dafür gesorgt hatten, dass es für die Fischer aus unserem Dorf in der See nichts mehr zu holen gab. Aber für Vater waren das alles die Europäer. Einmal hatte ich ganz weit draußen auf dem Meer so einen Kutter gesehen, das war vor ungefähr fünf Jahren, als mein großer Bruder Aayan noch bei uns war. Er hatte auf den Horizont gezeigt und gesagt: »Schau, Geedi, die holen unsere Zukunft aus dem Meer.« Lebendige Fische wurden bei uns in Hafun schon seit Ewigkeiten nur noch selten gefangen. »Verkaufe dein Boot und werde Fischer«, hieß es bei uns. Dann konntest du den Strand nach dem absuchen, was das Meer wieder auswarf und noch genießbar war. »Wir fressen ihre Reste. Wie die Hunde«, sagte Vater, wenn wir auf der kleinen Steinmauer vor unserem Haus saßen und sehen konnten, wie die Frauen und Kinder mit Körben die Bucht auf und ab gingen. Dabei biss er sich auf die Lippen und rauchte dann still seine Zigarette. Die drei großen Toten – sie hatten jetzt vier Jahre lang rostig vor unserer Bucht gelegen. Und nun war einer von ihnen einfach fort: Der mit dem blauen Rumpf, der zwischen dem grauen und dem roten gelegen hatte. Wie konnte das gehen?

»Der blaue Tote ist weg!«, rief ich, als ich auf unser Haus zugelaufen kam. »Amina! Komm, das musst du sehen! Der blaue Tote ist verschwunden!« Amina sprang sofort aus dem Haus. Ich warf meine Tasche auf die Erde, als meine Schwester mich im Laufen gleich an der linken Hand fasste und mit sich riss – sie wollte sofort hinunter zum Strand, um zu sehen, ob es wirklich wahr sein konnte.

»Halt! Jetzt wird erst gegessen«, rief uns Mutter hinterher, also blieben wir stehen und drehten uns enttäuscht zu ihr um.

»Aber Mutter, der blaue Tote ist verschwunden«, riefen wir beinahe gleichzeitig. Mutter verstand nicht und sagte: »Der ist nach dem Essen noch genauso verschwunden. Kommt jetzt erst einmal rein und esst.«

Widerwillig folgten wir ihr ins Haus, setzten uns in der Küche an den Tisch und schaufelten das Baasto in uns hinein, als gäbe es kein Morgen. Ich liebte diese Spaghetti. Mutter machte das beste Baasto in ganz Hafun. Normalerweise konnte ich schon vom Strand aus die Gewürze riechen, den Koriander und den Kreuzkümmel, und ich lief schneller und schneller. Dabei hoffte ich immer, dass wenigstens drei Stücke Fleisch in der Soße sein würden und konnte es nie erwarten, endlich zu Hause zu sein. Doch heute war es mir egal. Es musste schnell gehen mit dem Essen, damit wir nur bald wieder loslaufen und die Stelle anschauen konnten, an welcher der große, blaue Tote jetzt nicht mehr war.

»Wer ist verschwunden?«, fragte Vater, der nun in der Tür stand, und Mutter ermahnte uns streng: »Das ist kein Grund, das Essen so herunterzuschlingen!«

»Der blaue, große Tote«, murmelte ich mit vollem Mund, und Mutter ermahnte mich wieder: »Iss nicht mit vollem Mund!«

Wir lachten alle, sodass uns das Essen aus dem Gesicht fiel. Das passierte Mutter immer, wenn sie sich bemühte, eine strenge Mutter zu sein. Und wenn sie dabei scheiterte. Sie war selten streng und scheiterte oft, wenn sie es doch versuchte. Dabei wollte sie es nur den anderen Müttern in Ha-

7

fun gleichtun. Und diese wollten es ihr gleichtun. Auf dem Markt konnte man ihnen zuhören, wenn sie sich gegenseitig erklärten, wie es zu Hause mit den Kindern zuging: Eine war strenger als die andere. Ich war fest davon überzeugt, dass keine der anderen Mütter wirklich strenger gewesen wäre als meine. Sie redeten es sich ein, ein richtiger Wettbewerb war das, doch am Abend zu Hause scheiterten sie ganz sicher alle genauso wie meine liebe Mutter. Ihr Name war Kilala. Das bedeutete »eins mit den Katzen«, und genau so wäre sie auch gerne gewesen. Unabhängig wollte sie sein und eigensinnig. Einmal hatte sie zwei Tage lang nicht mit Vater gesprochen. Sie hatte sich wieder einmal grundlos wegen etwas Sorgen gemacht und Vater sagte dann zu ihr: »Kilala! Den völlig falschen Namen haben deine Eltern dir gegeben – ›eins mit den Schafen‹, das wäre besser gewesen.« Mutter schmollte und Vater lachte ihr Schmollen einfach so lange weg, bis es ganz verschwunden war. Länger als diese zwei Tage hatte sie es noch nie ausgehalten – meist konnte sie sich schon nach wenigen Stunden nicht mehr gegen Vaters Gutmütigkeit wehren. Denn eigentlich war sie selbst gutmütig, auch wenn sie oft so streng tat. Sie liebte meinen Vater, und Vater liebte sie. So einfach war das.

Wir lachten und aßen weiter, während Mutter schmollte. Schließlich fragte Vater noch einmal: »Wer ist jetzt verschwunden?«

»Der große, blaue Tote«, sagte Amina laut, so als wäre Vater nicht ganz bei der Sache, weil doch eigentlich völlig klar war, was wir gemeint hatten. Sie musste es einfach noch einmal und lauter sagen, damit er endlich verstand. Und Vater verstand.

»Der große, blaue Tote also …«, sagte er. Plötzlich war er ganz still. Er ging zum Fenster und versuchte, in der Bucht etwas zu erkennen. Wir schauten ihn an, wie er nachdenklich aus dem Fenster auf die Küste starrte. Eine ganze Weile stand er so da, dann drehte er sich zu uns herum, schaute erst Amina und mich an, dann Mutter, und schließlich sagte er: »Er war das. Er hat das getan.«

»Wer war was?«, fragte ich mit vollem Mund, doch Mutter schaute nur leise in den Himmel, und auch Vater blieb stumm. Ich schaute Amina an, aber auch sie verstand nicht, was hier vor sich ging.

»Geht schon, ihr zwei«, sagte Vater schließlich, »es ist aufgegessen.«

Ich nahm Amina an die Hand und wir liefen hinunter zur Küste, um uns die zwei großen Toten und den fehlenden dritten anzuschauen. Wir rannten und schwenkten unsere Arme, wir stolperten über unsere eigenen Füße aus dem Ort hinaus, vorbei an den grünen Sträuchern und dann über den Sand. Als wir schließlich am Strand standen, breitbeinig, die Füße in den Sand gestemmt, und ungläubig das graue und das rote Schiff anstarrten, hatte auch ich plötzlich das schlechte Gefühl unserer Eltern. Hier war etwas nicht in Ordnung. Der fehlende große Tote hatte etwas zu bedeuten. Nur was war das?

Es waren wenigstens zweihundert Meter ins Meer hinein bis zu der Sandbank, an der die Schiffe lagen, und trotzdem hätte ich jedes von ihnen bis ins kleinste Detail beschreiben können, nachdem ich sie schon so lange und so oft angeschaut hatte. Wenn ich die Augen beinahe ganz schloss, war auch das fehlende Schiff wieder da. Zwischen den beiden anderen konnte ich es sehen: Die hellblaue Farbe des Rumpfes, die rot-braunen Roststreifen, die von oben nach unten liefen und die wie ein kleines, umgedrehtes Gebirge aussahen, mit spitzen Gipfeln, die nach unten zeigten. Am hinteren Teil hatte das Schiff einen Aufbau, das Führerhaus, in dem der Steuermann gestanden haben musste. Braun lackiertes Metall, ein weißes Dach. Auf den Seiten am Bug stand in Weiß der Name des Schiffes: Yusra. Das bedeutete »Erfolg«. Traurig hatte ich den Namen immer schon gefunden, ich meine, für ein gestrandetes Schiff, das über Jahre in der Sonne und der Gischt verrotten sollte. Wie war es überhaupt hierhergekommen? Ich konnte mich nicht erinnern. Irgendwann waren es eben drei Schiffe gewesen. Und heute waren es wieder nur zwei. Vielleicht war es ja jetzt irgendwo auf dem Meer und suchte genau den Erfolg, den sein Name ihm versprochen hatte.

»Meinst du, es war Aayan?«, fragte Amina plötzlich.

»Was? Das mit dem großen Toten? Nein, Aayan ist schon lange fort«, sagte ich, »er ist zu den Piraten gegangen, und wahrscheinlich ist er tot.«

»Sag das nicht!« Amina schaute mich böse an.

»Na, aber sonst hätten wir doch irgendwann einmal etwas von ihm gehört. Aber es gab nichts, Amina, nicht einmal Gerüchte. Vergiss Aayan«, sagte ich.

»Aber das dritte Schiff«, erwiderte Amina, »das war auch schon tot. Und jetzt ist es wieder auf hoher See.«

»Wer weiß«, sagte ich, »vielleicht treibt es auch nur auf dem Meer und weiß nicht, wohin es soll.«

»Dann ist es doch trotzdem nicht tot.« Amina gab nicht nach. »Oder weißt du, wohin du sollst?«

»Ich weiß nicht«, sagte ich.

»Eben. Und doch lebst du.«

Meine kluge, kleine Schwester, dachte ich. Manchmal fand ich es ungerecht, dass meine Eltern sich die Schule nur für einen von uns beiden leisten konnten, und dass die Wahl ausgerechnet auf mich gefallen war. Sie war so schlau, und doch ging ich in die Schule, während sie bei den Vorbereitungen für die großen Feste helfen musste, die Mutter für die Großen und Wichtigen des Majerteen-Clans regelmäßig veranstaltete. Die hatten hier das Sagen, also brachten uns die Feste Geld – für das größte Haus in Hafun, für Kleidung, Nahrung und für meine Schule. Ich hatte einfach Glück: Das Glück, als Junge geboren worden zu sein. Ich hätte dumm wie ein Bündel Khat sein können oder sogar so dumm wie einer, der schon jahrelang auf diesem Zeug herumgekaut und jetzt ein Hirn so groß wie eine Dattel hatte. Trotzdem wäre ich in die Schule gegangen und Amina hätte Mutter geholfen. Gut, es war unsere Tradition. Die war wichtig, das sah ich ja ein. Und doch fand ich es manchmal nicht gerecht. Außerdem wäre ich auch gern zusammen mit Amina den Strand entlang über den Tombolo zur Schule gegangen.

»Geedi, du bist mit dem Kopf wieder in den Wolken«, sagte Amina jetzt und schaute mich an.

»Es tut mir leid«, sagte ich und sah, wie sie mich anlächelte.

Sie war schon immer viel zufriedener mit der Welt gewesen, als ich es war. Wir schauten wieder auf das Meer hinaus, und Amina fragte: »Meinst du, mit einem Fernglas könnten wir den Blauen noch irgendwo sehen?«

»Nein«, sagte ich, »ich glaube nicht. Der Blaue ist weg.«

»*Er hat das getan …*«, wiederholte Amina Vaters Worte und überlegte. »Wen hat er sonst damit gemeint, wenn nicht Aayan?«

»Ich weiß es nicht, und er wird es uns ganz sicher nicht sagen.«

»Komm, wir gehen wieder heim«, sagte Amina nach einer Weile, »ich muss für Mutter zum Markt gehen, und du hast doch sicher noch Hausaufgaben zu machen.«

»Die könntest du viel besser als ich.«

»Natürlich!«, lachte sie und boxte mir auf die Schulter, »aber du kannst sie auch.«

Am Abend saß Vater auf der kleinen Steinmauer vor unserem Haus. Er rauchte und starrte noch immer in die Dämmerung auf das Meer. Wir saßen oft zusammen dort und ich erzählte ihm von meinem Tag. Heute setzte ich mich zu ihm und wartete ab, ob er vielleicht etwas sagen wollte. Doch er sprach kein Wort, also saßen wir lange so da und schauten gemeinsam auf die See. ›Er war das.‹ Ich erinnerte mich wieder an seine Worte und fragte mich, ob Amina wohl recht hatte. Hatte Aayan wirklich etwas mit dem Verschwinden des blauen Toten zu tun?

»Warum werden so viele von uns Piraten?«, fragte ich Vater schließlich, auch wenn ich ahnte, dass er mir wieder das sagen würde, was er immer zu sagen hatte, wenn es um die Piraten ging, denn er verachtete die Piraten: Wir hätten es doch verhältnismäßig gut hier in Puntland, würde er sagen, im Vergleich zu dem Wahnsinn, der im Süden Somalias vor sich ging. Denn wir waren hier recht sicher, die Soldaten der Al-Shabaab-Rebellen hatten hier nichts zu suchen. Und wenn man sich genug bemühte, konnte man auch hier etwas erreichen und das Land verändern, würde er sagen. Und dass es gar nicht mutig war, Pirat zu werden, dass Piraten Feiglinge waren, die sich für ein paar lumpige Dollar um die Verantwortung für ihr Land drückten. All das würde er mir wieder einmal erklären. Am Schluss würde er, wie immer, meine Hände nehmen, mir tief in die Augen schauen und sagen: »Versprich mir, dass du niemals … niemals zu den Piraten gehst. Du musst es versprechen!« Und ich nickte stumm. Damit hatte ich jetzt wieder zu rechnen. Ich bereute die Frage schon, als ich sie stellte.

Doch dann schaute er mich mit großen, traurigen Augen an und sagte: »Wir vermissen Aayan so unglaublich, Mutter und ich.« Dabei wischte er sich durch das Gesicht, dann legte er die Hand auf meine Schulter: »Weißt du? Ein halbes Jahr nachdem er zu den Piraten gegangen war, tauchte plötzlich dieses blaue Mutterschiff vor unserer Küste auf. Nichts hatten wir von ihm in diesem halben Jahr gehört. Mutter betete, dass es sein Werk war, dass er lebte und dass er bald zurückkehren würde. Doch das erste Jahr verging, und auch das zweite, so wie all die Jahre vergingen. Ich sollte dir das alles gar nicht sagen, damit du nicht, genauso wie Mutter und ich, der falschen Hoffnung folgst, Aayan könnte noch leben. Aber als ich heute mit eigenen Augen sehen konnte, dass das blaue Schiff verschwunden war, da wusste ich: Dein Bruder lebt. Ich weiß, es ist eine Träumerei – ein Schiff ist verschwunden, das ist alles. Aber so, wie ich weiß, dass Allah existiert, so sicher wusste ich auch in diesem Moment, dass Aayan zurückkommt.« Er wischte sich wieder mit der Hand durch sein Gesicht.

»Aber warum weinst du dann, Aabaha?«

»Weil ich glücklich bin. Und unglücklich.«

»Wie geht das?«

»Ich bin glücklich, weil das Gefühl so wunderbar ist und weil ich mir so sicher bin. Und unglücklich bin ich, weil ich weiß: So sicher darf ich mir gar nicht sein.«

Ich sah ihn fragend an.

»Weil es uns umbringen würde, Mutter und mich, wenn es wieder eine verlorene Hoffnung wäre.«

Ich umarmte ihn und hielt ihn lange fest, bevor ich in mein Zimmer ging. Vater verachtete die Piraten nicht. Außerdem wusste er genau, dass es nicht nur um ein paar lumpige Dollar ging. Hunderttausende von Dollar konnte ein Pirat verdienen, wenn er gut war, so erzählte man sich. So wie der legendäre Nidar. Er war der größte Pirat aller Zeiten, so hieß es. Über zwanzig Frachter hatte er schon gekapert. Dabei hatte er nicht einen Menschen getötet, und auch Geiseln hatte er nie genommen, so wie es viele andere taten, weil das Lösegeld viel mehr einbrachte als nur die Beute. Nein, Nidar war ein Ehrenmann, und bislang war es niemandem gelungen, ihn zu fangen. Er war wie ein Gespenst, daher nannten sie ihn auch den *Geist von Aden*, und die Leute sagten, er wäre sogar noch größer als damals in Europa Henry Morgan. Der war eine

Legende, von der man sich selbst bei uns hier in Puntland noch heute erzählte. Nein, Vater hasste die Piraten nicht. Das dachte er sich alles aus, denn er vermisste Aayan so sehr. Und mir fehlte er auch.

2
Über alles, was du siehst, denke nach

Eine Woche war nun vergangen, seitdem das blaue Schiff verschwunden war, doch Aayan kam nicht. Vater hatte seit dem Abend auf der Steinmauer kein Wort mehr gesprochen. Und Mutter? Sie weinte die ganze Nacht hindurch, und tagsüber bereitete sie wie ein Uhrwerk das Essen zu. Sie hielt das Haus sauber, versorgte die Tiere. Aber leblos war sie – Kummer und Arbeit, sonst war nichts mehr. Ich dachte daran, wie es war, als Aayan plötzlich verschwunden war. Ich war ja gerade einmal elf Jahre alt gewesen, doch ich erinnerte mich noch genau: Den einen Abend ging ich schlafen, so wie immer. Es war ein schöner Tag gewesen. Aayan war am Abend sogar ein wenig mit Amina und mir auf der Straße gewesen, wir hatten Ball gespielt. Das tat Aayan sonst nie, denn er durfte schon mit den Männern aus Hafun zusammensitzen. Sie diskutierten viel und tranken Tee. Doch an diesem Abend spielte er mit uns. Er war wieder mein großer Bruder, so wie früher. Überglücklich ging ich schlafen, und am Morgen war er einfach fort. Ich konnte es nicht begreifen und niemand wollte es mir erklären: Wie konnte er einfach so verschwinden? Wie konnte er plötzlich nicht mehr da sein, wo er doch gestern noch gelacht hatte, als ich ihm den Ball abnahm? Damals war es wochenlang genau dasselbe gewesen wie heute. Mutter weinte in der Nacht, Vater schwieg. Und ich – ich vermisste ihn jetzt auch wieder genauso schlimm wie an dem Morgen, an dem ich in das Wohnzimmer kam und er nicht dort saß, wo er sonst immer gesessen hatte.

Darum war ich froh, heute in die Schule gehen zu können, weil ich wenigstens ein paar Stunden am Tag abgelenkt war. Ich musste Mutter und Vater nicht dabei zusehen, wie sie litten, auch wenn das bedeutete, dass ich Amina damit allein ließ.

Auf dem Rückweg von der Schule legte ich meine Tasche auf einen Felsen am Meer. Ich mochte noch nicht heimgehen, also setzte ich mich in den Sand und schloss die Augen beinahe ganz: Die drei großen Toten konnte ich jetzt wieder verschwommen im flackernden Sonnenlicht sehen, das Meer war eine ganz ruhige, riesige und türkis-blaue Masse hinter dem schimmernden weißen Sand. Der Wind kam von der See, wehte die salzige, kühle Luft durch mein Gesicht, durch meine Haare.

Da bewegte sich etwas auf der Yusra. Nur kurz. Es war etwas Weißes, das für einen kleinen Moment hinter dem braunen Führerhaus hervorschaute und dann wieder verschwand. Konnte das sein? Ich kniff die Augen noch ein bisschen weiter zusammen, und dann noch ein bisschen …

Plötzlich stand ich mit den Füßen im Wasser.

»Ich habe einen! Hier, schau!«, rief ich nach hinten, und da stand Aayan und riss stolz die Arme in die Luft, bevor er zu mir hergelaufen kam. Wir legten den Fisch in einen Eimer, und Aayan drückte mich mit dem rechten Arm an sich. Mit der linken Hand wühlte er durch meine Haare und sagte: »Gut gemacht, großer Mann, dein erster Fisch!« Sein Hemd strahlte hell in der Sonne und er lachte laut. Wir lachten beide und hielten den Eimer wie einen Pokal in die Luft. Dann lief ich, so schnell ich konnte, nach Hause, um Mutter davon zu berichten, während Aayan mir folgte und den Eimer mit meinem ersten Fang trug. Er war sicher bei ihm, darüber musste ich mir keine Sorgen machen. Auf halbem Weg zu unserem Haus blieb ich jedoch stehen und drehte mich um: Aayan war verschwunden. Auch der Eimer war fort.

»Komm zurück, Aayan! Wo bist du?«, rief ich, als ich wieder aufwachte. Ich sah mich um, doch da war niemand. Damals, als Aayan noch bei uns gelebt hatte, war es fast genauso passiert wie jetzt in meinem kurzen Traum: Ich hatte einen Fisch gefangen und wir waren nach Hause gelaufen. Nur folgte mein Bruder mir bis nach Hause und zeigte Mutter stolz meinen ersten Fisch, den wir am Abend über der Feuerstelle garten. Damals hatten wir keine Hemden getragen, nur T-Shirts mit großen Löchern darin. Doch wir waren an den Strand gegangen, wie wir es oft getan hatten. Mein erster Fang war das, und mein großer Bruder war stolz auf mich gewesen. Jetzt war der Strand menschenleer. Nur Sand und Plastikmüll, ein altes Fass, das schon halb im Sand versunken war, und Wellen, die kurz aus dem Meer kamen und sich wieder dorthin zurückzogen. Auch die Yusra war verschwunden. Ich schaute wieder hin, schloss die Augen halb, bis ich sie wieder sehen konnte.

Doch sosehr ich mich auch konzentrierte, da war niemand. Gar nichts bewegte sich auf dem Schiff, da brauchte ich mir nichts vorzumachen. Und selbst das Schiff stellte ich mir ja nur vor. Doch ich war sicher, dort jemanden gesehen zu haben. Ich war ganz sicher, Aayan dort gesehen zu haben, so sicher wie … na ja … wie Vater sich vor drei Tagen sicher gewesen war, dass mein Bruder zurückkommen würde. Ich stand auf, klopfte mir den Sand aus den Kleidern und hängte mir meine Schultasche um. Langsam ging ich weiter, blickte aber immer wieder zurück zur Yusra und kniff die Augen zusammen. Vielleicht war Aayan ja doch noch einmal zu sehen. Doch da war nichts mehr.

Am liebsten hätte ich Vater und Mutter gleich erzählt, was ich gesehen hatte. Es war doch ein gutes Zeichen, oder nicht? Und sie könnten wieder Hoffnung haben, endlich wieder lachen. Doch ich wusste, sie würden mir nicht glauben. Ich hatte nur wieder den Kopf in den Wolken. Und selbst wenn sie mir glauben würden, dürfte ich ihnen trotzdem nicht davon erzählen – es wäre ein Verbrechen, da war ich mir sicher. Niemals würden sie mir verzeihen, wenn es dann doch nichts zu bedeuten hatte. Wenn ich ihnen wieder eine falsche Hoffnung machen würde. Das musste mein Geheimnis bleiben.

Als ich in den Weg zu unserem Haus einbog, wehte ein kräftiger Wind durch Hafun. Der heiße Staub und der Sand der Straße brannten in meinem Gesicht. Jeder Schritt schien mir länger und schwerer zu sein als der ganze restliche Weg zur Schule. Langsam arbeitete ich mich die Straße herauf, vorbei an den Holzhäusern, in denen die meisten hier wohnten. Wir waren eine von drei Familien im Ort, die ein Haus aus Stein und Beton gebaut hatten. Der Geruch von Rauch aus den Feuerstellen drang aus den Häusern und vermischte sich mit dem Sand in der Luft. Es war der Geruch meiner Straße: Der Rauch, der Sand, der Staub und die Gewürze. Es brannte in meinem Gesicht, also schloss ich die Augen und drehte den Kopf zur Seite. Da war ein Lachen im Wind. Es war deutlich zu hören und es kam aus unserem Haus. Träumte ich schon wieder? Vermutlich war auf dem Schiff ja auch niemand gewesen. Das Schiff selbst war ja schon nicht echt. Und Lachen in unserem Haus? Das konnte nicht sein. In unserem Haus wurde nicht gelacht. Schon seit einer Woche nicht. Doch je näher ich kam, desto lauter und deutlicher konnte ich es hören. Es waren viele Stimmen zu hören, lautes Lachen und Gläser, die klirrten. Da war Vaters Stimme, das konnte ich jetzt genau erkennen, und Amina quiekte, so wie sie es tat, wenn ich sie kitzelte. Das war keine Einbildung. Diesmal nicht. Ich lief schneller. Was ging bei uns zu Hause nur vor sich? Als ich um die Ecke bog, konnte ich nun sehen, dass vor unserem Haus die Kinder aus dem Dorf aufgeregt herumsprangen. Die Frauen standen auch davor und diskutierten laut.

»Unglaublich!«, hörte ich Vater lachen, als ich zur Tür hereinkam und meine Tasche in die Ecke warf. Ich stürmte in die Küche und begrüßte Mutter.

»Was ist denn hier los?«, fragte ich.

»Geh schon ins Wohnzimmer«, sagte sie gut gelaunt, während sie an der Feuerstelle Tee kochte, »und schau selbst nach!«

Normalerweise würde ich zuerst die Hose ausziehen und mir den Macawis umwickeln – ich mochte Hosen nicht so sehr, denn sie waren viel zu warm und eng. Doch wenn man in die Schule ging, musste man Hosen tragen. Für einen Hosenwechsel war jetzt aber keine Zeit. Gespannt lief ich ins Wohnzimmer. Auf dem Boden saß Amina, auf den Stühlen und dem Sofa saßen die Männer aus dem Dorf. Sie alle hörten zu, was Vater zu sagen hatte – Vater und ein Mann, der beinahe wie mein Bruder Aayan aussah.

Stärker und größer war er. Er trug eine hellbraune Stoffhose, ein weißes, gebügeltes Hemd, und seine nackten Füße steckten in Leinenschuhen. Eine goldene Armbanduhr glänzte am Handgelenk, und an jeder Hand trug er drei große, goldene und silberne Ringe. Das war nicht mein Bruder, wie ich ihn kannte, aber er war es. Er war tatsächlich zurück und machte eine heile und glückliche Familie aus uns, indem er einfach am Wohnzimmertisch saß, auf dem Platz, an dem er früher immer gesessen hatte. Indem er den Tee trank, den Mutter hereinbrachte. Indem er … einfach wieder da war. Ich konnte es nicht glauben und riss die Augen weit auf, so als könnte er gleich wieder verschwinden, wenn ich sie schlösse. Ich musste sicher sein, dass ich nicht wieder träumte.

»Geedi! Was schaust du mich denn so an?« Die Männer hatten mich jetzt bemerkt, und Aayan sprang vom Sofa auf.

»Ist das zu glauben?«, rief Vater. »Es ist wirklich wahr!«

Aayan riss mich an sich und hob mich in die Luft. »Mensch, Geedi, du kleiner Kameltreiber!«, rief er. Erst jetzt begriff ich und konnte mich bewegen. Meine Arme flogen um seinen Körper und pressten ihn so fest an mich, als könnte ich mich in ihn hineindrücken, damit wir eins würden und nichts auf der Welt uns wieder trennen würde.

Tränen flossen mir über das Gesicht, verschmierten sich mit dem Staub der Straße, und Aayan wischte mir mit seinen großen Händen über die Wangen, als er mich wieder abgesetzt hatte.

»Ach, Geedi, das ist doch schön, wieder bei euch zu sein. Was gibt es denn da zu weinen?«

»Gar nichts«, sagte ich nur und drückte ihn noch einmal an mich. »Seit wann … wo warst du denn … wie …?« Ich wusste nicht, was ich ihn zuerst fragen wollte. Siebzehn Münder hätte ich gebraucht, um alle Fragen gleichzeitig zu stellen. Vier Jahre hätte ich gebraucht, um zu erfahren, wie es ihm ergangen war. Und das Maul eines Hais hätte ich gebraucht, um ihn zu fragen, warum er uns allen nur so großen Kummer bereitet hatte. Sicher schrieb man nicht am Wochenende mal einen Brief, wenn man Pirat geworden war, das wusste ich schon. Aber in vier Jahren hätte Aayan uns doch wenigstens ein einziges Mal ein Zeichen senden können, dass er lebte und dass es ihm gut ging. Mutter und Vater hatten mir so sehr leidgetan, und nun freuten sie sich auch so sehr wie ich.

Den ganzen Abend erzählte Aayan von seinen Erlebnissen. Die Männer hörten zu, sie fielen ihm ins Wort, erzählten ihre eigenen Geschichten aus Hafun, die natürlich viel langweiliger waren, die niemand hören wollte. Doch die älteren Männer, die im Dorf großes Ansehen genossen, hatten das Recht, auch ihre Geschichten zu erzählen. Also hörten wir geduldig zu. Amina und ich saßen still auf dem Boden. Auf der

Ecke unseres Teppichs saß ich, strich mit der Hand über die kühlen, blauen Bodenkacheln und wartete artig, bis die Männer fertig waren und Aayan endlich weitererzählte. Zu gern hätte ich auch etwas gefragt. Jede seiner Geschichten hätte ich am liebsten sofort mit Amina diskutiert. Doch wir Kinder hatten still zu sein, wenn wir die Geschichten der Männer hören wollten – Vater hätte mich sofort hinaus zu den Frauen in die Küche geschickt, wenn ich hineingerufen oder sogar selbst etwas erzählt hätte. Also lauschten wir gespannt, bis es Zeit wurde, schlafen zu gehen.

Ich hatte Vater angefleht und angebettelt, morgen nicht in die Schule gehen zu müssen. Den ganzen Tag wollte ich mit meinem Bruder am Meer verbringen. Aber als Aayan selbst erklärte, dass nichts wichtiger wäre, als etwas zu lernen, und dass ich doch wüsste, wie schwer Mutter und Vater arbeiteten, damit ich die Schule besuchen konnte, und als Mutter und Vater dann noch streng nickten, musste ich nachgeben. Der Nachmittag sollte aber nur uns beiden gehören, das versprach Aayan mir, bevor ich mich in mein Bett legte und mir fest vornahm, ganz schnell ganz viel zu schlafen, denn im Schlaf ging die Zeit gerade schnell genug vorbei. Auch morgen in der Schule würde ich schlafen.

Als ich am Morgen aufwachte, schlich ich sofort durch das Haus. Ich musste sicher sein, dass Aayan wirklich da war, dass ich den ganzen Tag gestern nicht geträumt hatte. Doch es war kein Traum gewesen. Aayan lag auf einer Matte und schlief mit offenen Augen. Warum schlief er nur mit offenen Augen?

Gerade als ich mich herumdrehen und gehen wollte, zwinkerte er mir zu. Das glaubte ich zumindest. Vielleicht musste er zwischendurch nur die Augen schließen, damit sie nicht austrockneten. Doch ich war ziemlich sicher, dass es nur ein Auge war, das sich schloss.

Der Tag in der Schule war bald herumgebracht. Nach der letzten Stunde lief ich sofort los – ich hatte keine Sekunde zu verlieren. Und auch Aayan nicht. Er wartete schon am Strand auf mich, als ich ganz außer Atem und nass geschwitzt an der Stelle ankam, an der ich gestern schon von ihm geträumt hatte. Dasselbe weiße Hemd trug er. Erst jetzt fiel es mir auf. Auch die Hose, seine Schuhe – ungefähr so hatte er gestern im Traum meinen ersten Fisch mit mir gefangen, und ungefähr so hatte der Mann auf der Yusra ausgesehen.

»Du musst dich erst einmal ein wenig abkühlen, glaube ich«, sagte Aayan lachend, als ich mit schweißnassem Kopf vor ihm stand, nach Luft schnappte und mir selbst nicht trauen mochte. Es konnte unmöglich alles wahr gewesen sein, was ich gestern gesehen hatte. Doch ich hatte es gesehen, und nun war Aayan zurück. Bevor ich weiter darüber nachdenken konnte, packte er mich, warf mich über seine Schulter und trug mich ins Meer, um mich weit ins Wasser zu werfen. Das tat gut, denn das kühle Wasser machte mich wach. Das hier war echt.

»Schwer bist du geworden«, lachte Aayan, als ich wieder auftauchte.

»Stark bist du geworden«, sagte ich, als ich wieder an Land kam und wir uns in den Sand setzten. »Und du hast ja eine Narbe über deinem Auge!«

»Das gehört wohl dazu«, er hob die Schultern und sah hinaus auf die zwei großen Toten.

Eine Weile schwiegen wir, doch schließlich musste ich ihn fragen: »Warum hast du uns nicht wenigstens ein Mal wissen lassen, dass es dir gut geht, Aayan?«

»Das habe ich doch … auf eine Art habe ich das«, sagte er und schaute auf die zwei Toten. Doch dann fügte er gleich hinzu: »Mehr war nicht möglich.«

»Warum nicht?«

»Weil ich sonst nicht hier wäre. Frag nicht weiter. Es ging nicht.«

Natürlich war ich nicht zufrieden mit dieser Antwort. Ich hätte eine Erklärung verdient, dachte ich, doch Aayan klang so klar, so wütend und leise, dass ich mich damit zufriedengeben musste. Er sagte, es ging nicht, und ich glaubte ihm.

»Warst du das?«, fragte ich nach einer Weile.

»Was war ich?«

»Na, das!« Ich zeigte auf die Stelle, an der der große, blaue Tote gelegen hatte.

Aayan zögerte eine Zeit lang, dann rutschte er durch den Sand ein wenig näher zu mir heran und flüsterte: »Verrate es niemandem, aber ja, das ist meine List.«

»Was für eine List ist das denn, ein Schiff hier auflaufen und wieder verschwinden zu lassen?«, fragte ich.

»Glaub mir, es ist eine gute List.« Ich schaute ihn an und dann wieder hinaus auf das Meer. Das blaue, rostige Ding war jetzt nicht nur ein Schiff, sondern auch eine List.

»Darf ich es Amina erzählen?«

»Du darfst es niemandem erzählen. Wirklich niemandem!« Aayan blickte mich finster und beinahe erschrocken an.

»Versprochen«, sagte ich aufgeregt. Ich wollte gern noch viel mehr von seinem Leben als Pirat hören. Doch Aayan war nicht so recht überzeugt, dass mir der Ernst der Sache klar war. Fest griff er meinen Arm, zog mich noch ein wenig näher zu sich heran und schaute mir streng in die Augen: »Ich sage es dir noch einmal deutlicher, Geedi: Wenn jemand erfährt, dass du etwas darüber weißt, ist das furchtbar.«

»Wie furchtbar?« Er hatte recht: Mir war wirklich nicht klar, wie ernst es ihm war, dass ich dieses Geheimnis für mich behielt. Ich wollte nur, dass er weitererzählt. Er schaute nervös auf die See, kaute mit den Zähnen, dann sah er mir erneut in die Augen und zog mich dicht an sich heran. »Wenn jemand davon erfährt, Geedi«, flüsterte er mir leise ins Ohr, »dann kommen sie zu dir und schneiden dir einen Finger ab. Und dann noch einen, bis du ihnen gesagt hast, was du weißt. Und wenn du keine Finger mehr hast, machen sie mit deinen Zehen weiter.«

Ich schluckte.

»Aber … ich weiß doch gar nicht, was deine List ist.«

»Siehst du, das meine ich. Und deswegen tust du gut daran, absolut niemandem davon zu erzählen.«

Ich nickte, und Aayan sah mich mit einem Blick an, den ich an ihm noch nicht kannte. Seine Augen waren zwar weich, so als würden sie sagen, dass sie es gut meinten, doch gleichzeitig waren sie eine Drohung. Als er in meinem Gesicht sehen konnte, dass ich ihn wirklich verstanden hatte, fasste er es mit beiden Händen, lachte, dann zog er mich an sich und schaute wieder auf die leere Stelle zwischen den zwei großen Toten.

»Ein schönes Schiff ist die Yusra, findest du nicht?«, fragte er.

»Ja«, sagte ich, »sie ist wichtig. Das sieht man.«

Aayan lächelte und nickte.

»Sag mal«, fragte ich ihn dann, »warst du neulich auf der Yusra?«

»Nein, war ich nicht.« Aayan schaute mich verdutzt an. »Warum fragst du?«

»Ach, es ist nichts«, sagte ich und schaute schweigend auf die Stelle, an der der große, blaue Tote nun nicht mehr lag.

»Wenn ich einmal Pirat bin, werde ich auch eine List haben.«

»Nur eine? Das wird nicht reichen.«

»Na ja«, sagte ich, »für den Anfang vielleicht.«

»Für den Anfang?«, sagte er und lachte laut, »Anfang gibt es nicht. Anfänger sind die, die eine Kugel im Kopf haben oder noch schlimmer, die in Hamburg, in Europa, in einer Zelle sitzen und auf ihren Prozess warten. Wenn du Anfänger sein willst, Geedi, dann hast du schon verloren, noch bevor du angefangen hast.«

Ich staunte. So hatte ich mir das nicht vorgestellt, was Aayan von den Piraten zu erzählen hatte. Vielleicht wollte er nicht, dass ich auch einmal Pirat werde. Aber es war doch auch aufregend, ein Pirat zu sein, dachte ich, und ich wollte mich von ihm jetzt nicht abschrecken lassen.

»Hast du den großen Nidar schon einmal getroffen?«, fragte ich also.

»Den großen Nidar?«, fragte er verwundert. »Nein, den habe ich nicht getroffen, und ich werde ihm ganz sicher niemals die Hand reichen.«

Dann zog Aayan einen großen, goldenen Siegelring von seinem linken, kleinen Finger ab.

»Gib mir deine Hand«, befahl er. Ich hielt sie ihm hin und er steckte mir den Ring auf den Zeigefinger.

»Du bist auch Pirat, weißt du?«, sagte er. »Denn in Somalia sind wir alle Piraten. Dafür musst du gar kein Schiff haben. Ob du in Puntland die Clans mit Festessen versorgst, ob du bei der Armee in Mogadishu kämpfst oder bei den Rebellen der Al Shabaab. Ob du vier Ziegen und drei Hühner hast oder ob du Taschendieb bist. Als Kind Somalias ist es dein Schicksal, dass du immer das Falsche tust, obwohl es das Richtige ist. Und du tust das Richtige, obwohl es das Falsche ist. Es ist falsch, Pirat zu sein und andere zu bestehlen. Und doch bin ich Pirat geworden, weil die, die ich bestehle, uns unsere Zukunft geraubt haben und weil es das Richtige ist, sich zurückzuholen, was andere einem genommen haben. Ich tue das Falsche, weil ich das Richtige tue.«

Ich schaute ihn verwundert an.

»Es gibt kein Richtiges, das du tun kannst«, erklärte er weiter, als er merkte, dass ich nicht verstand, was er damit meinte. »Kein Richtiges, sosehr du dich auch bemühst. Vielleicht ist das in den anderen Ländern der Welt auch so, aber weißt du? Sie nennen Somalia ›das gescheiterte Land‹. Es ist das zum Scheitern verurteilte Land. Es ist das Land, aus dem man das Richtige verjagt hat. Darum können wir alle immer nur das Falsche tun, und das macht uns alle überall zu Piraten.«

Ich verstand noch immer nicht so recht, was Aayan damit meinte, doch mir gefiel, dass er sich trotz allem wenigstens bemühte, das Richtige zu tun, auch wenn es aussichtslos schien. Das konnte ich in seinem Gesicht sehen, wenn ich die Augen beinahe ganz schloss. Stolz schaute ich auf den Siegelring an meinem Finger. Ich war also auch ein Pirat, so einfach war das.

Auf dem Weg nach Hause schlenderte Aayan gelassen neben mir her, und ich merkte noch einmal, wie sehr er mir die ganze Zeit gefehlt hatte.

»Bleibst du denn jetzt für immer bei uns?«, fragte ich, obwohl ich schon ahnte, was er antworten würde. Ich konnte es fühlen: Aayan war zu Besuch hier, er war nicht gekommen, um zu bleiben. Und ich sah es schon daran, dass er auch heute noch seine Hose trug. Wenn wir zu Hause waren, trugen wir immer die Macawis – Hosen waren nur etwas für geschäftliche Angelegenheiten, wenn ich in die Schule ging oder Vater in die Stadt zum Arbeiten fuhr.

»So, wie es aussieht, muss ich bald wieder gehen«, sagte er, »ich weiß noch nichts Genaues, aber wahrscheinlich werde ich heute Nacht abgeholt.«

»Und wolltest du, dass ich morgen früh aufwache und merke, dass du fort bist? Schon wieder? So wie damals?« Ich schlug ihn auf den Oberarm, so fest ich nur konnte. Wütend war ich. Nicht, weil mein großer Bruder so bald wieder gehen würde. Das hatte ich schon gesehen und es machte mich traurig. Wütend war ich, weil er in mir noch immer den elfjährigen Geedi sah, dem man die Wahrheit nicht sagen konnte.

Aayan sah meine Wut und verstand: »Du bist nicht mehr der kleine Bruder, den ich einmal hatte. Entschuldige.«

In der Nacht wollte ich kein Auge zumachen. Aayan sollte auf keinen Fall einfach wieder verschwinden. Wenn sie ihn abholten, wollte ich da sein und ihn noch ein letztes Mal halten. Am liebsten wäre ich mit ihm gegangen, denn ich war doch jetzt auch ein Pirat. Ich betrachtete den Ring an meinem Zeigefinger, drehte ihn eine Weile hin und her, doch dann schlief ich ein. Plötzlich aber, mitten in der Nacht, knallte etwas und ich schreckte auf.

»Aayan, jetzt reiß dich zusammen!«, hörte ich Vater zischen. »Die Kinder schlafen doch«, flüsterte er.

»Dann gehen wir raus«, sagte Aayan.

Die Tür öffnete sich, und die zwei waren weg. Ich sprang aus dem Bett, zog mir schnell eine Hose an und folgte ihnen. Hinter der kleinen Mauer versteckte ich mich und versuchte zu verstehen, was sie besprachen. Sie waren zu weit weg, doch es sah so aus, als würden sie streiten. Heute Nachmittag und gestern waren wir noch glücklich gewesen, und nun stritten sie sich. Das ergab keinen Sinn. Bald drehte Vater sich weg und ging zurück ins Haus. Aayan aber nahm sein Handy aus der Hosentasche, ging ein Stück in die Dunkelheit und telefonierte. Also schlich ich zurück in mein Zimmer. Es konnte nicht mehr lange dauern, bis sie ihn abholen würden.

Eine Stunde, vielleicht auch zwei, lag ich wach, hielt mir den Ring vor das Gesicht und drehte ihn zwischen meinen Fingern. In dem Siegel war ein Anker, um den sich ein Tau rankte. Der Hintergrund bestand aus Linien, und ich wusste nicht, ob es nur Linien waren oder ob es Wellen sein sollten. Das Licht des Mondes spiegelte sich in dem Ring, in meinem Ring, und er glänzte wie ein neuer Tag, wie eine neue Welt, von der ich noch keine Vorstellung hatte. Ich war auch ein Pirat – das hatte Aayan heute gesagt. Doch er würde mich niemals mitnehmen, dachte ich. Ich brauchte ihn gar nicht erst zu fragen. Dass ich in die Schule gehen sollte, würde er sagen, und dass ich noch viel zu klein wäre, um ein richtiger Pirat zu sein. Das hatte keinen Zweck. Er hatte mir ja klar genug erklärt, wie hart das Leben als Pirat war. Doch er wollte mich abschrecken, dachte ich, mich von meinen dummen Gedanken befreien. Als ob ich das nicht merken würde. Natürlich hatte ich das gemerkt.

Dann hörte ich auf der Straße Motorgeräusche. Langsam kamen sie näher, also schaute ich aus meinem Fenster und sah, wie ein alter Nissan Patrol den Weg zum Haus hinaufgefahren kam. Aayan stand am Rand des Weges und schien ihn zu erwarten. Die Scheinwerfer des Pick-ups waren ausgeschaltet, während er sich langsam näherte und neben Aayan zum Stehen kam.

»Es kann losgehen«, sagte er dem Fahrer leise durch das offene Seitenfenster.

»Said muss noch mal pissen«, sagte der Fahrer. Der Mann auf dem Beifahrersitz hob die Schultern, dann stieg er aus und verschwand hinter unserem Haus. Sie waren beide gar nicht so alt, gerade zwanzig Jahre vielleicht. Das überraschte mich – ich hatte immer gedacht, Piraten wären älter. Andererseits war Aayan ja auch erst zwanzig Jahre alt.

»Beeil dich«, flüsterte Aayan Said hinterher.

»Ich mach ja«, zischte es hinter der Hauswand.

Unwirklich war alles, so wie man manchmal träumt, man hätte geträumt und wäre aufgewacht, und dann folgt nur der nächste Traum, in dem alles wieder wie von alleine und von vorn beginnt. Ein Traum im Traum. Genau so stand ich jetzt in meinem Zimmer, hatte meine Hose an und mein gutes Hemd. Den Siegelring hielt ich eben noch fest in der Hand, und schon steckte er auf meinem Zeigefinger. Eben noch stand ich in meinem Zimmer, schon schaute ich hinter der Hausecke auf die Straße, auf Aayan und das fremde Auto. Der Motor des Patrol startete, und ich beobachtete, wie er vor der kleinen Steinmauer wendete, auf der ich vorgestern noch mit Vater gesessen hatte. Als der Wagen sich langsam in Bewegung setzte, lief ich gebückt auf die Straße und gerade bevor er beschleunigte, erreichte ich die Ladefläche. An einem großen Kanister zog ich mich auf den Wagen, lag nun zwischen weiteren Kanistern, Seilen und einer Leiter hinten auf dem Pick-up. Langsam begriff ich, was ich getan hatte. Was wie im Traum geschehen war, wurde nun wirklich, als ich mich herumdrehte, auf den Bauch legte und den Kopf in meine Hände stützte. Mit weit geöffneten Augen schaute ich über die Kante der Ladefläche zurück: Auf das Haus meiner Eltern, die Mauer davor, das Zimmer, in dem Mutter mir Geschichten erzählt hatte, Amina, die fest schlief, die Lichter Hafuns – sie alle wurden kleiner und kleiner, bis sie nur noch winzige, leuchtende Punkte waren und schließlich ganz in der Dunkelheit verschwanden.

3
Ein Bruder
ist wie eine Schulter

Unendlich lang fuhren wir über holprige Pisten, dann auf einer der wenigen richtigen Straßen. Die Küste war schon bald verschwunden und unter dem Mond waren nur noch Hügel, Staub und gelegentlich ein kleiner, trockener Baum zu sehen. Immer kälter wurde es, je tiefer wir in das Land hineinfuhren. Links neben mir entdeckte ich eine Decke auf der Ladefläche. Sie lag über Gegenständen, die wohl nicht für jedermann zu sehen sein sollten. Ganz vorsichtig zog ich sie zu mir hin – Aayan und die anderen durften mich auf gar keinen Fall entdecken. Durch ein kleines Fenster hinten in der Fahrerkabine hätten sie zurückschauen und mich sehen können. Also zog ich die Decke Stück für Stück über meinen Körper und schob mich darunter. Hafun war noch viel zu nah. Wenn Aayan jetzt bemerkt hätte, dass ich als blinder Passagier auf ihrem Pick-Up lag, wäre er ganz sicher gleich wieder umgekehrt und hätte mich zu Mutter und Vater zurückgebracht. Er hatte mir alles gesagt, was ich wissen musste, um mich vor seiner Welt, vor der Welt der Piraten zu warnen, als wir am Strand gesessen hatten, doch ich konnte nicht zurück. Eben war alles wie im Traum gegangen, aber gerade darum war ich mir sicher: Es war richtig hier zu sein. Tiefste Nacht war es, doch ich fühlte mich wach wie nie zuvor. Ich war schon halb unter der Decke verschwunden, da bemerkte ich, dass sie sich zwischen den Gegenständen verklemmt hatte, über die sie ausgebreitet war. Ich zog ein wenig kräftiger, versuchte sie zu lösen. Plötzlich schepperte mit einem gewaltigen Knall das Metall unter ihr, alles rutschte ein wenig auf der Ladefläche umher. Vorne musste das jemand gehört haben. Also kroch ich nun schnell unter die Decke und presste mich an das, was da gescheppert hatte, damit ich unsichtbar werden konnte. Die Decke drückte ich neben mir auf die Ladefläche, um ganz sicherzugehen, dass wirklich kein Zeh, kein Stoff, kein Haar von mir darunter hervorschaute. Der Pick-Up wurde langsamer und bremste noch ein wenig mehr ab. Sie mussten mich entdeckt haben. Jetzt würden sie anhalten und Aayan würde furchtbar wütend sein, weil sie wegen mir noch einmal umkehren mussten. Vielleicht war es ohnehin eine dumme Idee gewesen, mit ihm mitzufahren, begann ich in Gedanken. Was hatte ich mir auch dabei gedacht? Es wäre wohl das Beste, wenn Aayan mich … dann holperte es gewaltig und noch mehr der Metallteile schepperten und rutschten auf der Ladefläche auf mich, in mich hinein. Wir waren wohl durch ein Schlagloch gefahren, denn nun nahmen wir wieder Tempo auf. Erst jetzt merkte ich, wie erleichtert ich war, dass die Reise weitergehen konnte. Und erst jetzt bemerkte ich auch, was es war, an das ich mich unter der Decke so fest geklammert hatte: Es waren Maschinengewehre. Aayan hatte Maschinengewehre! Natürlich hatte er sie, dachte ich. Das hätte ich auch gewusst, wenn mich vorher jemand gefragt hätte. Und trotzdem war es etwas anderes, sie nun wirklich vor mir zu haben und mit den eigenen Händen den Stahl zu fühlen. So war also die neue Welt, in die ich jetzt hinten auf der Ladefläche mitfuhr, dachte ich, sie war alles andere als das gemütliche Bett zu Hause, in dem Mutter mir Geschichten erzählte. Und Amina, dachte ich. Ich hätte sie nicht zurücklassen dürfen. Doch es war alles so schnell gegangen und ich hätte Mutter morgen nicht zum Tee umarmen und dann in die Schule gehen können, so als wäre nichts passiert. So als wäre Aayan nicht zurückgekommen und nun schon wieder verschwunden. So als müsste ich einfach noch einmal vier Jahre warten, bevor ich mit ihm mitgehen konnte. Es war richtig gewesen zu gehen, und doch war es falsch. Denn ich war nun genauso verschwunden, wie Aayan es vor vier Jahren gewesen war. Ich hatte Vater und Mutter, ich hatte Amina ahnungslos zurückgelassen. Ein Feigling war ich ... und ein Pirat.

Zwischen den Felsen auf einer freien Fläche stand eine Hütte – eigentlich war es nur ein Holzdach auf vier Pfählen. Die Hütte war vielleicht fünf mal fünf Meter groß, und außen am Dach waren Knochen und Schädel befestigt. Die meisten davon waren wohl die von Fischen: Es gab einen Unterkiefer mit spitzen, scharfen Zähnen und einen länglichen Schädel mit Augenhöhlen an den Seiten. Es waren aber auch rundere Schädel dabei, Totenköpfe, die ein vollständiges Gebiss zeigten, so wie die eines Menschen. Die Hütte war eine Drohung, und sie wirkte ein wenig so, als wäre sie aus einer anderen Zeit herausgefallen und hier gelandet, so als hätte Henry Morgan mit seinen Segelschiffen, den Augenklappen, Säbeln und Kanonen uns diese Hütte vererbt. Um sie herum standen zwanzig, vielleicht dreißig Seeleute mit T-Shirts und kurzen Hosen. Ihre Haut glänzte dunkel in der grellen Mittagssonne, während sie wilde Gesten machten und lautstark diskutierten. Plötzlich aber wurden sie ruhig und hörten zu. Sie hörten mir zu. Denn ich saß in der Mitte der Hütte an einem Tisch, vor mir eine Seekarte. Ich hatte jetzt zu sprechen begonnen, und sie alle lauschten mir, wie ich unseren nächsten Einsatz erklärte. Ich zeigte auf die Karte, dann auf einzelne Seeleute aus der Gruppe. Kleine Steine legte ich auf die Karte – das waren unsere Schiffe, und ich erklärte, wer wann an welcher Position zu sein hatte. Als ich damit fertig war, schaute ich die Gruppe an, und eine Weile war es still. Dann brachen aber alle in Begeisterung aus und riefen: »Auf den Geist von Aden!« Ich lehnte mich auf meinem Stuhl zurück und nickte zufrieden.

Als ich aufwachte, ging schon die Sonne auf. Ein seltsamer Traum war es gewesen, er fühlte sich groß an und echt, so wie ein Film, von dem man sich wünscht, er wäre wahr. Die Luft war jetzt salzig. Wir waren also wieder an der See und ich fragte mich, wohin wir gefahren waren. In den Norden vermutete ich, denn im Golf von Aden verlief die Route der europäischen Frachtschiffe, die meist das Ziel der Piraten waren. Und da wir die ganze Nacht hindurch gefahren sein mussten, waren wir wenigstens 200 Kilometer von Hafun entfernt. Vorsichtig schaute ich unter der Decke hervor. Links von mir lag die See, grau wie ein Grab. Und vor mir am Horizont strahlte der Himmel dunkelrot hinter den schwarzen

Felsen. Als ich langsam nach oben schaute, wurde das Rot zu Blau, ganz oben am Himmel dann zu Nachtschwarz und ich konnte noch Sterne sehen. Es würde sicher nicht mehr lange dauern, dann wären wir angekommen, wo immer das auch war. Dann müsste ich mich Aayan zeigen – ich konnte mich ja nicht ewig hier verstecken. Wir fuhren noch eine ganze Weile an der Küste entlang. Meine Knochen schmerzten, mein ganzer Körper war steif und taub von der Ladefläche und der Nacht. Jetzt wünschte ich mir, dass Aayan mich im Licht des Tages einfach hier entdecken würde. Dann bräuchte ich mich nicht mehr zu verstecken und gleichzeitig müsste ich mich nicht selbst vor ihn hinstellen und erklären, was ich hier zu suchen hatte.

Schließlich hielten wir an, ich hörte, wie Aayan und die anderen aus dem Pick-Up stiegen. Die Türen schlugen zu und nun waren viele Stimmen zu hören. Alle redeten durcheinander, sodass kaum etwas zu verstehen war.

»Gebt endlich Ruhe«, hörte ich Aayan rufen, und ich beschloss, über die Kante der Ladefläche zu schauen, um erkennen zu können, was hier vor sich ging. Eine weiße Kappe trug Aayan nun – das kannte ich von offiziellen Anlässen und Feiern, wenn eine wichtige Rede gehalten wurde.

»Wo warst du?«, fragte jetzt einer der Männer, als die Gruppe Aayans Aufforderung gefolgt war und sich endlich beruhigt hatte. Er trug eine alte, graue Anzughose und ein braunes T-Shirt mit gelben, grünen und orangefarbenen Streifen. Sein Körper war eher klein und drahtig, doch sein Kopf war gewaltig. Einen viel zu großen Mund hatte er im Gesicht und

37

als er sprach, glänzten seine riesigen, fast rechteckigen Zähne weiß in der Sonne.

»Sie sagen, du hast uns verraten.«

»Wer sagt das?«, fragte Aayan ganz ruhig. Niemand antwortete. Es war so still, dass man jetzt das leise Rauschen der Brandung hören konnte.

»WER?« brüllte Aayan. Ich zuckte zusammen, selbst einige der Männer schreckten ein wenig zurück. Wieder regte sich niemand.

»Bis heute …«, sprach er mit einer leisen Stimme weiter, »… bis heute habe ich jedem von euch blind vertraut. Und bis heute dachte ich, auch ihr vertraut mir blind.« Einige Männer, auch der mit dem riesigen Mund, nickten leise. Aayans Stimme machte mit mehr Energie weiter: »Ihr seid meine Crew, ich bin euer Kapitän. Ihr seid das Herz des Leoparden, der uns ein neues Somalia bringen wird. Und ich bin die Augen, die Zähne, der Kopf. Dafür riskieren wir jeden Tag unser Leben. Und da wagt ihr es, meine Entscheidungen schon nach wenigen Tagen in Frage zu stellen?« Aayan wurde lauter und lauter, wie eine riesige Welle, die man von Weitem auf die Küste zurollen sieht. Sie baut sich auf und man kann nur ahnen, mit welcher Kraft sie auf den Strand prallen wird.

»Brauche ich euch? Natürlich brauche ich euch. Jeden Einzelnen. Aber vor allem … vor allem braucht ihr mich! Und niemand …«, Aayan spannte jetzt den ganzen Körper an und erhob die rechte Faust mit seinen großen Ringen, die wie Blitze in der Sonne zuckten, »… niemand stellt mich in Frage! Mir allein habt ihr all das zu verdanken. Noch heute würdet ihr in euren Dörfern Fischreste aus dem Dreck ziehen, um eure Familien zu ernähren, wenn ich nicht gewesen wäre. Ihr würdet euch für den Hungerlohn der Al Shabaab die Arme und Beine zerschießen lassen, wenn ich nicht gewesen wäre. Und darum wagt es nicht …«, Aayan war jetzt wie die riesige Welle kurz vor dem Strand. Gleich würde sie kippen und mit einem lauten Schlag an der Küste aufschlagen. Er schaute noch einmal jeden einzelnen in der Gruppe an.

»… wagt es nicht, an mir zu zweifeln! Denn ICH bin euer Gebet am Morgen. Ich bin eure Hoffnung und euer Leben. ICH bin Nidar!«

Die Männer brachen in Jubel aus, der Mann mit den großen Zähnen umarmte Aayan, so als wollte er ihn um Verzeihung bitten. Er umarmte Nidar, den Geist von Aden. Ich konnte sehen, wie sie ihn bewunderten, wie einige sich in den Armen lagen oder versuchten zu ihm zu gelangen und ihm auf den Rücken zu klopfen. Andere standen wie gelähmt außen vor und schauten ihn an – meinen großen Bruder. Sie beteten ihn an, sie folgten ihm in den Tod. Der legendäre Nidar – das war mein Bruder Aayan.

Regungslos und begeistert, so als hätte Aayan mit seiner Rede auch mich gemeint, schaute ich dabei zu, wie die Männer jubelten und ebenso begeistert waren wie ich. Aayan stand in der Menge wie ein Turm. Er lächelte freundlich und gütig, doch glücklich schien er nicht. Wenn man ihn kannte, so wie ich es tat, konnte man sehen, dass er das Lächeln nur den anderen zuliebe hergab. Dahinter steckte ein nachdenklicher, ein konzentrierter Aayan. Und natürlich lag das an dem Misstrauen, das er mit seiner Rede zwar wie einen Schmutzfleck vom Tisch einfach fortgewischt hatte, und doch war da noch ein Rest, ein Schatten – als Erinnerung und als Mahnung. Von außen war es nicht zu erkennen, doch ich konnte es hinter seinem Gesicht sehen: Er war besorgt. Kaum merklich schaute er sich um, als versuchte er, jedes einzelne Gesicht der Männer, die um ihn herumstanden, ein einziges Mal mit seinem Blick zu fassen zu bekommen, um darin zu lesen, ob es dieses Gesicht war, das das Gerücht gestreut hatte, er hätte sie verraten. Es waren so viele Gesichter. Also sah auch ich in der Menge umher – vielleicht konnte ich helfen. Denn gerade dort, wo er nicht hinschaute, waren die Gesichter nicht mehr so vorsichtig. Unentdeckt auf der Ladefläche des Pick-Ups war das mein Vorteil. Wer von diesen Männern konnte versucht haben, Aayan zu hintergehen und Nidar zu stürzen? Ich schaute von einem zum anderen und schloss dabei die Augen wieder beinahe ganz, wie ich es zu Hause schon getan hatte, als der große Tote verschwunden war. Es half mir dabei, mich auf einzelne Männer zu konzentrieren, denn in der Menge war es schwer, nur ein Gesicht im Blick zu haben. Das grimmige Gesicht mit der knolligen Nase vielleicht? Nein, das war es nicht. Auch nicht das grobe Kinn mit dem pechschwarzen Bart. Ich schaute weiter durch die Menge der Augen.

Das vierte Gesicht, das ich ansah … das war es, da war ich mir sicher. Dieser Mann sah zwar nicht so grob aus wie die anderen, er wirkte nicht wie einer, der schon andere Menschen verletzt oder sogar getötet hatte. Er sah nicht einmal so aus, als könnte er das überhaupt jemals tun. Er lachte zwar mit den anderen mit, aber nicht mehr ganz so laut, als Aayan sich von ihm weggedreht hatte. Seine Augen waren unecht. Er wirkte wie der Klassenkamerad, den ich einmal dabei überrascht hatte, wie er ein Stück Kreide aus dem Klassenraum stahl. Ich konnte die Kreide nicht mehr sehen – sie war schon in seiner Tasche verschwunden – und er hatte eine gute Erklärung dafür, dass er alleine dort war. Doch seine Augen verrieten ihn. Sie sagten: »Zum Glück bin ich gerade noch einmal davongekommen!« Und bei diesem Mann, dem Mann mit dem gelben T-Shirt und dem feinen Gesicht, sah das genauso aus. Ich würde Aayan davon berichten müssen, dachte ich, als die Menge sich langsam auflöste und die meisten Männer in verschiedene Richtungen davongingen, in Häusern verschwanden oder sich in Autos setzen. Einige standen noch weiter auf dem Platz herum, auch der Mann mit dem gelben T-Shirt, den ich jetzt nicht aus den Augen ließ. Vielleicht würde er ja noch mit jemandem sprechen oder es wäre noch irgendetwas anderes zu erkennen, das ihn verraten würde.

»Also: Wer hat behauptet, ich hätte euch verraten?«, hörte ich Aayan nun im Stimmengewirr zu dem Mann mit den großen Zähnen sagen.

»Ich war das!«, rief plötzlich der Mann mit dem gelben T-Shirt und alle drehten sich zu ihm um.

Eine schaurige Stille folgte, in der Aayan den Mann mit seinen Blicken fixierte. Und auch der Mann ließ Aayan mit seinen Blicken nicht los.

»Was versprichst du dir von einem solchen Verrat?«, fragte Aayan jetzt aufgebracht. »Willst du unbedingt sterben?«

41

Aayan und der Mann im gelben T-Shirt wurden immer lauter, sie schrien sich an, während sie langsam aufeinander zu gingen. Dass Aayan nicht würdig wäre, brüllte der Mann, dass er viel zu jung wäre eine Gruppe von Piraten anzuführen. Es wurde immer hektischer, wütender und angespannter.

Plötzlich blitzte kurz etwas auf. Ich schaute umher, und mit beinahe geschlossenen Augen sah ich es: Der Mann im gelben T-Shirt hatte ein Messer. Er hielt es mit der linken Hand ganz nah an seinem Körper, seine rechte Seite hatte er den anderen Männern zugewandt, sodass keiner von ihnen die Klinge sehen konnte. Doch ich konnte sie genau erkennen. Langsam bewegte er sich auf Aayan zu, während er weiter schrie und angeschrien wurde. Plante er etwa, vor den Augen all der anderen Männer meinen Bruder zu erstechen? Nervös rutschte ich auf der Ladefläche hin und her, während ich dabei zusah, wie der Mann langsam weiter auf Aayan zuging. Schweißperlen glänzten auf seiner Stirn. Ich musste etwas unternehmen. Irgendetwas. Mit zitternden Händen befreite ich mich von der Decke, unter der ich noch immer gelegen hatte. Der Mann war noch zwei, vielleicht drei Meter von Aayan entfernt, als ich von der Ladefläche des Pick-Ups sprang. So wie ich in der Nacht die Hosen angezogen hatte und mit Aayan mitgefahren war, wie von selbst, als wäre es ein Traum, so rannte ich nun auf den Mann im gelben T-Shirt zu.

»Er hat ein Messer!«, schrie ich und stürzte mich auf ihn. Er war viel schwerer und stärker als ich, doch die Wucht, mit der ich mich auf ihn warf, war größer als er. Sie war größer als ich. Es ging schließlich um meinen Bruder. Und auch weil der Mann im gelben T-Shirt von mir derart überrascht wurde, hatte er mir nichts entgegenzusetzen. Er schrie auf, dann fiel er zu Boden, und ich mit ihm. Das Messer rutschte ihm aus der Hand und lag nun vor uns im Staub.

Sofort waren drei andere Männer zur Stelle. Zwei davon zerrten ihn von der Erde, einer hielt mich fest.

Aayan starrte uns an. Ich konnte ihm kaum in die Augen blicken und schaute auf meine Füße. Said, der mit ihm im Pick-Up gesessen und heute Nacht an unsere Hauswand gepisst hatte und auch der Mann mit den riesigen Zähnen kamen zu uns herübergelaufen.

»Schafft ihn ins Haus«, befahl Aayan und schaute auf die beiden Männer, die den Verräter noch immer fest im Griff hatten. Sie nickten und zogen ihn beiseite.

»Wen haben wir denn da …?«, fragte Said. »Einen Spion?«

»Einen Spion, der Nidar soeben das Leben gerettet hat!«, entgegnete der Mann mit den riesigen Zähnen.

»Es könnte eine Strategie sein«, sagte Said und kratzte sich am Kopf. »Eine Inszenierung, um unser Vertrauen zu gewinnen.«

»Dieser junge, tapfere Mann«, sagte Aayan und lächelte so, wie ich ihn schon lange nicht mehr hatte lächeln sehen, »hat mein Vertrauen schon längst gewonnen.«

»Aber …«, wollte Said noch einwerfen, doch Aayan sah ihn nur an, schüttelte den Kopf und lachte laut.

Als die beiden Männer erst ihn und dann mich ungläubig anschauten, drückte Aayan mich mit dem rechten Arm fest an sich heran. Dann wandte er sich den beiden zu und sagte: »Das hier … das ist mein großer, kleiner Bruder.«

43

4
Auch junge Leoparden
haben Flecken

»Du kümmerst dich um ihn, er braucht etwas zu essen«, befahl Aayan dem Mann mit den großen Zähnen, während er sich herumdrehte und auf das Haus zuging, in das man den Verräter gebracht hatte. »Ich komme später zu euch.«

»Wird gemacht«, rief der Mann mit den Zähnen ihm hinterher. Dann drehte er sich zu mir: »Na, dann komm mal mit.«

Ich folgte ihm in ein anderes Haus. In der Küche saß ein alter Mann mit grauen, langen Haaren. In knochigen Händen hielt er eine Tasse Tee, die er an seinen zahnlosen Mund ansetze, um vorsichtig daran zu nippen. Er schaute nicht zu uns auf, als wir hereinkamen. Fragend sah ich den Mann mit den großen Zähnen an. Dieser hob die Schultern, dann sagte er laut: »Großvater, das ist Nidars kleiner Bruder!«

Der alte Mann nickte kaum merklich, so als hätte er zwar gehört, dass jemand etwas zu ihm gesagt hatte, doch schien er kein Wort davon verstanden zu haben. Oder es interessierte ihn einfach nicht. Still schlürfte er weiter an seinem Tee.

»Willst du auch einen?« Während der Mann mit den Zähnen dies fragte, schaute er unzufrieden in den leeren Topf.

Dann spülte er ihn aus und goss Wasser hinein, Milch und eine Handvoll Teeblätter warf er dazu, ohne meine Antwort abzuwarten. Also nickte ich stumm.

»Ich heiße Salman«, sagte er und setzte den Topf auf die Feuerstelle, »aber die meisten Leute nennen mich ›Das Piano‹.« Er drehte sich zu mir herum und lachte mich an. Dabei glänzten seine gewaltigen Zähne weiß in dem Licht, das durch das Küchenfenster fiel, und ich verstand sofort.

»Wegen meiner Zähne nennen sie mich Piano«, ergänzte er, also nickte ich wieder, und diesmal ein bisschen deutlicher, um ihm zu zeigen, dass ich es wirklich verstanden hatte. So wie sein Großvater hatte auch er viel zu große und knochige Hände – ansonsten sah er ganz normal aus. Nur Teile von ihm, die Hände und Zähne, waren wohl ein wenig aus dem Ruder gelaufen und im Verhältnis zum Rest seines Körpers zu groß geraten. Ungeschickt öffnete er nun Schubladen und griff in ein Regal, aus dem er einen Topf mit Reis holte.

»Setz dich doch«, sagte er und stellte eine Schale auf den Tisch. Still setzte ich mich zu dem alten Mann und sah dem Piano dabei zu, wie er den Tee kochte und mir den Reis brachte.

»Der ist noch übrig von gestern. Fang an«, deutete er auf mein Frühstück.

»Danke«, nickte ich, schob Reis in die Schale und goss ein wenig Buttermilch darüber.

»Wie heißt du denn?« Das Piano brachte nun den Tee und setzte sich zu uns an den Tisch.

»Geedi«, murmelte ich und versuchte dabei vergeblich, das Essen in meinem Mund links und rechts in die Backen zu schieben. ›Iss nicht mit vollem Mund‹, erinnerte ich mich kurz.

»Geedi …«, flüsterte der alte Mann, und ich war nicht sicher, ob er das Piano oder mich oder überhaupt irgendjemanden meinte, »… das ist ›der Reisende‹. Der Reisende bringt Veränderung.« Staunend schaute ich ihn an, doch er schien mich nicht zu beachten.

»Kümmere dich nicht um ihn«, lachte Salman laut, »Großvater ist alt und die Tage im Jahr, an denen er etwas Weises sagt, kann sogar er an einer Hand abzählen.« Erst jetzt bemerkte ich, dass dem alten Mann an der rechten Hand drei Finger fehlten – nur mit Daumen und Zeigefinger hielt er seine Tasse. Salman war lustig, doch ich traute mich nicht so recht, mit ihm über seinen Witz zu lachen. Er bemerkte das. Also lachte er noch ein wenig lauter und erklärte: »Er behauptet ja, er habe seine Finger im Krieg verloren, doch ich glaube, er hat wieder an seinem Boot gebastelt, nachdem er etwas zu viel Khat gekaut hat.« Jetzt kicherte auch der alte Mann leise, und ich musste ebenfalls lachen, als das Piano hinzufügte: »Oder war es doch eine bissige Frau, Großvater? Was meinst du?« Er warf sich nach hinten auf seinem Stuhl, hielt sich den Bauch und seine Zähne waren nun noch viel größer als zuvor.

»Erzähl dem Jungen keinen Unsinn!« Aayan stand plötzlich in der Tür und setzte sich zu uns.

»Salman ist lustig«, nahm ich ihn in Schutz. Das Piano legte nun seinen linken Arm um mich und mit dem rechten Zeigefinger zeigte er auf meine Nase.

»Dein kleiner Bruder ist ein guter Junge. Ich könnte mich an ihn gewöhnen.«

»Dazu wirst du wohl kaum Gelegenheit haben«, sagte Aayan ruhig. Er hatte sich seine blutigen Hände an einem Lappen abgewischt. Nun steckte er sich ein Stück Brot in den Mund und sah mich kauend an.

»Was meinst du?«, fragte ich. Dabei wusste ich genau, was er meinte. Es würde nicht leicht sein, ihn davon zu überzeugen, dass ich bei ihm bleiben könnte. Das hatte ich schon geahnt. Also protestierte ich gleich ein wenig lauter als nötig: »Ich gehe auf gar keinen Fall zurück nach Hafun, wenn du das meinst.«

»Doch«, sagte er ruhig, »natürlich tust du das. Ein Junge in deinem Alter hat hier nichts verloren. Du musst in die Schule gehen.«

»Und was ist mit Amina?«, fragte ich aufgebracht. »Sie sollte doch auch in die Schule gehen, oder nicht?« Nun war Stille. Ich hatte keine Ahnung gehabt, worüber er mit Vater in der letzten Nacht gestritten hatte, doch wie es aussah, lag ich richtig. Aayan grübelte. Ich wollte nicht, dass er die Gelegenheit bekam, sich herauszuwinden. Also setzte ich nach und log: »Ich habe jedes Wort gehört gestern Nacht! Da brauchst du mir nichts zu erzählen!« Jetzt fauchte ich ihn an und ich konnte nicht verhindern, dass mir die Tränen über das Gesicht liefen. »Ich gehe nicht zurück nach Hafun, das schwöre ich dir!«

Salman hatte die Augen weit offen, Aayan schwieg. Das Brot in seinem Mund blieb unbewegt und still sah er nach unten auf seine Hände, drehte den großen Silberring auf seinem Finger. Ich hatte geblufft, aber ich hatte gut geblufft, wie es aussah.

»Du bist noch viel zu jung«, flüsterte er nach einer Weile.

»Nidar!« Salman beugte sich nach vorn zu Aayan. »Du warst kaum älter als Geedi, damals, als du zu uns gekommen bist, weißt du noch? Und außerdem: Schau dich um! Wir sind die jüngste Gruppe Piraten in ganz Somalia. Keiner von uns ist älter als zweiundzwanzig – die meisten sind eher neunzehn oder zwanzig Jahre alt. Also bis auf den alten Mann hier am Tisch.« Dann sah er mich an und sagte: »Der Junge gefällt mir. Er ist ein Kämpfer, und er erinnert mich sehr an dich.«

Leise nickte der alte Mann und sprach in seine Tasse: »Er ist ein Leopard und auch junge Leoparden haben Flecken.«

»Also gut, meinetwegen«, sagte Aayan, nachdem wir eine Weile an der Küste gestanden hatten. Dass sie sich nicht einmischen sollen, hatte Aayan zu Salman und seinem Großvater gesagt, und dass es eine Familienangelegenheit ist. Dann waren wir vom Küchentisch aufgestanden und hinunter ans Meer gegangen.

»Bitte, Aayan! Bitte, lass mich bleiben«, hatte ich ihn auf dem Weg angefleht. Ich hatte immer weitergeredet: Dass ich mich nützlich machen könnte, auch wenn ich noch nicht wusste, wie man ein Schiff steuert oder wie man ein Gewehr bedient. Dass ich natürlich nicht gleich bei einem Raubzug dabei sein müsste, hatte ich eingeräumt. Schließlich hatte Aayan mir gesagt, dass ich schweigen sollte, und das hatte ich dann getan, bis er nun tatsächlich zustimmte, dass ich bleiben konnte.

»Danke, Aayan, danke!«, rief ich überglücklich aus. »Ich werde dir auch keine Scherereien machen, das verspreche ich dir!«, erklärte ich. »Ich lerne schnell! Wirklich!«

»Nun gut«, sagte er, »das Erste, was du lernen musst, ist: Hier heiße ich Nidar. Auch für dich heiße ich hier Nidar. Hast du das verstanden?«

»Ja, sicher!«, antwortete ich. »Du heißt Nidar. Das ist leicht. Das kann ich mir merken.«

Wir setzten uns auf einen Felsen und Aayan schien zu überlegen, was nun weiter geschehen sollte. Ich schaute ein wenig umher. Rechts von uns war eine felsige Landschaft, die als Landzunge weit ins Meer hineinlief und an der die Wellen sich brachen. Links vor mir nur die weite See.

»Sag mal, Aayan … also Nidar natürlich … warum hast du hier eigentlich einen anderen Namen? Ist das so etwas wie ein Künstlername?«

»Unsinn«, sagte er, »damals, als ich hier angekommen bin, wollte ich nur sicher sein, dass niemand herausfinden konnte, wer ich war, woher ich kam. Niemand sollte die Möglichkeit haben, die Spur zu euch zurückzuverfolgen. Meine Familie … also ihr … ihr durftet auf keinen Fall in Gefahr geraten. Ich war wohl etwas sehr vorsichtig, denn es gibt ja viele Aayans. Doch nun ist es so, und es bleibt auch dabei. Said und Waail, weißt du, die mich zu euch gebracht und in der Nacht wieder abgeholt haben, sind die Einzigen, die meinen wahren Namen kennen. Über sie bin ich damals hierhergekommen. Ihnen kannst du blind vertrauen.«

»Aber in ganz Hafun weiß man doch jetzt schon Bescheid. Und du weißt doch, dass solche Nachrichten sich schneller verbreiten als ein Sandsturm.«

»Das stimmt, in Hafun ist das so. Aber der Sandsturm bleibt in Hafun. Jeder im Dorf würde sich eher die Zunge abbeißen, als irgendeiner Menschenseele zu sagen, wer ich bin.«

»Und kann ich nur Said und Waail vertrauen?«

»Nein, eigentlich kannst du allen Männern hier vertrauen. Dem Piano und auch seinem Großvater. Er hat mir alles beigebracht, was ich weiß, auch wenn er heute gar nicht mehr wirklich wie ein ausgefuchster Pirat aussieht.« Aayan lachte kurz, dann sagte er ruhig: »Doch du hast ja gesehen, was heute passiert ist. Man sollte immer auch hinten am Kopf ein Auge haben. Ich hatte es heute nicht, und dass ich noch lebe, habe ich wohl dir zu verdanken.« Er drückte mich nicht an sich, fuhr mir nicht mit der Hand durch die Haare. Kein bisschen. Und ich fand es gut, dass es hier bei den Piraten wohl reichte, wenn man einfach nur sagte, was war. Mehr war nicht nötig.

»Wer war dieser Mann?«, fragte ich. »Und was habt ihr mit ihm gemacht?«

»Was wir mit ihm gemacht haben?« Aayan machte eine Pause und suchte nach Worten. »Das habe ich dir schon einmal erklärt, Geedi. In Hafun am Strand. So etwas in der Art.« Er sah hinunter auf die Steine wie einer, der sich schämte für das, was er getan hatte. Und ich konnte mir nicht vorstellen, dass Aayan, dass mein Bruder dazu in der Lage war, so etwas mit einem Menschen zu machen. Doch offenbar war er es und es machte mir gewaltig Angst. Denn ich kannte doch die Erzählungen vom großen Nidar, dem Geist von Aden. Dass er einen Ehrenkodex hatte, sagte man, dass er nicht so war wie die meisten Piraten: Skrupellos und brutal. Aayan war nicht ›der Gute‹. Doch er war ebenso wenig ›der Böse‹. So leicht war es alles nicht. Langsam verstand ich, was er meinte, als er sagte, man könne immer nur das Falsche tun, weil man glaubte, es wäre das Richtige.

Plötzlich schaute Aayan beinahe ruckartig wieder auf, so als hätte er sich irgendwo verloren und auf einmal wiedergefunden.

»Nun gut, es ist vorbei«, sagte er, und wie zur Beruhigung schaute er mich mit dem gütigen Blick an, den ich von ihm kannte.

»Der Mann kam vor einigen Monaten zu uns. Und seit heute wissen wir, dass er zu den Leuten gehört, die ein Mann namens Dayax anführt. Ich hatte schon längst so ein Gefühl, dass mit ihm etwas nicht stimmt. Ich hätte darauf hören sollen.«

»Dayax ist auch ein Pirat?«

»Ja, und er ist einer von der schlimmsten Sorte. Ich meine, viele von uns sind von der schlimmsten Sorte, auch ich bin von der schlimmsten Sorte, da muss ich dir nichts vormachen. Aber Dayax ist immer noch grausamer als alle anderen.«

»Was macht ihn denn so schlimm?« Ich hatte eine Idee, denn ich erinnerte mich noch genau daran, wie vor zwei Jahren alle davon sprachen, dass in Hordio die ganze Besatzung eines japanischen Handelsschiffes festgehalten wurde. Millionen von Dollar hatten die Piraten damals erpresst, und als die Männer schließlich freigelassen wurden, waren die meisten von ihnen grausam zugerichtet, schon beinahe verhungert und verdurstet. Nicht alle überlebten die Entführung, doch im Dorf war man sich einig gewesen: Warum sollen die Japaner es besser haben als die meisten von uns hier in Somalia.

Wenn sie uns aus dem Meer das Essen stehlen, hatte es geheißen, dann holen wir ihnen aus dem Meer eben ihre Leute.

»Meinst du die Shui Fu?«, fragte ich also.

»Ja«, nickte Aayan, »und das ist nur ein Beispiel dafür, dass Dayax über Leichen geht. Es kümmert ihn nicht. Er beraubt und tötet auch andere Piraten, wenn sich die Gelegenheit bietet und wenn es ihm einen Vorteil bringt. In Hordio hat er, so heißt es, einmal einen Nachbarn für einen Liter Benzin getötet. Der Mann, der mich heute erstechen wollte, hatte den Auftrag, uns auszuspionieren. Er sollte herausfinden, wo wir unsere Lager haben, mit wem wir zusammenarbeiten. Dann sollte er Zweifel an mir säen, unsere Gruppe auseinanderbringen, und wenn das alles nicht hilft, sollte er mich umbringen, damit alle sehen können, dass unsere Zeit vorbei ist. Zum Glück hatte er wohl heute erst einmal vor, mich vor den anderen Männern bloßzustellen. Und als das nicht funktioniert hat, ist die ganze Sache dann eskaliert. Er war nicht besonders geschickt, da hatte ich Glück. Denn hätte er mich direkt töten wollen, wäre er sicher schlauer gewesen – dann wäre ich einfach irgendwann verschwunden. Na ja … aber das Problem ist vorerst gelöst.« Aayan schaute niedergeschlagen auf seine Hand und drehte wieder an seinem großen Silberring.

»Und woher weißt du, dass er Dayax nicht schon längst berichtet hat, wo wir sind?«, fragte ich.

»Das ist eine kluge Frage, Geedi. Ich weiß es nicht. Doch ich bin mir ziemlich sicher, dass er schon eine Nachricht losgeschickt hat. Denn hätte er mich umgebracht, wäre er mit seinem Wissen nicht mehr weit gekommen.«

»Und was machen wir jetzt?«

»Wir werden bald von hier verschwinden und in ein anderes Lager ziehen müssen.«

»So ein Glück«, sagte ich, »dass du in den letzten Tagen gar nicht hier warst. Wer weiß, vielleicht hätte der Mann dich am Ende doch …«

Aayan fuhr zusammen. Dann blickte er mit beinahe geschlossenen Augen auf die Landzunge zu unserer Rechten, so als könne er durch sie hindurchsehen und sagte: »Verdammt, Geedi, du hast recht. Ich war ja zwei Tage fort! Ich sage dir, was wir tun: Wir ziehen sofort um. Komm mit! Schnell!«

Wir eilten die steile Küste hinauf zurück ins Lager. Dort wartete das Piano auf uns. Schon von Weitem machte Aayan eine kurze Handbewegung, Salman lief daraufhin sofort los, das Handy am Ohr, und als wir schließlich auf dem Platz ankamen, standen dort bereits wenigstens 30 Männer.

»Wir räumen das Lager! Sofort!«, rief Aayan den Männern zu. »Und macht schnell!«

»Aber Nidar … die Lastwagen brauchen sicher noch ein paar Stunden, bis sie hier sind«, sagte Said.

»Ich weiß. Aber wir ändern den Plan, denn die paar Stunden haben wir vielleicht nicht mehr«, rief Aayan. »Schickt die Lastwagen unbeladen Richtung Hordio. Die Männer sollen sie dort in der Nähe am Straßenrand abstellen. Und dann sollen sie machen, dass sie da wegkommen. Said, schick ihnen einen Wagen dorthin, der sie abholt.«

»Was sollen die Lastwagen denn in Hordio?«, fragte Said verwundert.

»Mensch, Said!«, mischte sich jetzt Waail ein. Er drehte sich zu ihm und schlug ihm mit der flachen Hand auf den

Hinterkopf. Erst jetzt konnte ich sehen, dass Said das rechte Ohr fehlte. Eine Narbe hatte er an der Stelle, an der das Ohr einmal gewesen war. Dann nickte Waail Aayan und mir zu und sagte: »Ich erkläre es ihm gleich! Zum Glück habe ich, im Gegensatz zu meinem langsamen Freund hier, weder mein rechtes Ohr noch mein halbes Hirn verloren.« Er lachte laut, dann begannen sie damit, die Männer in Gruppen einzuteilen.

»Wir vergessen die LKWs – die sind nur eine falsche Fährte!«, rief Said ihnen bald zu. Wie es aussah, hatte er den Plan jetzt verstanden.

»Beladet die Schiffe! In einer halben Stunde sind wir hier weg!«

Während die Männer nun hastig in die Häuser liefen und schwer beladen wieder aus ihnen herauskamen, zog Aayan mich am Ärmel meines T-Shirts fort: »Komm mit! Ich glaube, ich habe da noch eine Überraschung für dich.«

Wir verließen das Lager in die Richtung, in die schon mehrere Männer mit Säcken und Kisten beladen unterwegs waren, und kamen auf der anderen Seite der Landzunge an den Strand. Hier lagen sieben Fischerboote vor Anker, wenigstens zwanzig Motorboote lagen im Sand. Die ersten von ihnen wurden bereits beladen und ins Wasser gezogen.

»Schau!«, sagte Aayan und zeigte auf ein blaues Schiff, das zwischen den anderen in der ruhigen See hin und her schwankte.

»Die Yusra!«, rief ich aus.

»Das ist richtig«, nickte Aayan zufrieden, als er sah, wie
sehr ich mich darüber freute, den großen Toten so lebendig
vor mir zu sehen. Es war unglaublich schön, die Yusra wiederzusehen, so wie einen alten Freund, den man lange nicht
getroffen hat. Sie funkelte blau in der Sonne, schwankte sanft
auf dem Wasser, so als würde sie mich begrüßen, als hätte sie
auf mich gewartet. Wenn Amina das sehen könnte, dachte
ich. Dann zog Aayan mich schon wieder am Ärmel aus meinen Gedanken: »Los, wir helfen den Männern beim Verladen.
Das muss alles schneller gehen!«

Wir liefen hinunter zum Strand. Aayan schrie die Männer
an, dass sie schneller machen sollten, er zeigte auf Kanister
und Kisten, dann auf Schiffe, die damit beladen werden sollten. Ich stand eine Weile neben ihm, sah ihm dabei zu, wie
er schrie und heftig mit den Händen winkte. Dann brüllte er
auch mich an: »Ja, was stehst du da noch so herum, Geedi?
Los, beweg dich!«

Kurz stand ich wie eingefroren da, weil Aayan mich noch
nie so angeschrien hatte. Doch dann verstand ich: Ich hatte
ihm versprochen, dass ich mich nützlich machen würde. Ich
war jetzt auch ein Pirat. Also musste er mich genau so be-
handeln. Und ich musste ihm zeigen, dass ich wirklich helfen
konnte. Ich rannte hinunter zu einem der Motorboote, an
dem gerade nur ein Mann arbeitete. Er schwitzte und keuchte,
als ich ihn erreichte, denn er stemmte die schwere Fracht allein. Sofort eilte ich ihm zu Hilfe, griff unter die Kiste und hob
sie ins Boot. Noch vor ihm hatte ich schon die nächste Kiste
gegriffen und sah ihn auffordernd an. Es war natürlich falsch,
dass ich glaubte, ich müsste härter und schneller arbeiten als

alle anderen Männer, doch ich wollte Aayan zeigen, dass ich hier richtig war. Also packte ich und schleppte, ich hob und verlud, und mit jeder Kiste, die wir in das Boot schafften, lief mir der Schweiß heftiger über den Bauch, den Rücken und das Gesicht. Das Salz meines Schweißes brannte wie Feuer in den Augen. Mit den Füßen stand ich im Wasser, doch ich hatte das Gefühl, ich wäre mein eigenes Meer. Endlich hatten wir das Boot vollgeladen. Wir schoben es hastig das letzte Stück in die Wellen, der Mann sprang hinein und ich drückte es noch etwas weiter in die See, bis er den Außenborder ins Wasser lassen und starten konnte. Erschöpft ließ ich mich rückwärts in die kühle See fallen, und ich wollte wetten, dass der Golf von Aden durch mich jetzt noch etwas salziger wurde.

Als ich wieder auftauchte, wischte ich mir mit beiden Händen durch das Gesicht und sah mit verschwommenem Blick, wie alle Männer nun über den Strand jagten und auf die übrigen Boote zuliefen. Dabei lagen noch einige Kisten am Strand, die Arbeit war noch nicht gemacht. Ganz hinten folgte Said und heizte den Männern ein, dass sie schneller machen sollten, weil wir wegmussten. Sie würden mich doch hier nicht vergessen! Die Motorboote waren gute fünfzig Meter von mir entfernt und die ersten von ihnen starteten bereits die Motoren. Panisch versuchte ich aus dem Wasser aufzuspringen, doch eine Welle erfasste mich von hinten und riss mir die Füße weg. Ich verlor das Gleichgewicht, tauchte in die Wellen und schluckte Wasser. Hustend stapfte ich an Land, als ich mich wieder gefangen hatte, aufgestanden war und wieder sicheren Halt auf dem Boden spürte.

»Stopp!«, rief ich prustend mit einer Stimme, die selbst ich kaum hören konnte, denn ich hatte noch immer Wasser in der Lunge, im Hals, in der Nase. »Lasst mich nicht hier!«

Ich rannte atemlos in Richtung der Boote, ich winkte und rief. Der Sand unter meinen Füßen gab nach. Meine Füße gaben nach. Erst jetzt merkte ich, wie erschöpft ich vom Schleppen und Verladen der Kisten war. Also fiel ich nach vorn, schlug lang hin, stand wieder auf und lief weiter. Mit den Armen winkte ich wild und rief immer wieder: »Stopp! Ich bin noch hier!« Doch niemand schien mich zu hören, keiner schaute zu mir.

Plötzlich packte mich etwas von hinten. Es hob mich in die Luft, warf mich über seine Schulter und lief mit mir los.

»Wir müssen hier weg!«, schrie und keuchte Aayan, während er mit mir auf der Schulter den Strand entlanghastete. »Und zwar sofort! Mensch, Geedi, das ist hier kein Badeurlaub!«

Bald waren wir am letzten Motorboot angekommen, das noch am Strand lag. Aayan warf mich hart hinein, schob es an und sprang hinterher. Der Motor startete, es gab einen Knall und eine Wolke aus verbranntem Benzin, die uns einnebelte und ganz fürchterlich stank. Dann krähte der Motor und wir flogen über die Wellen in Richtung der Yusra.

»Den hätte ich dir besser nie gegeben«, sagte Aayan scharf und deutete auf den Ring an meinem Finger.

»Es tut mir leid«, sagte ich leise und beobachtete, wie sich die Küste langsam von uns entfernte. Ich hatte doch wirklich geholfen. Nur einen kurzen Moment hatte ich mir den Schweiß vom Körper gewaschen, und schon hatte ich das Signal zum Aufbruch verpasst. In wenigen Sekunden kann man alles verderben, was man vorher aufgebaut hat, dachte ich. Und doch machte es mich wütend, dass Aayan nun wirklich glaubte, ich hätte munter im Meer gebadet, während alle anderen schwer gearbeitet hatten. In seinen Augen war ich ein Klotz am Bein, ein lahmes Kamel, ohne das man viel besser vorankäme. Ich konnte ihn nicht ansehen, ich konnte mich selbst nicht ansehen. Also starrte ich weiter auf die Küste, die Landzunge mit den Kisten, die wir nicht mehr in die Boote schaffen konnten, und auf das Land dahinter, schloss die Augen beinahe ganz und schwieg.

Ein grauenvolles Gesicht sah ich plötzlich, einen Vollbart, einen weit aufgerissenen Mund mit kräftigen und dunklen Zähnen, wilde Haare auf dem Kopf, um den ein olivgrünes Tuch gebunden war. An seinem Finger trug er einen gewaltigen Siegelring, in den ein Symbol eingraviert war. Er sah wie eine Sichel aus oder wie ein Halbmond. Auf einem Pick-Up stand dieser fürchterliche Mann und hielt sich an einem Geschütz fest, das hinten auf der Ladefläche montiert war. Er hatte Wind in den Haaren. Es war Fahrtwind, denn jetzt sah ich, wie der Pick-Up und noch mindestens sieben weitere Jeeps und Lastwagen genau die Straße entlangfuhren, über die wir heute Morgen in das Lager gekommen waren.

»Sie kommen«, flüsterte ich.

»Ich weiß, dass sie bald kommen«, murrte Aayan ungeduldig, »was glaubst du, warum wir so schnell aufbrechen mussten. Unser Beobachtungsposten hat vor zwanzig Minuten gemeldet, dass sie kommen!«

»Nein«, sagte ich, »ich meine: Sie sind da!«

Einen kurzen Moment später donnerte der Klang von Maschinengewehren. Es gab einen gewaltigen Knall, und kurz darauf zersprengte keine zehn Meter neben unserem Boot das Wasser und warf sich in die Luft. Ich zuckte zusammen, konnte mich nicht einen Zentimeter bewegen, während ich mich an die Reling des Motorbootes krallte, starr vor Angst. Ich hatte schon viele Geschichten vom Krieg gehört: Onkel und Tanten, die in Mogadishu gestorben waren, oder mein Onkel Abdi, der letztes Jahr schwer an den Beinen verletzt worden war. Er hatte aber überlebt und wohnte jetzt bei meiner Cousine Ismahan in Tawfiiq. Sie hatte ihn aufgenommen, und nun versorgte und ernährte sie ihn. Doch es waren eben Geschichten, aufregend und auch ein wenig abenteuerlich. Das hier war der echte Krieg. Es war nicht abenteuerlich, nur furchtbare Angst war es. Eine zweite Granate schlug ins Wasser, diesmal etwas weiter weg, weil Aayan nun scharfe Kurven fuhr. Und doch zuckte ich wieder zusammen, verkrampfte so sehr, dass Aayan meine Hand mit Gewalt von der Reling lösen musste, als wir es schließlich zur Yusra geschafft hatten und alle anderen schon an Bord geklettert waren.

»Vergesst das Motorboot!«, schrie Aayan. »Wir müssen hier weg!«

Mit ihren starken Motoren startete die Yusra durch, zerwühlte das Wasser zu weißem Schaum und brachte uns auf die offene See hinaus, bis wir außer Reichweite von Dayax' Waffen waren. In der Ferne konnten wir bald Feuer sehen. Was einmal unser Lager gewesen war, stieg nun als Rauchsäule in den Himmel. Sie breitete sich aus, verteilte sich und löste sich ganz weit oben auf. Doch wenigstens waren wir sicher. Die Yusra hatte uns gerettet.

»Na? Was machen die Wellen?« Aayan setzte sich am Strand zu mir auf die Steine. Vor drei Stunden hatten wir das neue Lager erreicht und so weit hergerichtet, dass es für die Nacht reichen sollte. Auch ich hatte wieder mit angefasst, obwohl mein Körper nicht aufhören wollte zu zittern. Wie Buttermilch schwamm es in meinen Knien, in meinen Armen. Bei jeder Kiste, die wir in die Häuser brachten, glaubte ich, sie würde mir gleich aus den Händen und auf die Erde gleiten. Und auch ich würde einfach mit ihr zusammen zu Boden gehen. Als dann die Arbeit getan war, setzte ich mich an den Strand und starrte auf die See.

»Es tut mir leid, Aayan«, beteuerte ich, »ich habe mich heute wirklich angestrengt. Nur einen Fehler habe ich gemacht. Ich wollte ja nur ganz kurz den Schweiß von meinem Körper …«

»Nur einen Fehler?«, unterbrach mich Aayan. »Ein Fehler ist genau ein Fehler zu viel. Du hast keine Freiversuche. Und es ist auch egal, ob du sonst alles richtig gemacht hast. Ein einziger Fehler reicht vollkommen aus und es ist vorbei!«

Ich schluckte.

»Es tut mir leid«, flüsterte ich kleinlaut.

»Hör auf damit!«, fuhr Aayan mich an. »Nichts braucht dir leidzutun. Das ist was für Kriecher, und es bringt auch nichts, wenn du nichts daraus lernst. Mach einfach keine Fehler!«

»In Ordnung … Nidar«, sagte ich so fest ich konnte. Aayans Miene hellte sich auf. Dann fuhr er mir mit der Hand durch die Haare.

»Komm mit, du kannst an der Planung teilnehmen. Da lernst du noch was«, sagte er, stand auf und ging los. Ich sprang hektisch auf und folgte ihm.

»Ach, noch was«, sagte er. »Ja, du hast dich heute gut geschlagen. Das bleibt aber unter uns.«

5
Fließendes Wasser bewegt stehendes Wasser

»Hast du Khat gekaut? Zeig mir deine Augen, Warsame!« Wir hatten Warsame auf dem Weg in das Haus getroffen, in dem die Besprechung stattfinden sollte. Und nun umklammerte Aayan das Kinn des Mannes fest mit der rechten Hand. Seine Finger drückten sich tief in die Wangen und drehten sein Gesicht zu ihm.

»Nein, Nidar, das habe ich nicht. Ich schwöre es.«

»Dein Schwur ist so viel wert wie eine Handvoll fauler Reis«, fuhr Aayan ihn an, »ich kann es doch sehen! Seit wann nimmst du das Zeug?«

»Aber Nidar«, bettelte Warsame, »ein Mal. Nur ein einziges Mal habe ich Khat gekaut – ich bin nicht abhängig, ehrlich!«

»Wie lautet die Regel?« Aayan sah ihn scharf an.

»Ich kenne die Regel und ich habe doch auch wirklich nur heute …«

»Wie lautet …«, wiederholte Aayan und packte ihn im Genick. Er zog ihn ganz nah an seine Stirn und flüsterte ihm direkt in das Gesicht, »… die Regel?«

»Keine Feiglinge, kein Khat«, sagte Warsame kleinlaut. »Aber ich habe wirklich nur ein einziges Mal heute …«

Plötzlich knallte es laut und Warsame ging zu Boden. Aayan hatte ihm mit der flachen Hand hart auf das Ohr geschlagen.

»Ich mache die Regeln! Du befolgst sie!«, schrie er ihn jetzt an. »Ist das klar?« Warsame hielt sich das Ohr mit beiden Händen und kauerte auf dem Boden. Kaum hörbar winselte er: »Ja, Nidar.«

»Ob das klar ist, will ich von dir wissen! Ich habe nämlich nichts gehört!«, brüllte Aayan wieder. Doch ohne eine Antwort abzuwarten, trat er ihm in die Rippen, und dann noch einmal fester. Warsame krümmte sich auf dem Boden.

»Du machst die Regeln. Ich befolge sie«, sagte er jetzt so laut er nur konnte.

»Gut«, sagte Aayan. »Und jetzt geh mir aus den Augen.«

Mühsam raffte Warsame sich auf und hielt sich die Rippen, während er geduckt davonhumpelte.

Was war nur aus meinem Bruder geworden? So war er früher nicht gewesen. Er hatte sich nie mit irgendjemandem geschlagen. Dass ich mich niemals provozieren lassen soll, hatte er mir immer wieder gesagt. Der beste Streit ist der, den du vermeiden kannst – das war seine Überzeugung gewesen. Und jetzt hatte ich dabei zugesehen, wie er Warsame brutal zusammengeschlagen und getreten hatte. Ich schaute ihn an, als hätte er sich für wenige Sekunden, eine Minute vielleicht, in ein Monster verwandelt. Aber plötzlich war er wieder ganz der alte Aayan.

»Wenn sie mit den Drogen anfangen«, erklärte er ruhig und drehte den Ring an seiner rechten Hand, »werden sie dich bald verraten. Wer Khat kaut, verkauft auch seine Kinder. Am Ende sehen sie überall nur noch Monster.«

Doch ich konnte noch immer nicht glauben, was ich da gerade gesehen hatte, und starrte Aayan weiter an.

»Schau nicht so«, sagte er fast aufmunternd, »im Grunde habe ich ihm einen Gefallen getan.«

»Einen Gefallen?«, fragte ich.

Aayan überlegte kurz, dann fragte er: »Kennst du noch den Kettenmann?«

Ich kannte den Kettenmann. Er lebte außerhalb von Hafun in einem winzigen Haus oder eher einer offenen Hütte. Seine Familie hatte ihn darin angekettet, weil er verrückt geworden war. Jeden Tag gingen sie zu ihm, brachten ihm etwas zu essen und zu trinken. Dann spülten sie die Hütte aus, weil es für ihn auch keine Toilette gab. Er musste auf den Boden machen. Amina und ich waren einmal in der Nähe der Hütte vorbei gegangen, aber wir hatten uns nicht getraut, zu ihm hinzugehen. Denn er schrie ständig und es hieß, dass er auch seine eigene Familie anfallen, sie schlagen und beißen würde. Ja, ich kannte den Kettenmann.

»Wer die Finger nicht vom Khat lassen kann, endet irgendwann als einer von denen. Im ganzen Land gibt es Hütten mit Kettenmännern, Geedi. Also schau mich nicht so an.«

Ich verstand, und doch graute es mir vor Aayan. Ich hätte nicht gedacht, dass er so sein konnte.

Bald betraten wir den Raum, in dem die Planung stattfinden sollte. Er war mit Teppichen ausgelegt, auf denen schon das Piano, sein Großvater, Said und Waail im Kreis saßen. Sie nahmen süße Teigtaschen aus der Mitte, stopften sie in sich hinein und warteten auf uns. Sie warteten auf Nidar. Jetzt schauten sie ungläubig, als sie auch mich entdeckt hatten.

»Nun«, sagte Aayan, »Geedi bleibt bei uns. Er hat eine Menge zu lernen. Darum wird er heute bei der Planung dabei sein. Piano, du kümmerst dich in den nächsten Wochen um ihn und bringst ihm bei, was du weißt.«

»Natürlich«, nickte Salman. Er zwinkerte mir zu, dann schaute er Aayan etwas verlegen an.

»Wirklich alles?«, fragte er. Dabei hielt er die Hände in die Luft, so wie man ein Maschinengewehr hielt – er dachte wohl, ich würde nicht erkennen, was er da machte.

»Ja, natürlich«, sagte Aayan, »auch den Umgang mit dem Gewehr. Er wird es brauchen. Und lass den Unsinn mit deinen Händen. Geedi ist 14, und nicht dumm.« Dabei machte Aayan Salmans Handbewegung nach und lachte laut. Alle außer Salman lachten laut. Der schaute mich nur verlegen an.

»Ich bin aber schon 15«, sagte ich, »seit einem Monat bin ich 15.« Jetzt konnte Salman wieder mitlachen.

»Also gut«, sagte Aayan, »dann wäre das geklärt.« Er wollte zur Sache zurückkommen. Also setzten wir uns in die Runde. Für Aayan hatten die Männer einen Platz freigehalten, ich sollte mich gleich zu Salman setzen, der jetzt ein wenig zur Seite rutschte.

»Nun«, begann Aayan, »von unseren Informanten weiß ich, dass morgen ein Öltanker aus dem Jemen den Golf von Aden passieren wird, und dass dieser nur eine Tarnung ist. Denn er wird gut 100 Kilogramm Platin transportieren.« Die Männer machten große Augen. Platin war wohl nicht an der Tagesordnung.

»Genau!«, fuhr Aayan fort. »Ich war auch erfreut. Auf dem Tablet findet ihr die Route, die der Tanker nehmen wird. Wir bleiben bei unserer üblichen Strategie. Den Einsatz planen wir gleich im Detail, dann gebt ihr den Leuten Bescheid.«

Es war jetzt doch alles wahnsinnig aufregend. Ich starrte Aayan an, während er redete, Augen und Mund offen.

»Noch Fragen?« Aayan sah in die Runde, dann blickte er mich an. Doch ich schüttelte nur den Kopf, so wie es die anderen auch taten.

»Heißt das, du kennst unsere übliche Strategie, Geedi?«, fragte er mich nun auffordernd.

»Also, ich habe mir gedacht … also, ich meine …«, stammelte ich. Natürlich kannte ich die übliche Strategie nicht, doch ich dachte, dass ich wohl kaum eine Frage stellen dürfte. Zu Hause, wenn die Männer aus dem Dorf sprachen, hatte ich zu schweigen, also tat ich es auch hier.

»Du bist nicht mehr in Hafun, Geedi«, erklärte Aayan ruhig, »du musst nachfragen, wenn dir etwas nicht klar ist. Kinder können wir hier nicht brauchen.«

»In Ordnung«, sagte ich, nahm meinen ganzen Mut zusammen und fragte: »Also … was ist denn die übliche Strategie?«

Die Männer lachten und das Piano erklärte: »Es ist so: Angefangen haben wir damit, dass wir unsere Leute als Fischer getarnt haben. Dafür hatten wir Fischerboote und Mutterschiffe, so wie die Yusra. Die haben dann Kurs auf die Frachter genommen, die wir nicht überfallen wollten. Damit haben wir die Aufmerksamkeit der europäischen Patrouillen auf diese Schiffe gelenkt. Mit unseren Motorbooten konnten wir dann andere Frachter überfallen.«

»Aber die Yusra lag doch vier Jahre lang gestrandet vor Hafun«, wandte ich ein.

»Das ist richtig«, antwortete das Piano. »Die Schiffe haben wir immer wieder ausgewechselt – die Yusra war nur als gestrandetes Schiff getarnt.«

»Das war deine List, Aay… Nidar …«, flüsterte ich beeindruckt und Aayan nickte stumm.

»Das hat eine ganze Weile gut funktioniert …«, fuhr Salman unbeirrt fort. Er hatte ja keine Ahnung, was mir die Yusra bedeutete. Er konnte nicht wissen, dass ich hätte weinen wollen, jetzt, da ich wusste, was genau Aayans List war und mir klar wurde, wie sehr ein Teil von ihm ständig vor unserer Nase in Hafun gelegen hatte. Doch ich musste mich nun konzentrieren und die Strategie verstehen, denn das Piano bewegte seine riesigen Zähne immer weiter.

»… haben wir erfahren, dass ausländische Fischerboote nach somalischen Männern gesucht haben, die sie begleiten und beschützen sollten. Da haben wir dann unsere Leute eingeschleust. Die ausländischen Fischer haben mit ihren Fangrouten ja auch einen Teil der Frachterrouten abgedeckt. Damit konnten wir dann noch mehr Verwirrung stiften und die MS Lübeck und wie sie alle heißen von unserem Raubzug ablenken.«

»Aber habt ihr denn keine Angst, dass die Patrouillen euch gefangen nehmen und in Europa ins Gefängnis stecken?«, fragte ich. »Ich meine, ihr habt doch auch Gewehre dabei, oder nicht?«

»Dein Bruder versteht schnell«, sagte Salman und grinste Aayan an, »aber es ist so, Geedi: Die machen nichts, wenn es Fischer sind. Dürfen sie gar nicht. Im schlimmsten Fall nehmen sie uns die Maschinengewehre weg und lassen uns wieder fahren. Darum kommen auf die Ablenkungsboote immer die Männer, die am schlechtesten schießen können. Und sie bekommen die ältesten Gewehre, manchmal sogar Schrott, der überhaupt nicht mehr richtig schießt. Um den ist es nicht schade.«

Ich überlegte fasziniert, wie das nur gehen konnte. Wie organisierte man die Fischer und die eigenen Boote nur so, dass man sich nicht in die Quere kam? Das wirkte furchtbar kompliziert.

»Was hältst du von der Strategie, Geedi?«, fragte Aayan und schaute mich gespannt an. Ich sollte wohl mehr tun, als nur interessiert zu nicken. Aber musste ich nun begeistert sein? Ich war zwar Aayans Bruder, aber er war doch Nidar, der Geist von Aden. Nein, er konnte nicht wirklich wollen, dass ich, Geedi, ihn für seine überragende List bewunderte. Also überlegte ich weiter, schloss die Augen beinahe ganz und versuchte mir vorzustellen, wie man all diese Schiffe nur zusammenbrachte, ohne dass sie sich im Weg herumfuhren.

»Also …«, sagte ich schließlich zögerlich, »… ich finde …« Doch dann stockte ich. Denn stand es mir überhaupt zu, den Plan meines großen Bruders einfach so zu hinterfragen? Das würde ja bedeuten, dass ich ihn kritisierte. Und was wusste ich schon?

»Nur raus mit der Sprache!« Aayan nickte mir zu und sah mich erwartungsvoll an.

»Gut«, sagte ich, und ich gab mir Mühe, dass meine Stimme möglichst fest und stark klang. Ich sollte etwas dazu sagen, also musste ich es auch richtig tun.

»Ich habe mich gerade gefragt, wie man die Fischer so organisiert, dass wir uns mit den Booten nicht in die Quere kommen? Was ist, wenn sie gerade dorthin fahren, wo der Tanker ist, den wir überfallen wollen?« Die Männer nickten, und sie wirkten beinahe erleichtert über meine Frage. Wie es aussah, hatten sie schon eine Antwort darauf.

»Das ist kein Problem«, sagte Said nun, »wir kennen die Fanggebiete der Fischer ziemlich genau.«

»Ja, aber kennen die Soldaten auf der MS Lübeck und wie sie alle heißen die Gebiete nicht auch irgendwann? Kommen die nicht auf die Idee, dass sie dort gar nicht mehr nach uns suchen müssen?«

Jetzt wurden die Männer ein wenig unruhig. Said nahm ein Teigbällchen und Waail sagte: »Also, bislang war das kein Problem …« Dann murmelten sie alle etwas untereinander, Said mit vollem Mund.

»Was schlägst du vor?«, fragte Aayan schließlich. Die Männer verstummten und sahen mich an. Ihre Blicke lagen so schwer auf mir, als hätte jemand ein totes Kamel auf meinen Schultern abgeladen. Ich war ja erst seit heute Morgen bei den Piraten! Vor wenigen Minuten erst hatten sie mir erklärt, was ihre übliche Strategie war. Und jetzt sollte ich gleich einen Vorschlag machen? Ich hätte die Strategie nicht kritisieren sollen, dachte ich, das war ein Fehler. ›Ich finde sie sehr gut‹, hätte ich sagen sollen. So einfach wäre das gewesen, dann müsste ich jetzt nicht Rede und Antwort stehen oder sogar eine Lösung haben. In Hafun war es einfacher gewesen. Da war es oft so, dass ich Dinge nicht gut fand – manchmal konnte ich es laut sagen, oft sagte ich es leise oder dachte es mir nur. Ich konnte es ungerecht finden, dass Amina nicht in die Schule gehen konnte. Ich sagte es, und damit war es getan. Es veränderte aber nie etwas. Ich glaube, das hatte ich von Vater – auch er klagte ja so oft, doch es änderte nichts. Darüber, dass die Europäer uns ihren Giftmüll in die Meere kippten. Aber das taten sie heute auch noch. Oder darüber, dass sie uns die Meere leerfischten und die somalischen Fischer mit ihren Fängen oft nicht einmal mehr die eigenen Familien ernähren konnten. An den Verkauf von Fisch war gar nicht erst zu denken. Auch das änderte sich nicht – da konnte Vater so viel klagen, wie er wollte.

»Und?«, fragte Aayan nun, als ob er nur darauf wartete, dass ich sagen würde: »Ich weiß es nicht, Nidar.«

Doch dann hatte ich eine Idee.

»Die Fischer!«, rief ich aus. Nun schauten mich nicht nur Salman und die anderen Männer gespannt an, auch Aayan hob die Augenbrauen.

»Die somalischen Fischer, unsere Fischer! Sie können von ihren Fängen kaum noch leben, richtig? Das hat Vater immer gesagt«, begann ich also. »Warum machen wir uns denn die Mühe, unsere Männer bei ausländischen Fischern einzuschleusen? Wir könnten doch unsere eigenen Fischer dafür bezahlen, dass sie unsere Männer mitnehmen. Das Geld können sie sicher gut gebrauchen.«

»Das ist brillant, Geedi«, unterbrach Aayan mich. Er hatte verstanden und wollte der Erste sein, der erklärte, was es zu bedeuten hatte. Es war zwar meine Idee und ich hätte sie gern selbst erklärt, doch es stand mir nicht zu. Also schwieg ich, während er mich mit einem Funkeln in den Augen ansah und weitersprach: »Dann lassen wir die bezahlten Fischer dort fangen, wo wir sie brauchen. Sie müssen nicht einmal etwas fangen, weil wir sie ja bezahlen. Wir sind dann nicht mehr auf die Fanggebiete der Fischer angewiesen und viel flexibler. Said …«, Aayan richtete seinen Blick nun auf ihn, »… was glaubst du? Wie viele Fischer kriegst du bis morgen organisiert?«

»Das ist schwer zu sagen.« Er hob die Schultern. »Fünf, vielleicht sechs. Lassen wir ihnen denn eine Wahl?«

»Natürlich tun wir das. Wir sind nicht Dayax. Nimm dir ein paar Männer und mach dich gleich auf den Weg. Wir brauchen wenigstens zehn. Denn dann können wir … genau hier den Überfall starten …« Said sprang auf und ging. Aayan schob das Tablet in unsere Mitte und begann damit, zehn weitere Boote entlang der Route des Tankers einzufügen. Er verschob die Motorboote, die eigenen Ablenkungsboote, die Mutterschiffe, er schob sie hin und her, bis er nach einer halben Stunde zufrieden nickte: »So wird es gemacht!«

Früh am nächsten Morgen stand ich mit Salman außerhalb des Lagers auf einem freien Feld. Er sollte mir das Schießen beibringen. Denn Aayan hatte gestern gesagt, ich würde ganz sicher nicht mit auf einen Raubzug gehen, nicht einmal auf einem Mutterschiff zur Ablenkung, solange ich nicht wenigstens halb so gut schießen konnte wie Waail. Der war schon kein besonders guter Schütze. Doch ich? Ich hatte ja noch

71

nie ein Maschinengewehr abgefeuert. Letztes Jahr hatte ich schon einmal eines in der Hand, doch es war ja etwas ganz anderes, damit auch wirklich auf etwas zu schießen. Also musste ich schnell üben, denn ich hatte gestern darauf bestanden, den Raubzug zu begleiten, wenigstens als Ablenkung auf der Yusra. Aayan hatte es mir verboten. Es wäre gefährlich und ich dürfte die Mission nicht ruinieren. »Die Mission ist auch meine Mission! Ich hatte die Idee, die Fischer anzuwerben!«, hatte ich protestiert. Es war nicht klug und es zeigte keinen Respekt, doch ich wollte unbedingt mitfahren. Am Ende hatte Aayan unter der Bedingung, dass ich schießen lerne, eingewilligt, und so hielt ich nun ein Maschinengewehr und wartete auf Salmans Anweisungen.

»Die Palme da hinten«, sagte er jetzt und zeigte mit dem ausgestreckten Finger auf die einzige Palme, die weit und breit zu sehen war, »wenn du die zuverlässig triffst, bist du ungefähr halb so gut wie Waail. Also, wenn ich beide Augen zudrücke.«

»Meinst du die da hinten?«, fragte ich lachend und zeigte wieder auf die einzige Palme in der Gegend. Ich war aufgeregt und gut gelaunt, denn ich hatte hier meine große Chance, schon in wenigen Stunden meinen ersten Einsatz zu erleben.

»Das ist kein Spaß, Geedi. Wenn du das Schießtraining nicht ernst nimmst, können wir es gleich sein lassen.«

»Entschuldige bitte«, sagte ich. Dann hob ich das Maschinengewehr an, stemmte es in meine Schulter, so wie ich es bei anderen schon gesehen hatte. Ich war nervös und voller Vorfreude auf die Fahrt mit der Yusra, also durfte ich das hier nicht verderben. Gut musste ich sein. Sehr gut.

»Vorsicht«, mahnte Salman, »der Rückstoß ist gewaltig. Du musst einen festen Stand …« Da drückte ich schon ab. Das Gewehr feuerte mit einem gewaltigen Schlag und warf mich auf den Boden. Dabei gingen die Schüsse in alle Himmelsrichtungen, sodass Salman die Hände über den Kopf schlug und sich auch auf die Erde warf.

»Scheiße noch eins, Geedi!«, rief er und lachte hysterisch. »Willst du uns umbringen?« Ich hatte wenigstens fünf Schuss abgefeuert, und sie hatten alles Mögliche getroffen, nur nicht ein einziges Stück der Palme.

»Versuch es noch mal, aber warte gefälligst, bis ich dir alles erklärt habe«, sagte Salman, als er wieder aufgestanden war und sich den Staub aus den Kleidern geklopft hatte. »Du brauchst einen festen Stand, wollte ich dir gerade noch sagen. Nimm dein linkes Bein nach vorn und lehne dich in das Gewehr wie gegen eine Wand. Dann zielst du ein bisschen tiefer als dorthin, wo du die Palme treffen willst, denn der Rückstoß reißt das Gewehr nach oben.«

Ich nickte und verstand, traute mich aber nicht, den Abzug zu drücken. Erwartungsvoll sah ich das Piano an.

»Ja, nun mach schon!«, sagte er ungeduldig.

Der zweite Schuss riss schon eines der Palmenblätter ab.

»Das war gut«, nickte Salman, »du hast Talent.«

»Also kann ich mit auf die Yusra?«

»Nach sechs Schuss? So viel Talent hast du nun auch wieder nicht. Ich will kein Grün mehr an der Palme sehen. Wenn du dafür weniger als 30 Schuss brauchst, bist du dabei.«

»Wie viele waren das?«, fragte ich, als von der Palme nur noch der Stumpf übrig war. Ich hatte in der Aufregung nicht genau mitgezählt, doch ich war mir sicher, dass es mindestens 34 gewesen sein mussten.

»29«, log Salman, »du bist an Bord.«

Ich sicherte das Maschinengewehr, warf es auf den Boden und fiel ihm um den Hals. Das Piano drückte mich und lachte. Dann setzte er mich ab, fasste mich an den Schultern und sagte ernst: »Tu das nie wieder! Wirklich! Nie wieder. Was sind das denn für Piraten, die sich vor Freude in die Arme fallen und knuddeln?«

»In Ordnung, Salman, Entschuldigung.« Ich ließ ihn los, hob das Gewehr auf und schaute es ungläubig an.

»Mit Maschinengewehren überfallen wir Öltanker?«

»Das ist eine AK-47! Und streng genommen ist das kein Maschinengewehr, sondern nur ein Schnellfeuergewehr. Ein richtiges Maschinengewehr könntest du nicht tragen. Maschinengewehre sind die großen Dinger, die man hinten auf Pick-Ups montiert«, erklärte Salman, und ich nickte.

»Also gut«, sagte ich, »mit Schnellfeuergewehren überfallen wir Öltanker? Ist das nicht ein bisschen zu wenig Feuerkraft?«

»Es reicht«, erklärte das Piano. »Für Frachter und vor allem Öltanker reicht es. Wir nähern uns ihnen, und wenn wir dann schießen, ergeben sie sich. Die sitzen ja auf Gigatonnen von Öl – mit einer AK-47 kann man die Schiffswand durchschlagen und den Tanker zur Explosion bringen. Das gäbe ein ganz schönes Feuerwerk. So dumm sind sie nicht, es darauf anzulegen. Außerdem haben die meisten Schiffe nicht einmal bewaffnete Männer an Bord. Söldner als bewaffnete Mannschaft zu bezahlen ist zu teuer. Aber dafür probieren sie wirklich verrückte Sachen aus. Ich glaube, es gibt in Europa einen milliardenschweren Markt für die Verteidigung von Schiffen: Eins hatte zum Beispiel einmal einen Wasserwerfer. Damit haben sie auf unser Motorboot gezielt, aber nicht etwa, um uns zu treffen und aus dem Boot zu werfen. Nein! Sie wollten es volllaufen lassen, damit wir zu langsam werden. Das hat wirklich gar nicht funktioniert. Mit ihrem Wasserwerfer waren sie viel zu träge für unsere Motorboote. Aber viel mehr als das passiert da eigentlich nicht. Also glaub mir, die AK-47 reicht aus. Und sag ruhig weiter Maschinengewehr«, er lachte und klopfte mir auf die Schulter, »ich wollte nur dass du weißt, wie es richtig heißt. So wichtig ist es am Ende aber auch wieder nicht.«

Als wir in den Pick-Up gestiegen waren, lag das Maschinengewehr, das in Wirklichkeit ein Schnellfeuergewehr war, noch immer auf meinem Schoß. Mit glänzenden Augen schaute ich es an und konnte es kaum erwarten, Aayan zu erklären, dass dieses Stück Stahl nun wirklich meine Eintrittskarte zur Yusra war. Salman wollte gerade den Motor starten, da bemerkte er den Glanz in meinen Augen, zog den Zündschlüssel noch einmal aus dem Schloss und drehte sich zu mir.

»Ein Mann trägt keine Waffe – es sei denn, er hat gerade jemanden erschossen«, sagte er ruhig und blickte mich ernst an.

»Was meinst du?«, fragte ich verwirrt. Ich hatte doch nur auf eine Palme geschossen, und doch lag die Waffe auf meinem Schoß.

»Es ist ein altes Sprichwort und es bedeutet: Dieses Gewehr …« Er machte eine Pause, dann beugte er sich zu mir herüber und flüsterte beinahe: »… ist dazu da, Menschen zu töten, nicht Palmen. Wenn du eine Waffe trägst, Geedi, musst du auch bereit sein, jemanden damit umzubringen. Du hast gerade nur mit einer Pflanze geübt und auf der Yusra wirst du das Gewehr heute ganz sicher nicht brauchen. Doch mach dir eins klar: Der Tag wird kommen, an dem du damit auch auf einen Menschen schießen musst. Wenn du dich entscheidest, eine Waffe zu tragen, wird es passieren.«

Ich nickte stumm. Dann drehte Salman seinen Kopf langsam wieder nach vorn, drückte den Schlüssel in die Zündung und startete den Motor. Bevor er losfuhr, wiederholte er leise und so, als würde er es mehr zu sich selbst sagen: »Es wird passieren.«

6
Im Frieden schmeckt
die Milch süß

Keine Wolke war am Himmel, die Sonne brannte heiß auf uns, während wir mit der Yusra auf das offene Meer hinausfuhren. Die See war ruhig, und doch spritzte ab und zu die Gischt zu uns herauf, wenn wir in ein Wellental schlugen. Froh war ich über jedes Wasser, das mich kurz abkühlte, bevor die Sonne es wieder verdunstete und in meine Haut stach. Ich saß vorne an Deck auf einer der Metallkisten, die an der Reling festgemacht waren und in denen wir das Material verstaut hatten. Unter mir war nicht nur mein Gewehr – auch Taue, die ich eingeholt und aufgerollt hatte, und Werkzeug, um auf See den Dieselmotor wieder ans Laufen zu kriegen, wenn er einmal ausfallen sollte. Das war schon vorgekommen und auf See mussten wir uns am besten selbst zu helfen wissen. Das Werkzeug war voll von Schmutz und Maschinenöl gewesen. Schwarz und schmierig waren jetzt auch meine Hände, mein Gesicht, mein Hemd und meine Hose. Mir gegenüber saß Salman auf seiner Kiste. Er glänzte so verschmiert in der Sonne wie ich und knotete gelangweilt an einem Seil, das in seinen riesigen Händen beinahe wie ein Bindfaden aussah. Seine Handbewegungen wirkten genauso

77

eintönig und gleichmäßig wie das Summen des Dieselmotors. Der Steuermann stand mit trägen Augen im Führerhaus und hielt das Steuerrad lose in der einen Hand. Mit der anderen nahm er ab und zu die Zigarette aus dem Gesicht und klopfte die Asche ab. Ich war der Einzige an Bord, der kaum eine Sekunde lang den Horizont aus den Augen lassen konnte. Einen Hochseefischer aus Italien steuerten wir an, und durch unsere Anwesenheit sollten wir für etwas Aufregung sorgen. Ich wollte nicht den Moment verpassen, an dem das Industrieschiff am Horizont auftauchte, also suchte ich mit weit aufgerissenen Augen den Horizont ab. Nur zwischendurch musste ich wegschauen, wenn mir Wasser ins Gesicht spritzte. Es brannte furchtbar in den Augen, also wischte ich es ab, blinzelte ein paar Mal und sah dann wieder auf die See.

»Was sind das eigentlich für Informanten, von denen wir erfahren, welche Fracht geliefert wird?«, fragte ich Salman.

»Wir haben ein paar Leute, die uns gegen eine kleine Beteiligung helfen«, sagte er müde. Er wäre wohl gern auf einem der Motorboote gewesen, um selbst Beute zu machen. Nun saß er auf der Yusra. Wegen mir. Das gefiel mir nicht besonders.

»Was sind das denn für Leute?«

»Mein Cousin kennt zum Beispiel einen, der bei der Hafenverwaltung Jeddah in Saudi-Arabien arbeitet und die Containerlisten einsehen kann. Und er kennt wieder Leute, die Leute kennen, die wissen, was auf den Schiffen transportiert wird und nicht auf den Listen steht.«

»Aha«, sagte ich. Dann war wieder Stille.

»Was machen wir eigentlich, wenn wir das Schiff entdeckt haben?«, fragte ich schließlich weiter.

»Gar nichts machen wir dann.«

»Gar nichts?«, fragte ich nach.

»Nein, gar nichts. Wir steuern auf das Schiff zu, dann drehen wir ein wenig bei, bleiben in der Nähe. Nah genug, damit sie sich bedroht fühlen.«

»Und was ist, wenn wirklich eine Patrouille hier auftaucht?«

»Dann muss es schnell gehen. Wir lassen die Fangnetze ins Wasser, damit wir wirklich wie Fischer aussehen. Wenn wir in Sichtweite sind, müssen die Netze draußen sein.«

»Warum lassen wir sie nicht gleich ins Wasser, wenn wir in der Nähe des Schiffes sind?«, fragte ich weiter. Ich hatte zwar schon verstanden, dass wir dann keine Bedrohung mehr waren, wenn sie von Weitem schon sehen konnten, dass wir nur auf Fischfang waren. Doch ich hatte ein schlechtes Gewissen wegen Salman. Wenn er mir die Dinge erklären konnte, war es wenigstens nicht umsonst, dass er hier auf der Yusra herumsaß.

»Wir müssen für die so aussehen, als könnten wir bald angreifen«, erklärte er geduldig. »Dazu dürfen wir gerade so eben in Sichtweite sein. Auf ihrem Radar können sie nicht erkennen, ob wir noch Motorboote um uns herum haben – die sind zu klein. Erst wenn sie den Köder geschluckt haben, erst wenn die Patrouillen uns folgen, lassen wir die Netze ins Wasser. Dann haben wir sie lang genug beschäftigt.«

»Ich verstehe«, sagte ich. Dann sah ich wieder über die Reling auf den Horizont. Mindestens eine Stunde saß ich so da, leckte mir manchmal das Meersalz von den Lippen und hörte zu, wie der Steuermann den anderen Männern von einer Frau erzählte, die er heiraten wollte.

»Piraten haben gute Chancen bei den Frauen«, sagte er immer wieder, und dass seine geliebte Faiza von ihm nichts wissen wollte, als er noch ein kleiner Händler war. Ein Jahr lang hatte er es versucht, doch sie hatte ihn immer wieder abgewiesen. Erst seit er sich Nidar angeschlossen hatte, war sie an ihm interessiert. Jetzt konnte er ihr Geschenke machen, und sie war überzeugt, dass er mal eine Familie ernähren konnte. Dann begann er zu erzählen, wie hübsch sie war. Er beschrieb ihre Haare, ihr Gesicht, ihre Hände. Als er anfing, ihren restlichen Körper zu beschreiben, beschloss ich, nicht weiter zuzuhören und starrte wieder auf die See.

Plötzlich tauchte am Horizont ein Schiff auf.

»Da ist es!«, rief ich und zeigte rechts auf die See. Sofort waren die Männer still. Der Steuermann riss das Ruder herum und wir blieben auf Distanz. Wie ein Löwe oder ein Leopard auf der Jagd schlichen wir weit entfernt um die Beute. Nur hatten diese Leute Glück, denn wir waren ja gar nicht zum Jagen hier.

»Mal sehen, ob sie den Köder schlucken«, sagte Salman ruhig und leckte sich über die Lippen. Jetzt beobachtete einer von uns konzentriert das Radargerät und deutete mit der Hand in die Richtungen, in denen andere Schiffe angezeigt wurden. Mit Ferngläsern beobachteten wir nun dort den Horizont. Die Spannung war kaum auszuhalten. Immer wieder schaute ich auf Salman, der das Fernglas fest in den Händen hielt und die See absuchte. Zwanzig Minuten, vielleicht dreißig.

»Patrouillenschiff auf acht Uhr!«, rief plötzlich einer der anderen Männer. Sofort warfen alle ihre Ferngläser in die Truhen. Das Piano stürmte mit zwei anderen Männern zum

Heck der Yusra. Sie kurbelten an einem großen Stahlrad und ließen die Fischernetze zu Wasser.

»Steh da nicht so herum!«, rief Salman mir zu und winkte mich zu sich herüber. Ich sprang auf und fasste auch mit an, drehte an der Kurbel und die zwei anderen Männer sorgten dafür, dass die Netze nicht aus der Spur liefen.

»Netze sind draußen«, rief Salman schließlich. Dann setzten wir uns wieder an Deck und warteten.

»Was macht ihr hier?«, brüllte uns der uniformierte Mann auf Englisch an. Er hatte gerade noch auf dem Patrouillenschiff an der Reling gestanden und mit einem Megafon zu uns herübergerufen, dass wir anhalten sollten. Wir mussten sofort den Motor stoppen. Sofort! Und jetzt war er mit drei anderen Männern auf der Yusra, sie durchsuchten die Truhen, das Führerhaus, das ganze Schiff.

»Wir sind Fischer«, rief Salman, »einfache Fischer!« Er riss dabei die Augen weit auf, so als hätte er Angst vor dem Mann in der Uniform. »Bitte!«, flehte er weiter. »Bitte lassen Sie uns in Ruhe!«

»Und wozu brauchen Fischer die hier?« Der Mann hob eines der Maschinengewehre in die Luft und sah das Piano streng an.

»Es ist gefährlich hier«, antwortete Salman, »das wissen Sie doch.«

»Ach, halt die Klappe! Ich glaube dir kein Wort!«, fuhr der Mann ihn an. Er nahm das Gewehr und schlug ihn damit nieder. Salman fiel auf das Deck und er schrie. Er fasste sich an den Kopf, und schon war da Blut zwischen seinen Fingern.

»Salman!«, schrie ich und stürzte zu ihm. Und dann schrie ich den Mann an: »Ich bin 14 Jahre alt!« Ich log, weil ich fand, dass 14 Jahre besser klang als 15. »Habt ihr schon einmal Piraten gesehen, die 14 Jahre alt sind? Lasst uns in Ruhe!«

Der Mann stand still da. Dann sah er nach hinten zu den anderen Männern. Einer von ihnen nickte. Daraufhin warf der Mann das Gewehr auf die Erde: »Damit würde ich nicht versuchen, auf irgendjemanden zu schießen. Ihr verletzt euch nur selbst«, sagte er, und dann verließen die Männer die Yusra. Sie zogen den Steg ein und wendeten das Schiff, sodass wir heftig in ihren Wellen schwankten.

»Wir brauchen hier ein sauberes Tuch!«, rief ich den anderen Männern zu, »Salman blutet schlimm!« Die Männer schauten sich um. Ein sauberes Tuch war nirgends zu finden. Also zog ich mein Hemd aus und suchte es nach einer Stelle ab, die nicht ganz so ölverschmiert war. Ich legte es zusammen und drückte es Salman an den Kopf: »Hier, nimm das!«, sagte ich. »Wie geht es dir?«

»Es wird schon gehen, danke«, keuchte Salman. Er setzte sich mit Mühe auf, lehnte sich gegen eine Truhe und stöhnte. Ich blieb vor ihm auf dem Boden sitzen, und so wie ich zuvor auf den Horizont gestarrt hatte, ließ ich jetzt auch das Piano nicht aus den Augen. Als das Patrouillenschiff verschwunden war, startete der Steuermann den Motor. Die anderen Männer holten das Netz wieder ein. Dann setzten wir uns in Bewegung – zurück zum Lager.

»Danke, Geedi«, flüsterte Salman. Mit der linken Hand hielt er mein Hemd an seinen Kopf, seine freie Hand legte er auf meine Wange. Obwohl die Sonne auf meinen Schultern wie Feuer brannte, zitterte ich am ganzen Körper. Ich umklammerte Salmans Bein, hielt ihn fest und konnte mich nicht bewegen, bis wir zurück im Lager waren.

Schon von Weitem hörten wir ein riesiges Geschrei. Alle sangen, feierten und lachten, als wir im Lager ankamen und ich es nun doch geschafft hatte aufzustehen. Denn ich musste mich unter das Piano stemmen und ihm von Bord helfen. Ich half ihm in das Motorboot hinein und am Strand wieder heraus. Dann stützte ich ihn durch die Wellen und über den Sand, bis wir endlich an einem Haus angekommen waren, aus dem uns schon Aayan und zwei andere Männer entgegenliefen.

»Mensch, Piano! So wollte ich dir auch schon immer mal eine reinhauen!«, lachte Aayan und krallte die Hand in seinen Nacken. Die anderen Männer fassten ihn unter und ich konnte endlich auf den Boden fallen, endlich sitzen.

»Du bist ein schlechter Mensch, Nidar!«, stöhnte das Piano und versuchte, ein wenig zu lachen, während die Männer ihn in das Haus schafften.

»Natürlich bin ich das!«, rief Aayan ihnen hinterher. »Und flickt mir den Mann wieder richtig zusammen. Ich brauche ihn noch!«

Dann drehte er sich um und hockte sich zu mir auf die Erde.

»Wird er wieder heil?«, fragte ich und schaute auf die Tür, durch die Salman gerade mit den Männern verschwunden war.

»Natürlich«, sagte Aayan und klopfte meine Schulter, »es ist sicher nur eine Platzwunde. Mach dir keine Sorgen – Salman ist ein harter Hund.«

»Gut«, sagte ich.

»Das hast du gut gemacht.« Aayan stand auf und zwinkerte mir zu. »Komm mit. Wir haben einiges zu feiern.«

»War der Raubzug denn ein Erfolg?«

»Das kann man wohl sagen!«

»Das ist gut«, sagte ich, »geh du schon vor – ich komme gleich nach.«

»Alles klar«, lachte Aayan, »die kriegen das Piano aber auch ohne dich zusammengenäht.« Dann drehte er sich um und ging zum großen Feuer in die Mitte des Lagers, wo er von den anderen Piraten begeistert empfangen wurde.

Ich war mir sicher, dass die Männer Salman wieder hinbekommen würden. Das sah ich, wenn ich die Augen beinahe ganz schloss. Da konnte ich ihn sehen, wie er lachte und wie mich seine Zähne in der Sonne blendeten. Also im Grunde war es so: Ich vertraute Aayans Männern. Es ging aber nicht um Salman. An Amina hatte ich gedacht, die ganze Zeit, während wir zurück zu unserem Lager fuhren. Als die Männer still geworden waren. Als ich an Deck nur sitzen und Salmans Bein festhalten konnte. Amina musste sich Sorgen um mich machen und sie musste genau so wütend auf mich sein, wie ich es war, als Aayan damals über Nacht verschwunden war. Es war alles so aufregend gewesen, viel zu viel war passiert. Doch an Bord der Yusra war es mir plötzlich klar geworden: Ich hatte in den letzten Tagen nicht ein einziges Mal an sie gedacht. Was für ein schlechter Bruder ich war. Ich konnte nicht zurück nach Hafun, ich wollte nicht zurück. Aber ich wünschte so sehr, ich hätte Amina erzählen können, dass ich mit einer AK-47 geschossen hatte. Von der Fahrt auf der

Yusra wollte ich ihr erzählen, von Salman und Said, von meiner Idee für die Raubzüge und davon, dass unser Bruder der legendäre Nidar war. Ich wollte nicht genauso verschwunden sein, wie Aayan es gewesen war.

»Jetzt komm schon, Geedi!«, rief jemand aus dem Gewirr von Stimmen, die hinter mir feierten und sangen. Ich saß noch genauso da, wie ich gerade unter Salman auf den Boden gesackt war, bis ich schließlich zu den anderen Männern und dem Feuer hinüberging.

»Da ist ja unser Held!«, rief Aayan aus, als Salman eine Stunde später aus dem Dunkeln kam, langsam und etwas schwankend im Licht des Feuers auftauchte. Einen Verband hatte er um den Kopf und eine Flasche in der Hand. »Willkommen zurück unter den Lebenden!« Aayan fasste ihn an den Schultern. Auch ich drückte ihn und fragte: »Geht es dir gut?«

»Jaja«, lachte er, »Amburo hat ganze Arbeit geleistet. Er ist wirklich geschickt mit Nadel und Faden.«

»Natürlich ist er das«, sagte Aayan, »bis heute hat er unsere Fischernetze immer zuverlässig geflickt. Ich habe ja gleich gesagt, dann kann er auch eine Platzwunde nähen.«

Das Piano schaute entsetzt, wir alle blickten Aayan erstaunt an. Es war nur ein Spaß! Natürlich hatte Amburo doch eine Ausbildung als Krankenpfleger. Wir warteten gespannt darauf, dass Aayan den Witz endlich auflösen würde. Doch er blieb still.

»Was ist?«, fragte Aayan nach einer Weile, und Salman fasste sich an den frisch verbundenen Kopf.

»Fischernetze!«, stammelte er verwirrt. »Ich hätte draufgehen können.« Die Feier war schon etwas ruhiger geworden, doch jetzt mussten wir alle lachen und es wurde wieder lauter. Die Männer freuten sich eben, jetzt da sie wussten, dass Salman in Ordnung war.

»Hat sich die Sache wenigstens gelohnt, Nidar?«, fragte das Piano irgendwann.

»Aber natürlich! Mehr als das«, erklärte Aayan stolz, »wir haben heute Platin im Wert von 2,5 Millionen Dollar erbeutet. Das war ein wirklich guter Tag.«

»Das wurde auch Zeit«, murmelte Said kaum hörbar.

»Was meinst du?«, fragte Aayan.

»Darf ich offen sprechen, Nidar?«

»Ja, sprich.«

»Ich denke, wir haben lange genug für kleine Beute unser Leben riskiert. Was ist die letzten Male dabei herausgekommen? Mal waren es 50 000 Dollar, mal 70 000. Und manchmal haben wir gerade so eben die Kosten reingeholt. Dayax verdient mit seinen Männern das Fünfzigfache, oft auch das Hundertfache.«

»Dayax entführt Schiffe und ihre Besatzungen. Er erpresst Lösegeld und schreckt nicht davor zurück, diese Seeleute zu foltern oder zu töten, wenn es sein muss. Darüber haben wir schon gesprochen, Said. Immer wieder.«

»Ja, aber warum tun wir das nicht auch? Und warum soll ich Mitleid mit denen haben? Ich wäre schon längst ein reicher Mann mit einem Haus in Hafun und einem in Europa. Oder ich hätte in eine Firma dort investiert und könnte entspannt jeden Monat darauf warten, dass mir der Hawaldar mein Geld gutschreibt. Ich hätte ausgesorgt.«

»Said«, begann Aayan ruhig, und Said folgte ihm. Sofort ließ er die Hände fallen, die er eben noch aufgebracht in der Luft geschwenkt hatte, er atmete leiser und hörte zu. Ich musste an Warsame denken und duckte mich ein bisschen. Ich zog den Kopf ein, denn ich hatte wirklich Angst, dass Aayan jetzt auf Said losgehen würde. Doch Aayan blieb ganz ruhig und erklärte: »Als ihr mich zum Anführer gemacht habt, was war da meine erste Frage an jeden von euch?«

»Ob mir deine Regeln bekannt sind, hast du gefragt«, gab Said kleinlaut zu.

»Genau. Wir entführen keine Seeleute. Das ist meine Grenze. Das hast du von Anfang an gewusst. Gerade letzte Woche hat der französische Präsident angekündigt, er wolle den Kurs gegen die Piraten verschärfen. Er hat uns den Kampf angesagt und er hat uns ›niederträchtige Kriminelle‹ genannt.« Die Männer waren aufgebracht:

»Er ist doch der größte Kriminelle von allen!«

»Es waren seine Fässer mit Atommüll, die wir bei uns am Strand gefunden haben!«

»Verlogenes Schwein!«

»Ein Krimineller nennt uns kriminell! Dass ich nicht lache!«

»Beruhigt euch!«, ging Aayan dazwischen und bewegte seine Hand so, als würde er einem Hund ganz langsam über den Rücken streicheln. »Es ist mir gleichgültig, was dieser oder jeder andere Präsident über uns sagt. Ja, unsere Leute in Somalia sterben. Wegen Menschen wie ihm, die all unsere Toten hinnehmen oder sogar dafür sorgen, dass sie sterben. Aber: Wir töten nicht die Mörder! Wir berauben die Räuber! Das ist meine Grenze. Wenn wir ihre Leute entführen, wenn wir einen von ihnen mutwillig töten, dann hat der französische Präsident recht. Und eins habe ich mir fest vorgenommen: Ich will nicht, dass wir genau solche niederträchtigen Kriminellen sind, wie sie sagen. Ich will nicht, dass wir sind wie sie. Wir haben heute für jeden von uns eine gute Viertelmillion Dollar erbeutet. Und jetzt sag mir, Said, wieviel soll es denn sein? Wann bist du zufrieden?«

Said sagte kein Wort mehr. Niemand sagte mehr ein Wort.

»So, und jetzt schaut hier nicht so traurig in das Feuer!«, befahl Aayan plötzlich. »Wir haben allen Grund zu feiern! Ich will kein schlechtes Wort mehr hören!«

Die Männer stießen an, als wären sie gerade aus einer Starre erwacht.

»So ist es richtig!«, rief Aayan aus. »Zehn weitere Fischer haben wir für den nächsten Raubzug für uns gewonnen. Dank dieses jungen Mannes hier …«, er drückte mich an sich, in der freien Hand hielt er eine Flasche und zeigte mit dem Flaschenhals auf mich, »… dank Geedi können wir unser Gebiet erweitern, und wir können noch viel besser unsere nächsten Raubzüge planen. Sollen die Europäer doch nach uns suchen – sie werden nichts als Wasser finden!«

Jetzt lachten wir alle und erhoben wieder unsere Flaschen. Wir feierten und tanzten noch bis tief in die Nacht.

»Liebe Amina!«, begann ich hektisch einen Brief, als ich knapp eine Stunde vor Sonnenaufgang auf meinem Bett saß. Ich wusste, Aayan hätte es nicht gutgeheißen, dass ich unserer Schwester schrieb. Er hatte schließlich selbst vier Jahre lang nichts von sich hören lassen, als er zu den Piraten gegangen war, und er hatte ja auch erklärt, dass es wichtig war. Doch ich hatte nach der Feier auf dem Weg in das Haus dabei zugehört, wie er Said damit beauftragte, früh am Morgen nach Hafun zu fahren. Er sollte die Familien dort mit Geld versorgen, auf dem Rückweg in der Nähe von Hordio eine Lieferung Waffen verladen und sie in unser neues Lager bringen. Die Familien in Hafun, dachte ich. Also auch unsere Familie! Schon war ich wie im Traum auf meinen Schlafplatz unter dem Fenster gesprungen, und im Mondlicht schrieb ich meiner kleinen Schwester:

Es tut mir leid, dass ich so wortlos verschwunden bin. Ich weiß ja, wie das ist. Kannst du mir verzeihen? Doch es ging alles so schnell, und ich musste einfach mit Aayan mitgehen.

Ich wünschte, du könntest auch hier sein und dass du auch heimlich mit Said mitfahren könntest. Natürlich geht das eigentlich nicht. Für ein Mädchen schon gar nicht. Auf der Rückseite habe ich dir trotzdem eine kleine Karte aufgezeichnet, damit du weißt, wo ich bin, damit du eine Vorstellung haben kannst. Morgen ziehen wir dort in unser neues Lager. Bitte sag Vater und Mutter nichts von diesem Brief. Am besten verbrennst du ihn in der Feuerstelle, wenn du ihn gelesen hast. Es geht mir gut, das sollst du wissen. Ich hoffe, dir geht es auch gut. Vielleicht kannst du ja auch in die Schule gehen, jetzt wo ich nicht mehr da bin.

Dein Geedi.

Ich schaute aus dem Fenster und versuchte zu erkennen, ob Said schon den Pick-Up belud, um sich auf den Weg zu machen. Es dauerte keine halbe Stunde, da lief ich schon zu ihm hinaus.

»Said, nimmst du das für meine Schwester mit? Bitte?«

»Ich weiß nicht«, stammelte er, »weiß denn Nidar …«

»Bitte!«, flehte ich ihn an, »es ist nur für meine kleine Schwester.«

Er schaute sich um, als wollte er sichergehen, dass wir nicht beobachtet wurden, so als hätte er mir hier heimlich Khat verkauft.

»Ach, gut, gib her«, sagte er schließlich und schob meinen Brief in die linke Hosentasche.

»Gib ihn wirklich nur Amina, ja?«, betonte ich nochmals.

»Ja, das habe ich schon verstanden. Ganz dumm bin ich nicht.«

»Danke, Said«, sagte ich, »und gute Fahrt!«

Er nickte stumm und schloss die Fahrertür des Pick-Ups. Ich schaute ihm noch eine ganze Weile hinterher, wie er davonfuhr und bald in der Dunkelheit verschwunden war. Zufrieden legte ich mich endlich schlafen.

7
Wer dich nicht rasiert, kann dich nicht schneiden

Spät am nächsten Tag wachte ich auf, so wie man aufwacht, wenn man etwas Schlimmes geträumt hat, aber dann nicht mehr weiß, was es war. Unruhig setzte ich mich auf und rieb mir durch das Gesicht. Friedlich war es im Lager – kein Ton war von draußen zu hören. Said müsste schon bald bei meinen Eltern sein, bei Amina, dachte ich. Dann hörte ich plötzlich ein Scheppern aus der Küche und stand auf, um nachzusehen, was da los war.

»Auch einen Tee?«, fragte Aayan gut gelaunt, als ich in die Küche kam. Ich nickte verschlafen.

»Komm, wir setzen uns nach draußen«, sagte er und drückte mir eine Tasse in die Hand. Vor der Tür schien die Sonne grell in mein Gesicht. Im Gegenlicht konnte ich aber trotzdem erkennen, dass außer uns niemand im Lager war.

»Wo sind denn alle?«, fragte ich Aayan, als ich mich zu ihm auf eine kleine Mauer setzte.

»Salman ist zusammen mit drei anderen Männern losgefahren, um die Hawaldar zu treffen«, erklärte er. »Sie werden uns das Platin abkaufen und den Gewinn für uns verbuchen. Said hat andere Dinge zu erledigen. Und Waail …«

Jetzt fiel mir plötzlich der Traum wieder ein, als Aayan so neben mir auf der Mauer saß und erzählte: Ich war wieder in Hafun, vor unserem Haus. Neben Vater saß ich auf der Steinmauer, schaute mit ihm auf die See, und auch er erzählte. Von Aayan und davon, wie er damals einfach weggegangen war. »Es tut mir leid«, wollte ich ihm sagen, doch er sprach einfach immer weiter. »Es tut mir leid, dass ich weggegangen bin!«, wiederholte ich. Doch als ich zu ihm hinsah, war er verschwunden. Ich saß allein auf der Mauer, und mit Tränen im Gesicht wiederholte ich immer nur: »Es tut mir leid, Aabaha! Es tut mir leid.«

»Ist es dir nicht schwergefallen, uns alle in Hafun zurückzulassen?«, unterbrach ich Aayan. »Hast du uns denn gar nicht vermisst?«

Mein großer Bruder verstummte und schaute eine Weile auf die Häuser, die am Ende des großen Platzes standen, an dem wir saßen.

»Doch, natürlich ist es mir schwergefallen«, begann er ruhig, nachdem er einen Schluck aus der Tasse genommen hatte. »Aber es gab nur einen Grund zu bleiben, und so unendlich viele Gründe zu gehen. Vater hatte damals nur gelegentlich Arbeit in der Stadt, und Mutters Imbiss deckte gerade so eben die Kosten. Meistens. Weißt du noch, als du deinen ersten Fisch gefangen hast?«

Ich nickte stumm.

»Wir waren nicht nur so begeistert, weil es dein erster Fisch war, Geedi.«

»Aber Mutter hat doch schon damals Festessen für den

Majerteen-Clan zubereitet. Das hat doch gutes Geld gebracht, oder nicht?«

»Ach, Geedi, das glaubst du doch nicht wirklich. Für die Mächtigen des Clans bereitet man Essen zu, weil es eine Ehre ist, nicht weil es ein gutes Geschäft wäre. Mutter hat immer gehofft, dass sie so vielleicht auch andere Aufträge bekommen würde. Doch davon war lange nichts in Sicht.«

»Aber später ist es doch viel besser geworden«, wandte ich ein.

»Ist es nicht.« Aayan schüttelte den Kopf. »Was glaubst du, wie das Geld, das wir hier erbeutet haben, zu euch gelangt ist?«

Ich machte große Augen.

»Eben«, sagte Aayan. »Und was glaubst du, wie sich unser stolzer Vater gefühlt hat, als er herausfand, wer in Wirklichkeit seine Familie versorgt? Natürlich hätte er es wissen können. Er hätte es wissen müssen, wenn er nicht immer die Augen vor den Dingen verschließen würde.«

»Ging es darum, als ihr euch gestritten habt?«, fragte ich vorsichtig.

»Ja, auch darum. Und darum, dass Vater ein sturer, alter Bock ist. War er schon damals. Ich meine, du weißt, ich liebe ihn. Doch er gibt noch immer dem Gras die Schuld, wenn die Ziege nicht frisst. Da musste es ja zum Streit kommen. Ich war wohl schon zu lange weg von zu Hause. Und du siehst ja, wie das Leben hier ist. Hat mit den alten Traditionen nicht mehr viel zu tun.« Aayan machte eine Pause, nahm einen Schluck Tee und überlegte. Dann, als hätte er den Gedanken in seiner Tasse wiedergefunden, fuhr er fort: »Salmans Großvater hat einmal gesagt: ›Wenn ich meine Klugheit nicht mit den Dummen teile, dann teilen die Dummen irgendwann ihre Dummheit mit mir.‹ Nun, ich dachte wirklich, ich könnte ihn belehren, ihm erklären, wie die Dinge wirklich liegen. Da bin ich wohl zu weit gegangen in der Nacht, als wir gestritten haben. Ich meine, für mich hat sich so viel verändert – aber ich bin es ja auch, der weggegangen ist, nicht er. Was hätte sich für ihn auch ändern sollen? Und so habe ich ihm nur seinen Stolz genommen.«

Wir schauten eine Weile stumm in den Staub auf dem Weg vor unseren Füßen.

»Also, ja, Geedi«, sagte Aayan schließlich, »es ist mir unglaublich schwergefallen, euch zurückzulassen. Keinen Kontakt zu euch aufnehmen zu können, ohne uns oder euch zu gefährden … das war hart.«

»Uns gefährden …«, wiederholte ich mechanisch. Ich dachte an meinen Brief – wie ich ihn geschrieben hatte, und wie Said sich umgeschaut hatte, als ich ihn bat, ihn Amina zu geben. Wie ein Schlag in den Rücken fühlte es sich an. Es zog durch meinen ganzen Körper, bis ganz unten in die Zehen. Was hatte ich nur getan? Ich musste es Aayan beichten, dachte ich. Er würde es doch sicher verstehen. Er wusste ja, wie schwer es war. Doch er hatte damals auch keinen Brief geschrieben. Ertragen hatte er es. Wie würde er wohl reagieren, wenn ich ihm nun sagte, dass ich nicht so stark war wie er?

»Aayan?«, sagte ich schließlich und nahm all meinen Mut zusammen, denn es half ja nichts. Was ich getan hatte, hatte ich getan. Also musste ich es ihm sagen.

»Ich weiß«, unterbrach er mich ruhig. Mit beinahe geschlossenen und gutmütigen Augen lachte er mich an. »Mach dir keine Sorgen. Es geht nicht vorbei, aber es wird besser.« Dann fuhr er mir mit der Hand durch die Haare, und ich – ich konnte es ihm nicht sagen. Nur lächeln konnte ich und nicken.

»Mein Tee ist leer«, sagte er und sprang auf. »Komm mit, ich muss dir etwas zeigen.«

»Haben wir hier nicht auch zu tun?«, fragte ich. Mit seinen halb geschlossenen Augen hatte er nur geglaubt, er wüsste, was ich dachte, und ich war nicht sicher, ob ich froh darüber sein sollte.

»Ich meine, alle anderen sind unterwegs … ich muss doch hier auch etwas Nützliches tun können.«

»Ja«, sagte er, »auch wir haben hier noch zu tun. Aber das kann noch ein bisschen warten. Komm mit.«

Wir gingen die Straße hinab, ließen das Lager hinter uns und kamen schließlich an den Strand. Links und rechts führten zwei Landzungen in das Meer – es sah beinahe so aus, als würde der Strand versuchen, uns zu umarmen.

»Eine schöne Bucht«, sagte ich. Unsicher war ich aber, ob es das war, was Aayan mir zeigen wollte. Ich meine, es war eine Bucht. Wollte er mir die Schönheit der Natur zeigen? Das sähe ihm wohl kaum ähnlich. Aber etwas anderes als Natur konnte ich auch nicht erkennen.

»Hier hat für mich alles angefangen«, begann Aayan und zeigte rechts auf den Strand. »Da vorne hat Salmans Großvater mir das Schießen mit der AK-47 beigebracht. Ich habe auf Eimer, Dosen und sonstigen Schrott geschossen, den ich vorher vom Strand eingesammelt habe. Unser Lager war meine erste Station. Und damals habe ich geglaubt, ich wüsste genau, warum ich zu den Piraten gehen wollte.«

»Was hast du denn geglaubt?«, fragte ich.

»Na, im Grunde ging es mir nur um Geld. Gut, das Abenteuer war mir recht, aber deswegen bin ich nicht hergekommen. Ich war es leid zu sehen, wie Mutter und Vater sich abmühten, nur um gerade so über die Runden zu kommen. Meistens. Und ich hatte eine grausame Angst davor, dass meine Zukunft genauso aussehen würde: Zwei Ziegen, ein paar Hühner und ein kleines Haus in Hafun …«

»Ja, und was glaubst du denn heute?«, fragte ich nach. »Ich meine, wenn das so ist, könntest du doch spätestens nach dem letzten Raubzug auch aufhören. Du hast jetzt schon mehr Geld, als Mutter und Vater je verdient haben. Wann ist es denn genug?«

»Das ist eine gute Frage, Geedi«, sagte Aayan und rieb sich die Wange. Er überlegte kurz und setzte sich in den Sand. »Somalia. Das gescheiterte Land …« Er lachte kurz auf, verzweifelt, so wie jemand, der gerade entdeckt, dass er von einem Freund betrogen worden ist. »Sie nennen es auch ›das vergessene Land‹. Lächerlich. Das klingt doch so, als wäre man zerstreut gewesen, hätte die Kappe daheim liegen lassen. Ich meine, wenn du siehst, dass eine Ziege am Wegesrand verhungert, dann gibst du ihr doch Futter. Oder du schlägst sie tot. Aber du gehst nicht einfach nach Hause und vergisst sie. Nein, sie haben uns niemals vergessen. Sie halten uns mit sogenannten ›Entwicklungshilfen‹ am Leben. Gleichzeitig haben sie aus unserer Küste die billigste Deponie für Giftmüll auf der ganzen Welt gemacht. Die angespülten Fische, die die Frauen sammeln, machen uns krank. Also frage ich dich, Geedi: Haben wir jetzt eine Wahl, wie wir leben wollen? Krank oder tot? Ist das eine Wahl?«

Aayan machte eine Pause, denn er merkte, dass ich ihm nicht folgen konnte. Für mich war das überhaupt keine Antwort darauf, wann es denn genug sein würde.

»Also gut«, sagte er schließlich, »erst hier im Lager habe ich begriffen, dass Mutter und Vater wirklich nicht die Einzigen sind, denen es hier so ergeht. Ich habe verstanden, dass wir nur etwas verändern können, wenn wir Einfluss haben. Und Einfluss heißt Geld. Denn Geld ist die einzige Sprache, die auf der ganzen Welt gesprochen wird. Und da hat Said schon recht: Wir brauchen noch mehr erfolgreiche Raubzüge wie den letzten. Mit 240 000 Dollar fängt keiner von uns etwas an. Millionäre müssen wir sein – erst dann wird man uns hören.«

Jetzt schaute Aayan zu mir auf und blinzelte in die Sonne, die in meinem Rücken stand.

»Und warum bist du zu den Piraten gegangen?«, fragte Aayan, als er aufgestanden war und sich den Sand von der Hose geklopft hatte.

»Ich weiß nicht …«, sagte ich und überlegte. Es war mir ja selbst schleierhaft, warum ich in der Nacht einfach mit Aayan mitgefahren war. Ich schloss die Augen beinahe ganz, versuchte, mich zu konzentrieren und schaute ein wenig umher, so als gäbe es hier irgendwo eine Antwort.

»Ich weiß es schon«, sagte Aayan schließlich. Ich schaute ihn an. Und als ich sah, wie er mich anblickte und dass auch er seine Augen beinahe ganz geschlossen hatte, da wusste ich es auch. Aayan und ich, wir gehörten zusammen. Und wir hätten auch in den letzten vier Jahren schon zusammengehört, da war ich jetzt sicher.

Als wir zurück im Lager waren, schaute ich mich um. Es wäre mir lieber gewesen, von allein darauf zu kommen, was wir hier noch zu erledigen hatten, als Aayan zu fragen, was es zu tun gab. Doch ich konnte wirklich nichts erkennen. Der Platz um das Lagerfeuer herum war aufgeräumt. Kein Auto war da, das wir instand halten, reparieren oder wenigstens waschen könnten. Sowieso wären das keine Aufgaben gewesen, die Aayan als Anführer zu tun gehabt hätte. Das wäre wohl eher etwas für mich gewesen. Taue sortieren und aufrollen, dachte ich. Doch die Boote waren alle in bestem Zustand. Vielleicht würde Aayan ja einen neuen Raubzug planen, und ich dürfte dabei sein. Von Anfang an einen Raubzug organisieren – das würde mir gefallen, dachte ich.

»Also, was haben wir denn zu tun?«, fragte ich schließlich doch.

»Wir kochen heute für die Männer«, sagte Aayan, und es klang beinahe stolz.

»Kochen?«, fragte ich. »Du?«

Aayan schaute mich streng und beinahe bedrohlich an. Ruhig fragte er: »Zweifelst du etwa an mir?«

»Ich … ich meine ja nur … weil du doch der Anführer …«, antwortete ich leise und konnte keinen Satz zu Ende bringen. Ich musste an Warsame denken und daran, wie Aayan ihn klein gemacht hatte.

»Ach, Geedi«, lachte er laut auf und knuffte mir mit der Faust in die Schulter. »Lass dich niemals von Leuten verunsichern, die dich so herausfordern. Niemals, hörst du? Versuche es noch einmal. Sag: ›Nidar, ich denke, ein Anführer kocht nicht für seine Leute.‹ Probier es aus.«

»Nidar, ich denke, ein Anführer kocht nicht für seine Leute«, sagte ich. Doch so richtig überzeugend fand ich mich nicht.

»Schon besser«, nickte Aayan, »aber das solltest du üben.«

»Nidar, was kochen wir?«, übte ich.

»So! Das ist gut«, sagte Aayan zufrieden. »Wir kochen ein Suugo. Bist du damit einverstanden?«

»Ja … das ist doch ganz …«, begann ich und verstand, dass ich es schon wieder tat. Also spannte ich meinen Körper noch einmal fest an und sagte: »Einverstanden.«

»Was willst du tun?«, fragte Aayan, als wir uns in der Küche aufgestellt hatten.

»Ich weiß nicht«, sagte ich. »Die Zwiebeln vielleicht?«

Aayan schaute mich skeptisch an und ich verstand.

»Ich schneide die Zwiebeln und die Paprika«, sagte ich mit fester Stimme.

»Sehr gut«, sagte er, »ich kümmere mich um das Xawaash.« Schon warf er Kreuzkümmel, Koriander, Pfeffer, Zimt, Kardamom und Nelken in eine Pfanne und röstete sie über der Feuerstelle, während ich begann, eine Unmenge an Zwiebeln zu schneiden. Es roch herrlich, als Aayan die Gewürzmischung mit dem Griff seines Messers zerstampfte. Es roch … wie zu Hause in Hafun.

»Dein Xawaash riecht genauso wie das von Mutter«, sagte ich.

»Ich weiß«, lachte Aayan. »Sie nimmt auch zu viel Zimt.«

»Ja«, versuchte auch ich zu lachen. »Ich mag das.« Ich merkte, wie mir die Tränen durch das Gesicht liefen, und ich war froh, dass ich den Zwiebeln die Schuld dafür geben konnte. Es war falsch nicht zu Hause in Hafun zu sein, dachte ich. Ich vermisste Mutter und Vater, und Amina sowieso. Und doch war es gut, hier mit meinem großen Bruder in der Küche zu stehen und das Essen für die Männer zuzubereiten. Wir können immer nur das Richtige tun, obwohl es das Falsche ist. Und wir tun das Falsche, obwohl es das Richtige ist. Es war so kompliziert, so schwer auseinanderzuhalten, was das Gute und was das Falsche war, und trotzdem musste man sich für eine Sache entscheiden. In der Nacht, in der ich auf den Pick-Up gesprungen war, war ich mir sicher gewesen, dass es gut war, mit Aayan mitzufahren. Doch es war eher automatisch passiert. Während ich ihm aber nun dabei zusah, wie er das Fleisch in den großen Topf gab und zufrieden darin rührte, war ich mir plötzlich richtig sicher – nicht mehr so automatisch. Es war nicht einfach passiert, es war eine Entscheidung gewesen, die ich damals getroffen hatte. Und jetzt wusste ich, es war richtig so.

Während das Suugo im großen Topf vor sich hin kochte, kamen nach und nach die Männer zurück ins Lager, und es wurde wieder lebhafter auf dem großen Platz vor unserem Haus. Ich hörte, wie sie schmutzige Witze erzählten und wie sie laut darüber lachten.

»Es wird Zeit«, sagte Aayan, »dass wer anderes dem Essen beim Köcheln zuschaut. Wir haben den nächsten Raubzug zu planen.« Er ging hinaus auf den Platz und winkte Cabdi zu sich. Zusammen kamen sie zurück in die Küche.

»Immer schön umrühren«, befahl Aayan und übergab ihm seinen Holzlöffel. Schon war er wieder durch die Tür verschwunden. Nun stand ich da und schaute Cabdi dabei zu, wie er den Löffel hielt. Aayan hatte doch »wir« gesagt, dachte ich. Hieß das nun, ich sollte ihm hinterhergehen?

»Kommst du nun mit?« Aayans Gesicht war plötzlich wieder in der Küchentür aufgetaucht.

»Sicher«, sagte ich und folgte ihm.

8
Der Mutige stirbt einen Tod, der Feigling stirbt tausende

23 Fischer waren heute bei unserem Raubzug dabei, zusätzlich zu unseren eigenen Booten. Unsere Strategie ... *meine* Strategie funktionierte. Ich war wirklich stolz darauf, denn unser Gebiet war nun beinahe doppelt so groß wie noch vor drei Wochen, und so konnte die Yusra heute weit hinaus in den Golf von Aden fahren. So weit, wie sie noch nie gekommen war. Und ich durfte dabei sein. In den letzten zwei Wochen hatten wir das neue Lager bezogen, die Häuser eingerichtet und Wachposten aufgebaut. Aayan war viel unterwegs gewesen, denn die Beute musste verkauft und das Geld für uns gutgeschrieben werden. Dabei halfen uns die Hawaldar, von denen Said schon gesprochen hatte. Ich hatte bis dahin noch nie davon gehört, also erklärte Salman mir, wie das funktionierte: Die Hawaldar waren so eine Art Vermittler. Aayan gab ihnen unser Geld und ein Kennwort für jeden von uns. Meines lautete »Yusra«. Die Kennwörter und das Geld gab der Vermittler dann einem anderen Mann. Bei diesem konnte ich mich jetzt immer melden, wenn ich Geld haben wollte. Ich musste dann nur »Yusra« sagen und bekam so viel von meinem Anteil, wie ich wollte. Das war zwar etwas

kompliziert, aber es war ein schlaues System, denn so konnte niemand genau wissen, wer von wem Geld bekommen hatte. Den Hawaldar musste man aber vertrauen können, doch Aayan sagte, dass ich mir keine Sorgen machen musste, denn sie lebten von unserem Geld, also lebten sie auch von unserem Vertrauen.

Am Morgen bereiteten wir nun den nächsten Raubzug vor. Die Männer wirkten zwar gut gelaunt, doch sie lachten lauter über ihre Späße als sonst. Es lag eine seltsame Stimmung in der Luft, als wir die Boote beluden. Ein wenig besorgt schaute Aayan in den Himmel und dann wieder auf sein Tablet.

»Es könnte rau werden heute«, sagte er, und die Männer nickten, als er auf das Tablet zeigte und erklärte: »Zum Glück können wir dank der 23 Fischer den Tanker weiter südlich angreifen, genau hier – der Sturm müsste schon durchgezogen sein, bis wir da sind.«

Vier Stunden später saßen wir auf der Yusra und der Himmel war so dunkel, wie ich ihn noch nie gesehen hatte. Beinahe schwarz wie eine mondlose Nacht waren die Wolken. Dazwischen lagen aber immer wieder graue Schatten, manchmal rote oder gelbe Streifen, und weiter vorn auf der See verzweigten sich gewaltige Blitze über den halben Horizont. Es sah dann immer kurz so aus, als wäre der Himmel zerbrochen, wie ein Spiegel oder ein Glas, und ich fürchtete, dass jeden Moment alles auf uns herunterfallen könnte. Dazu schlug die Yusra in jedem Tal der riesigen Wellen heftig auf dem Wasser auf, das Schiff schwankte und kippte, und wenn ich nicht eine solche Angst gehabt hätte, wäre mir noch viel schlechter gewesen, als es mir sowieso schon war. Wir hatten uns zwar mit Seilen an der Reling des Bootes festgemacht, damit keiner von uns über Bord gehen würde, und Salman sagte immer wieder, dass uns nichts passieren konnte, dass wir sicher waren. Trotzdem hatte ich Angst.

»Das Gewitter kommt näher!«, schrie der Steuermann plötzlich aus dem Führerhaus. »Erinnert mich daran, dass ich Nidar noch einmal frage, woher er seine Wetter-App hat!«

Die Männer nickten, einige versuchten zu lachen, dann lösten sie sich aus der Sicherung und hangelten sich vorsichtig zur Schiffsmitte.

»Wir müssen nach unten! Es ist zu gefährlich hier draußen!«, rief Salman mir zu. »Komm schon! Du musst den Knoten losmachen!«

Ich konnte mich nicht bewegen, krallte nur meine Hände in das Seil und in die Reling.

»Ich kann nicht!«, rief ich immer wieder. »Salman, ich kann nicht!«

»Du musst! Komm, ich mach das!«, rief er und löste den Knoten. Dann hangelten auch wir uns an den Seilen entlang. Ich rutschte immer wieder mit den Füßen weg und konnte mich gerade noch festhalten. Alles schwankte und der Regen flog mir ins Gesicht, sodass ich die Augen kaum öffnen konnte. Doch dann verschwanden wir endlich durch die kleine Tür unterhalb des Führerhauses im Schiff. Als wir zu den anderen stießen, hatten sie sich schon in der Mitte des Raumes auf dem Boden zusammengekauert.

»Hier sind wir sicher«, sagte das Piano, und wir setzten uns zu ihnen, hielten uns aneinander fest, damit wir nicht durch das Schiff rutschten und fielen wie alte Holzkisten.

»Warum setzen wir uns nicht an den Rand?«, fragte ich. »Da könnten wir uns doch viel besser festhalten.«

»Wegen der Blitze«, erklärte Salman. »Wenn einer einschlägt, willst du dich nicht an Metall festhalten. In der Mitte kann uns nichts passieren.«

Hier unten wurde mir schnell noch viel schlechter als an Deck, und auch die anderen Männer sahen beinahe so weiß aus wie Europäer. Es hieß, man sollte durch ein Bullauge schauen und immer den Horizont im Blick behalten, wenn man bei schwerer See unter Deck war. Das sollte helfen, hieß es, denn dann hätte das Auge einen festen Punkt, und auch der Rest des Körpers wüsste dann noch, wo oben und unten ist. So ungefähr hatten sie es mir am Morgen erklärt. Also drehte ich den Kopf zur Seite, damit ich durch ein Bullauge schauen konnte. Ich versuchte, etwas zu erkennen, doch da war kein Horizont. Nur Wasser. Dann kippte die Yusra und wurde von einer Welle angehoben. Kurz huschte der Horizont am Fenster vorbei, und ich jetzt sah nur noch den schwarzen Himmel. Die Yusra blieb eine Weile oben auf der Welle, so als wollte sie nicht zurück in das nächste Wellental. Dann zischte der Horizont wieder kurz vor dem Bullauge vorbei, wir schlugen mit einem mächtigen Krach noch einmal auf, und wieder sah ich nur Wasser.

Es ging ewig so weiter und wollte nicht aufhören. Ich dachte: »Genau so muss die siebte, die unterste Etage der Hölle aussehen.« Wie ein ewiger Abgrund kam mir diese Fahrt auf der Yusra vor. Und überall war Lärm – vom Regen, vom Schiffsmotor, vom Sturm, dem Gewitter und von den immer wieder harten Schlägen auf das Wasser. Doch plötzlich gab es einen noch viel mächtigeren Knall, so als wäre direkt über unseren Köpfen eine Bombe explodiert. Das Licht flackerte noch kurz, dann war es aus. Vom Dieselmotor war jetzt nichts mehr zu hören. Die Yusra drehte sich, und wir wurden noch heftiger von links nach rechts über die Wellen geworfen.

»Blitzschlag!«, rief Waris, einer der Männer hinter mir, und er versuchte aufzustehen. Er klammerte sich an alles, was er zu fassen bekam und schob sich an uns vorbei bis zur Treppe.

»Das ist ein Totalausfall. Ich wette, es hat den Steuermann erwischt. Wir müssen das Ruder wieder unter Kontrolle kriegen, sonst saufen wir hier noch ab!«, fluchte er, und ich war nicht sicher, ob er mit sich selbst redete oder ob er versuchte, uns zu erklären, was hier vor sich ging. Dann war er durch die Tür verschwunden, doch noch immer kippten wir heftig von der linken Seite des Schiffes auf die rechte, und dann wieder auf die linke.

»Salman, ich habe Angst«, flüsterte ich. Ich wollte es schreien, doch mehr als ein heiseres Flüstern kam nicht aus mir heraus.

»Ich weiß«, flüsterte auch er, »aber es wird alles gut, Geedi.«

Und plötzlich drehten wir bei. Wir kippten nicht mehr so sehr zu den Seiten, sondern meistens wieder vor und zurück. Doch es blieb dunkel.

Ich hatte gedacht, es würde nun für immer so weitergehen. Ich müsste den Rest meines Lebens unter Deck auf dem Boden sitzen und mich an Salman festhalten. Und vielleicht war der Rest meines Lebens gar nicht mehr lang. Ich wollte nicht sterben, nicht hier, nicht mit der Yusra untergehen und ertrinken. Noch etwas fester griff ich Salmans kräftigen Oberarm.

Doch irgendwann hörte es auf. Erst ließen Donner und Blitze nach, dann wurde das heftige Kippen der Yusra langsam zu einem Schwanken, und bald gingen wir endlich mit weichen Knien die Treppe hinauf an Deck. Erschöpft stand Waris am Steuer. Es sah so aus, als würde nicht er das Steuerrad, sondern das Steuerrad ihn festhalten, damit er nicht umfiel. Sofort eilten zwei andere Männer hoch zu ihm. Einer stützte ihn und brachte ihn zu uns an Deck, damit er sich hinsetzen konnte. Der andere Mann übernahm das Ruder.

»Verdammt!«, rief er aus der Steuerkabine und sah neben sich auf die Erde. »Der Blitz hat Shire voll erwischt.«

Doch wir konnten uns kaum bewegen. Wir waren erschöpft von den letzten Stunden – es mussten Stunden gewesen sein. Müde sahen wir zu ihm hinauf, wir konnten nichts sagen und nichts tun.

Es dauerte wenigstens noch eine Stunde, bis die See ruhig war und die Sonne wieder schien. Die Männer wickelten den toten Shire in ein Tuch, das sie unter Deck gefunden hatten. Ich schaute nicht hin, ich konnte nicht. Mit aller Kraft blickte ich auf den Horizont, als es platschte und Shire seinen letzten Weg antrat.

Dann tauchte Salman von unter Deck ölverschmiert im Türrahmen auf und wischte sich die Hände an seinem Hemd ab.

»Also, den Motor kriege ich vielleicht wieder zum Laufen, aber die Elektrik ist komplett durchgebrannt.« Und weil niemand etwas dazu sagte, ergänzte er: »Das heißt: Das Funkgerät können wir vergessen. Hilfe werden wir nicht bekommen. Und das Navigationssystem ist Elektroschrott. Hat einer von euch einen Sextanten und kann damit umgehen?«

Die Männer zuckten mit den Schultern und schüttelten die Köpfe. Auch ich zuckte mit den Schultern und schüttelte den Kopf. Ich wusste nicht einmal, was ein Sextant war.

»Na gut«, sagte er, »dann werden wir uns an der Sonne orientieren müssen. Die ist ja zum Glück wieder da.«

»Dafür musst du aber erst mal den Motor wieder hinbekommen«, sagte einer der Männer, »sonst können wir hier wirklich Fische fangen, wenn wir nicht verhungern wollen.«

Das Piano nickte leise, dann verschwand er wieder unter Deck.

Noch einige Stunden schwankten wir auf den Wellen in der Hitze. Ich saß auf einer Metallkiste und lehnte mich über die Reling. Der Hunger war zurück, doch ich konnte nicht essen. Auch der Durst war da, doch ich konnte nicht trinken. Ich war unendlich müde und starrte mit halb geschlossenen Augen auf die See, so als gäbe es dort etwas zu sehen. Als könnte ich erkennen, wie wir wieder nach Hause, zurück zum Lager kommen würden. Doch vor mir war nur Wasser, bis es ganz weit hinten nicht mehr war und der Himmel anfing. Lange saß ich so dort, schloss die Augen beinahe ganz.

»Eine Insel«, flüsterte ich plötzlich. »Da vorne ist eine Insel!« Ich konnte sie genau erkennen. Sie war nicht groß, auf der linken Seite war sie felsig, steil und schwarz. Doch auf der rechten Seite wurde sie grüner und zog sich lang in die See. Wie ein schlafender Hund sah sie aus.

»Da ist eine Insel wiederholte ich«, diesmal etwas lauter, doch niemand hörte mich. Denn mit einem Knall und einer mächtigen, grauen Wolke startete der Motor. Ich sprang auf. Die Männer jubelten und schrien, Waris feuerte vor Freude mit der AK-47 eine Salve in die Luft. Alle waren aufgesprungen, auch ich stand auf der Kiste und sah, wie Salmans Gesicht in der Tür auftauchte. Er riss seine Faust in die Luft, und mit einem zufriedenen Grinsen ließ er seine Zähne in der Sonne leuchten. Er hatte es geschafft. Es war ein wunderbares Gefühl. Die Yusra hatte hilflos auf dem Meer getrieben, so als wäre sie wieder einer der großen Toten, nur dass sie nicht auf einer Sandbank an der Küste vor Hafun lag, sondern gemeinsam mit uns mitten im Golf von Aden. Doch jetzt hatte sie wieder Kraft und brachte uns voran, sie brachte uns nach Hause. Die Männer zeigten auf die Sonne und dann in die Richtung, in der die somalische Küste liegen musste. Und ich vertraute ihnen.

»Ich glaube, da war eine Insel, Salman«, sagte ich, als wir endlich zur Ruhe gekommen waren, etwas gegessen und getrunken hatten und an Deck saßen.

»Wo war eine Insel?«, fragte er erstaunt.

»Na, da draußen. Als du den Motor repariert hast.«

»Geedi, das kann nicht sein. Ich meine, wir sind vom Kurs abgekommen, und Allah weiß, wo genau wir sind. Aber ich kenne die Seekarten. Hier ist weit und breit keine Insel eingezeichnet. Ich meine, du warst erschöpft, und das war wirklich knapp heute. Kann es nicht sein, dass du … also, dass du dir das nur eingebildet hast?«

»Ich weiß doch, was ich gesehen habe«, sagte ich. Aber wusste ich denn wirklich, was ich gesehen hatte? Oft hatte ich ja den Kopf in den Wolken, da hatte Amina schon recht. Doch auf der Yusra hatte ich auch Aayan gesehen – und dann war er wirklich wieder da. Auch Dayax hatte ich gesehen, auf dem Pick-Up – und nur wenig später tauchte er auf und schoss auf uns. Das war doch nicht alles nur Einbildung. Andererseits war Aayan nicht wirklich auf der Yusra, und selbst die Yusra war ja verschwunden. Was immer ich da sehen konnte, wenn ich die Augen beinahe ganz schloss – es war nicht die Wahrheit, keine Vision oder so etwas. Also bloß ein Traum? Ein Bauchgefühl?

»Sag mal, Geedi«, sagte Salman plötzlich und rutschte ein wenig näher an mich heran, »kennst du schon die Geschichte von der Aurora?«

»Die Aurora?«, fragte ich. »Hat die etwas mit der Insel zu tun?«

»Nein«, lachte er, »vergiss mal die Insel! Du musst diese Geschichte hören. Es war ein unglaublicher Raubzug!«

»Aber …«, protestierte ich, doch das Piano unterbrach mich streng: »Willst du nun die Geschichte hören oder nicht?«

Ich nickte.

»Also …«, begann er, »es war vor gut drei Jahren. Nidar war gerade unser Anführer geworden und fuhr mit uns raus, um die Aurora zu überfallen. Sie war ein Handelsschiff, und sie hatte seltene Erden geladen, die nach Europa transportiert werden sollten. Die allein bringen schon richtig Geld ein, aber es hieß, es sollten auch Diamanten an Bord sein für einen Händler in Antwerpen. Es sollte unser erster richtig dicker Fisch werden. Und ich war mit Nidar auf einem der vier Motorboote, um das Schiff zu kapern. Wir fahren also auf diesen Frachter zu, und auf einmal – PAHM! – knallt etwas in unser Boot!« Ich zuckte zusammen, als Salman dabei in die Hände klatschte.

»Was war es?«, fragte ich.

»Ja, warte. Das kommt jetzt. Wir schauen uns um und finden … einen Golfball!«

»Einen Golfball?«, wiederholte ich.

»Genau«, sagte er, »einen richtigen Golfball. *SO* eine Beule hat das Ding in die Bordwand geschlagen.« Dabei ballte das Piano die Hand zu einer Faust und hielt sie mir vor das Gesicht.

»Die hatten doch wirklich eine Golfballkanone an Bord. Keinen Wasserwerfer. Mit Golfbällen haben die uns beschossen! Und plötzlich klatscht neben uns einer ins Wasser. Und noch einer. Dann knallt es so, wie wenn man einen Ast auf einem Stein zerschlägt, und Jusuha schreit wie eine abgestochene Ziege. Ein Golfball hat ihn getroffen, am Arm. Der war dann gebrochen – du kannst dir mal seinen Unterarm angucken, wenn wir zurück im Lager sind, der ist noch immer ein bisschen krumm. Jedenfalls: Das war genug! ›Stop it! Stop it!‹, ruft Nidar dem Frachter zu, und jetzt feuern wir mit allen Maschinengewehren, die wir haben, in die Richtung, aus der die Bälle kommen. Dann hören sie auf, uns zu beschießen.«

Mit großen Augen schaute ich Salman an. Also kam er richtig in Fahrt: »Dann fahren wir an den Frachter heran – jetzt kommt der schwierige Teil, wenn man ein Schiff kapert: Diese Frachter sind schon sehr hoch, manchmal ragen die zehn oder fünfzehn Meter aus dem Wasser. Bei Öltankern ist das weniger. Wir müssen also die Leitern verlängern – das sind Stecksysteme. Damit können wir bis zu 15 Meter lange Leitern bauen. Die hängen wir also oben in die Reling ein …«

»Aber habt ihr denn keine Angst, dass die Besatzung die Leitern wieder löst, während ihr noch darin hängt?«, fragte ich dazwischen.

»Das versuchen sie eigentlich nie«, erklärte Salman, »und außerdem haben wir immer ein Motorboot auf Distanz. Wenn sich einer der Leiter nähert, na ja, dann …« Salman hielt die Arme so, wie man ein Gewehr hält und drückte mit dem Zeigefinger ab. »Also: Dann sind wir an Bord und treiben die Mannschaft des Frachters zusammen. Die müssen immer zusammengetrieben werden, damit zwei Leute sie bewachen können. Wir durchsuchen dann in Zweierteams das Schiff, um sicherzugehen, dass auch wirklich alle an Deck sind. Also, meistens ergeben sie sich und es gibt keine Probleme. Die sind ja versichert und riskieren nicht ihr Leben für die Ware. Aber manchmal gibt es doch einen, der meint, er muss der Held sein. Und außerdem sind viele Piraten ja gar nicht auf die Ware aus, sondern wollen Lösegeld und entführen gleich das ganze Schiff. Also, jedenfalls musst du sichergehen, dass beim Verladen nicht doch plötzlich noch jemand mit einer Pistole oder auch nur einem Messer hinter dir steht.«

Salman machte eine Pause und überlegte, wie die Geschichte weiterging.

»So! Wir haben also das Schiff durchsucht und jetzt ist schon das Mutterschiff da. Wir fangen an, es zu beladen. Aber noch ist nichts von den Diamanten zu sehen. Der Kapitän macht immer nur große Augen und sagt: ›No diamonds!‹, wenn wir ihn fragen, wo die Diamanten sind. Versteh mich nicht falsch, auch mit den seltenen Erden hätten wir einen guten Fang gemacht, aber Diamanten im Wert von mindestens vier Millionen Dollar? Die wollten wir natürlich nicht dort liegen lassen. Also … was macht Nidar? Er nimmt den Brückenoffizier und stellt ihn mit dem Gesicht vor die Golfballkanone. Direkt davor! Zwei von uns halten ihn fest, und Nidar legt den Finger an den Feuerknopf. ›You have three minutes!‹, sagt er dem Kapitän, und schickt ihn mit zwei Männern los, um die Diamanten zu holen. Und keine drei Minuten später sind sie wieder da, mit einem Koffer. Unglaublich! Ich will schon jubeln, doch Nidar bleibt still. Er schaut den Koffer an, so als würde er träumen, dann schüttelt den Kopf und sagt: ›No!‹ Ich weiß gar nicht, was los ist. Dann richtet er die Golfballkanone auf das rechte Bein des Offiziers und drückt ab. Der Golfball hat ihm den ganzen Oberschenkel … also, das war nicht schön. Der Offizier brüllt genauso, wie Jusuha es kurz zuvor noch getan hat, aber Nidar schüttelt nur milde den Kopf und schaut den Kapitän an. Der schwitzt überall, das ganze Gesicht ist nass. ›The diamonds!‹, sagt dein Bruder ruhig. Der Kapitän nickt und geht wieder los.« Salman klopfte sich dabei auf die Schenkel, so als hätte er einen guten Witz gehört.

»Was stimmte denn nicht mit dem Koffer?«, fragte ich.

»Das war der Notfallkoffer!«, erklärte Salman. »Für genau solche Fälle haben die immer einen zweiten Koffer mit gefälschten Steinen dabei. Die sind aus Glas und wirklich gar nichts wert. Das habe ich auch erst später erfahren. Allah weiß, woher dein großer Bruder das wusste oder warum er geahnt hat, dass der Kapitän uns einen falschen Hasen mitgeben wollte.«

Wieder klopfte Salman sich auf die Schenkel.

»Und was ist dann passiert?«, fragte ich ungeduldig.

»Nichts weiter.« Salman zuckte mit den Schultern. »Wir haben die Beute eingesteckt und sind verschwunden. Der Rest eines Raubzuges geht schnell: Wir kehren auf die Boote zurück, fahren ins Lager und feiern.«

Ich schaute Salman noch lange an, während er mit glänzenden Augen auf die See blickte.

»Golfbälle!«, kicherte er dabei in sich hinein und rieb seine Hand über den Oberschenkel.

Es war schon lange dunkel, als Waris rief: »Land in Sicht!« Wir hatten mehr Glück als Verstand, dass wir ohne die Navigationssysteme nicht in den Süden Somalias oder sogar bis nach Kenia gefahren waren. Es dauerte keine Stunde mehr, da waren wir endlich im Lager. Ich war froh und erleichtert, zurück zu sein, und eigentlich hatte ich gedacht, auch Aayan wäre froh und erleichtert, mich wiederzusehen. Doch ich sollte bald sehen: Er hatte gute Gründe, wütend auf mich zu sein.

9
Das Huhn gräbt die Klinge aus, die es tötet

»Du kommst sofort mit!«, herrschte Aayan mich an, als wir an Land gegangen waren. Ich war schon auf ihn zu gelaufen, als ich ihn am Strand gesehen hatte, doch jetzt blieb ich stehen. Meine Arme fielen an mir herunter – ich wusste nicht, was ich getan hatte, und auch nicht, was ich jetzt tun sollte.

»Sofort!«, brüllte er, packte mich am Arm und zerrte mich den Strand hinauf. Ich drehte den Kopf zu Salman, doch auch er stand mit großen Augen da und wusste nicht, was hier passierte. Aayans Hand hatte sich fest in meinen Arm gekrallt.

»Du tust mir weh!«, rief ich, während er mich hinter seinen großen Schritten herzog, den Weg hinauf zu einem der Häuser in unserem Lager.

»Du wirst gleich sehen, warum du Glück hast, mein kleiner Bruder zu sein«, fauchte Aayan. »Jeder andere hätte …« Doch dann sprach er nicht weiter, öffnete die Tür und schleifte mich in das Haus.

»Amina!«, rief ich erstaunt aus, als wir in die Küche kamen. Meine kleine Schwester saß dort auf einem Stuhl am Tisch.

Es war unglaublich, und ich wollte sofort zu ihr, um sie zu umarmen. Auch Amina sprang von ihrem Stuhl auf und kam auf mich zu gestürzt.

»Du bleibst sitzen!« Aayan zeigte mit ausgestrecktem Finger auf ihren Stuhl, mit der anderen Hand riss er mich fest an sich zurück. Amina setzte sich sofort wieder hin, legte ihre Hände auf die Knie und schaute Aayan erschrocken an. Auch ich hatte nun Angst vor ihm, wie er da stand, riesig, stark und laut. Dann ließ er meinen Arm los.

»Setz dich auch dahin!«, befahl er, und ich setzte mich neben Amina auf einen Stuhl. Ich hätte sie gern gedrückt, wenigstens ihre Hand genommen, doch wir wagten es nicht, irgendetwas anderes zu tun, als dort zu sitzen und Aayan anzuschauen.

»Weißt du eigentlich, Geedi, in was für eine Gefahr du deine kleine Schwester gebracht hast? Sie hat sich ganz allein auf den Weg zu uns gemacht, sich bis hierher zur Küste durchgeschlagen. Ein Mädchen! 13 Jahre alt!«

Er machte eine Pause, so als wartete er auf eine Antwort.

»Ich habe doch geschrieben, dass sie nicht kommen kann«, versuchte ich, doch das machte Aayan nur noch wütender.

»Geedi! Du hast unser Lager auf der Rückseite deines Briefes eingezeichnet! Bist du eigentlich wahnsinnig? Ich meine, mal ganz abgesehen davon, dass du ihr natürlich damit gesagt hast: ›Komm zu uns!‹ – weißt du eigentlich, in welche Gefahr du nicht nur sie, sondern auch dich und uns alle gebracht hast?«

Uns alle in Gefahr bringen … Das hatte Aayan schon vor zwei Wochen gesagt. Ich hatte es ihm geglaubt, und doch konnte ich mir nicht wirklich vorstellen, wieso ein Brief an meine kleine Schwester uns hier in Gefahr bringen sollte. Aayan erkannte wohl, dass ich keine Vorstellung davon hatte, wie das gehen sollte, also atmete er tief ein und erklärte:

»In den letzten Jahren haben Dayax und seine Männer ihre Geschäfte gemacht, und wir unsere. Aber er hat einen neuen Plan. Wie es aussieht, will er … ach, Mensch, du warst doch dabei, als er unser Lager angegriffen hat! Warum, glaubst du, haben wir hier unser neues, geheimes Lager eingerichtet? Weil es dann spannender ist? Geedi! Die Beute aus dem letzten Raubzug ist hier eingelagert. Weißt du, was hier los gewesen wäre, wenn Dayax gewusst hätte, wo wir sind? Stell dir vor, er hätte Said auf dem Weg abgefangen und wäre an die Karte gelangt! Es hätte uns kalt erwischt. Eine Katastrophe wäre es gewesen!«

»Es tut mir leid, Aayan«, stammelte ich. Ich hatte mich so sehr gefreut, Amina wiederzusehen, doch jetzt schämte ich mich, dass ich nicht so weit gedacht hatte. Dass ich ein Risiko war. Für alle. Natürlich hatte er recht. Ich traute mich kaum, ihn anzusehen und starrte nur auf den Ring an meinem Finger, drehte ihn mit zitternden Händen.

›Du hast keine Freiversuche‹, hatte Aayan mir am Strand erklärt. Ich hatte genickt und gesagt, ich hätte verstanden. Unsinn! Gar nichts hatte ich verstanden. An Dayax hatte ich nicht gedacht, auch nicht daran, dass Amina etwas hätte zustoßen können. Und an meine armen Eltern hatte ich schon gar nicht gedacht. Sie waren ja schon so unglücklich gewesen, als Aayan verschwunden war – dann ich und jetzt auch noch Amina … ich mochte mir gar nicht vorstellen, wie es bei ihnen nun aussah. Wie Mutter in der Küche stehen würde, während Vater allein auf der Mauer saß und rauchend auf die See starrte. Aayan sah, dass ich weinte. Er wurde ruhig, doch ich konnte sehen, dass meine Tränen ihn noch mehr verärgerten.

»Na ja …«, sagte er dann, »… es ist wohl noch einmal gut gegangen – Amina ist unversehrt hier angekommen, und von Dayax gibt es keine Spur. Aber ich habe es gleich gesagt, und sage es wieder: Ich hatte recht! Du bist zu jung, um hier bei uns zu sein. Ihr seid beide zu jung. Ich werde mit Said sprechen, wann wir euch nach Hafun zurückbringen können.« Dann ging er, und ich sagte nichts. Ich wollte nicht nach Hause. Trotz allem wollte ich das nicht, denn ich wusste, ich war doch schon eine Hilfe gewesen. Aber hier gab es nichts zu protestieren. Ich hatte bewiesen, dass er recht hatte. Wie in einem Traum fühlte ich, wie Amina meine Hand nahm.

Eine halbe Stunde waren wir wortlos am Strand entlanggegangen. Das war also der letzte Abend hier, bevor es morgen zurück nach Hafun gehen würde, vielleicht sogar schon heute Nacht. Langsam wurde ich ruhiger, so wie man es wird, wenn man merkt, dass etwas vorbei ist. Wir setzten uns voreinander in den Sand und schaufelten mit den Händen einen Hügel.

»Aayan hat mir Angst gemacht«, begann Amina schließlich.

»Oh, du hättest mal sehen sollen, was er neulich mit Warsame gemacht hat«, erklärte ich. Und als Amina mich mit neugierigen Augen ansah, erzählte ich ihr die ganze Geschichte.

»Vielleicht ist das dein Schicksal, wenn du Anführer von Piraten bist«, überlegte ich, als ich die Geschichte zu Ende erzählt hatte.

»Das glaube ich nicht«, sagte Amina beinahe trotzig.

»Hm«, überlegte ich, »meinst du, vielleicht war es genauso Aayans Schicksal, ein etwas weniger bösartiger Pirat zu werden, als Dayax und die meisten anderen es sind?«

»Nein, ich glaube«, sagte sie, »mit dem, was man tut, folgt man seinem Schicksal. Doch was man tut, kann man immer noch selbst entscheiden. Und deshalb muss man aufpassen, was man tut.«

Wir schwiegen.

»Wie hast du es nur hierhergeschafft?«, fragte ich nach einer Weile. Ich wollte nicht mehr darüber nachdenken, warum Aayan so brutal sein konnte. Es machte mich traurig, und ich bekam sogar ein wenig Angst. Nicht vor Aayan. Sondern vor mir selbst. Denn solange ich denken konnte, hatten Aayan und ich uns immer blind verstanden. Ich meine, ich liebte meine Eltern, ich liebte Amina. Auch verstand ich mich gut mit meinen Tanten und Onkels, das war gar keine Frage. Aber mit Aayan war es immer etwas Besonderes gewesen. Ich konnte mir nicht erklären, warum das so war, doch es war so. Und wenn Aayan in der Lage war, so zu werden, wie konnte ich dann sicher sein, dass ich nicht auch so werden würde? Nein, Amina hatte recht, und ich nahm mir fest vor, niemals so gnadenlos zu werden, auch wenn ich einmal glauben sollte, es wäre notwendig. Das musste doch auch anders gehen. Und was dann mein Schicksal war, würde sich zeigen.

»Es war unglaublich!«, erzählte Amina nun und unterbrach meine Gedanken. Sie hatte auch ein Abenteuer erlebt, von dem sie berichten wollte. Natürlich. Und wenn es schon so bald zu Ende sein musste, wollte ich alles hören.

»Zuerst bin ich heimlich auf der Ladefläche mitgefahren. Said passt wirklich nicht besonders gut auf.«

»Das ist mir auch schon aufgefallen«, sagte ich, und wir beide lachten.

»Dann hat er angehalten, und ich dachte, jetzt lädt er bestimmt gleich den Wagen aus. Also bin ich schnell von der Ladefläche heruntergeklettert und habe mich hinter einer Mauer versteckt. Aber er musste nur ...«

»Pissen?«, unterbrach ich sie.

»Ja!« Sie lachte laut.

»Das muss er oft.« Wir schlugen vor Lachen auf den Sandhügel ein. Es war schön, dass Amina mir ihre Geschichte erzählte. Für einen Moment konnte ich vergessen, dass es unser erster und wohl letzter gemeinsamer Abend hier im Lager sein würde – es war gut, dass sie da war.

»Dann bin ich zu Fuß weitergegangen.«

»Die ganze Strecke?«, fragte ich erstaunt.

»Ja«, sagte sie. Ihre Augen glänzten und sie hob die Schultern, als wäre es nichts. »Ich konnte mich oft in Ziegenställen verstecken und dort schlafen. Und dann bin ich jeden Tag so weit gegangen, wie ich konnte.«

»Woher hast du denn etwas zu Essen bekommen?«, fragte ich. Ich konnte es noch immer nicht glauben, dass meine kleine Schwester den ganzen Weg allein gegangen war. Sie war wohl auch meine große, kleine Schwester, dachte ich.

»Meistens musste ich mir etwas stehlen«, gab sie verschämt zu, doch dann lächelte sie wieder zufrieden und sagte: »Aber manchmal haben mir auch fremde Leute geholfen! Einfach so.«

»Das ist wirklich nett!«, sagte ich.

»Ja!«, nickte sie. »Eine alte Frau hat mir sogar einen ganzen Beutel mit Brot und Obst mitgegeben. Und diese Kette hier hat sie mir auch geschenkt! Sie soll mir Glück bringen, hat sie gesagt. Schau!«

Sie hielt mir die Kette hin und ich schaute.

»Oh, das ist eine sehr schöne Kette! Was ist das für ein An-hänger?«

»Ich weiß es gar nicht genau«, sagte sie. »Eine Sichel könnte das sein.«

»Eine sehr dicke Sichel«, lachte ich, »oder ein Halbkreis.«

»Stimmt!«, rief sie aus. »Oder ein lachender Mund!«

»Hier seid ihr!« Aayan stand plötzlich hinter uns. »Ihr müsst nicht glauben, dass ihr euch hier verstecken könnt.«

»Haben wir nicht«, sagte ich. »Ich habe Amina nur den Strand gezeigt und vom Lager aus kann man uns gut sehen.«

»Ist schon gut«, sagte Aayan. »Ihr müsst mitkommen. Ich habe mit Said gesprochen: Für den Moment können wir einen Wagen hier entbehren. Es ist viel passiert in den letzten Wochen, und wir müssen uns hier mal neu organisieren. Es ein guter Zeitpunkt. Waail wird euch fahren.«

Ich hatte meine wenigen Sachen gepackt und nun saß ich mit Amina auf den Beifahrersitzen des Pick-Ups. Dass ich furchtbar müde war, hätte ich gern erklärt, und ob wir nicht auch morgen Nacht fahren könnten, hätte ich gern gefragt. Doch ich wusste, es gab nichts zu diskutieren. Also saß ich still auf meinem Platz, schaute durch die Frontscheibe auf die Männer, die noch durch das Lager gingen, die tanzten und feierten, und wir warteten auf Waail. Das war es jetzt also.

Die Tür ging auf und Waail schob seinen Körper auf den Fahrersitz. Er war nicht glücklich darüber, uns die ganze Nacht hindurch nach Hafun bringen und morgen wieder einen ganzen Tag zurück über die Pisten fahren zu müssen. Das war leicht zu sehen.

»Also gut«, sagte er, nachdem er uns nur kurz angeschaut hatte. Dann seufzte er und steckte den Schlüssel in das Zündschloss. Es klackte. Dann klackte es noch mal. Das war alles. Der Patrol machte keinen Laut.

»Scheiße!«, fluchte Waail, schlug auf das Lenkrad ein, fuhr sich mit der Hand durch das Gesicht und kratzte sich am Kinn. Dann stieg er wieder aus, schlug die Tür zu und verschwand. Kurze Zeit später ging die Tür wieder auf und Aayan schaute zu uns herein.

»Es sieht wohl so aus, als könntet ihr noch eine Nacht hierbleiben«, sagte er kurz. Die Tür schlug wieder zu, und dann war auch er verschwunden.

»Heißt das, wir können jetzt aussteigen?«, fragte Amina verwirrt. Ich wusste auch nicht, was wir jetzt tun sollten.

»Na ja, wir werden ja sicher nicht hier im Auto schlafen müssen«, überlegte ich.

»Das ist wahr«, antwortete sie.

Trotzdem blieben wir noch eine kurze Weile im Wagen sitzen. Ich hatte es so schwer gefunden, zu diesem Pick-Up zu gehen, die Tür zu öffnen und mich hineinzusetzen – und jetzt sollte ich einfach wieder aussteigen? Ich brauchte ein bisschen, bis ich verstehen konnte, dass wir wenigstens noch eine Nacht hierbleiben durften.

Bald lagen Amina und ich nebeneinander im Bett und auch wenn mir die Augenlider schwer wie zwei Motorboote wurden, war an Schlafen nicht zu denken.

»Aayan ist also wirklich Nidar?«, staunte Amina noch einmal ungläubig, und jetzt konnte ich ihr alles erzählen: Davon, wie ich Aayan das Leben gerettet hatte, von Salman und seinem Großvater, von meinem ersten Raubzug und von dem Gewitter. Amina hörte gespannt zu. Doch plötzlich sagte sie: »Jetzt haben Mutter und Vater alle ihre Kinder an die Piraten verloren.«

»Darüber habe ich auch schon einmal nachgedacht«, flüsterte ich erschrocken. Obwohl ich mich deswegen ja auch schon so furchtbar gefühlt hatte, war es etwas anderes, wenn Amina es jetzt laut aussprach. »Wie ist es ihnen denn ergangen, seit ich mit Aayan mitgefahren bin?«

»Na, was glaubst du denn?«, sagte Amina. »Was wir ihnen antun, ist grausam.«

Ich schwieg.

»Wir können jedenfalls nicht so lang hierbleiben, wie Aayan es getan hat«, sagte sie. »Es würde sie umbringen. Wir sollten bald wieder nach Hause fahren.«

»Bist du den ganzen Weg hierhergekommen, um mir das zu sagen?« Ich war plötzlich wütend auf meine kleine Schwester. Ich hatte ihr geschrieben, wo ich war, damit sie sich keine

Sorgen machen musste. Es sollte ihr nicht so ergehen wie mir, als Aayan damals einfach verschwunden war. Und nun war sie hier, um mich an das zu erinnern, was ich eigentlich vergessen wollte? Um mir diese große Sache hier zu verderben? Damit ich übermorgen wieder, so wie immer, in die Schule gehen und ein guter Geedi für meine Eltern sein konnte? War es richtig, das zu tun, nur damit sie glücklich waren? Oder damit sie nicht mehr ganz so unglücklich waren? Ich konnte es mir nicht vorstellen, ich wollte nicht. Ich hatte doch auch ein Recht darauf, hier zu sein – mit Aayan zusammen zu sein.

»Ich wollte nur sagen, vielleicht ist es ja gar nicht das Schlechteste, wenn Waail uns morgen wieder nach Hause bringt«, versuchte sie zögerlich. »Ich bin aber nicht hierhergekommen, um dich nach Hause zu holen. Ich bin gekommen, weil du mein lieber, großer Bruder bist. Weil ich deine Träumereien vermisst habe.«

»Na ja, aber dann weißt du ja auch, warum ich hier bin. Ich kann nicht gleichzeitig bei Aayan und bei unseren Eltern sein. Das ist mies. Ich weiß, du hast ja recht – für immer hierzubleiben, das kann ich nicht tun. Doch ich kann auch nicht so einfach wieder nach Hause fahren.«

Sie nickte stumm.

»Ihr solltet jetzt schlafen!« Das Piano steckte seinen Kopf durch das Fenster und grinste uns aufmunternd an. »Bis morgen früh!«, sagte er und wühlte mir mit seiner riesigen Hand durch die Haare. Dann verschwand sein breites Gesicht wieder und so als hätte er meine Gedanken mitgenommen, fielen mir endlich die Augen zu.

124

Als ich am Morgen wach wurde, war von draußen ein aufgeregtes Poltern zu hören. Amina war schon auf und kniete am Fenster.

»Was ist denn da los?«, fragte ich.

»Ich weiß es auch nicht.« Sie schaute zu mir herunter. »Sie tragen Kisten durch das Lager, hinunter zum Strand. Und Said kommandiert alle herum. Er sieht ziemlich aufgeregt aus.«

Ich sprang auf und hockte mich neben Amina an das Fenster. Mussten wir schon wieder das Lager räumen? Und wussten sie denn nicht, dass wir hier noch lagen und schliefen?

»Komm mit!«, rief ich und zog Amina vom Bett. »Wir müssen mit Aayan sprechen und hören, was hier passiert.«

Wir stürzten durch die Tür auf die Straße.

»Was ist denn hier los?«, fragte ich Said, doch er war zu sehr damit beschäftigt, den anderen Männern Anweisungen zu geben und beachtete uns kaum.

»Wo ist Nidar?«, fragte ich ihn dann, als ich merkte, dass er uns wohl keine Erklärung liefern würde. Wortlos streckte er den Arm aus und zeigte auf das Haus, in dem die Planung für den letzten Raubzug stattgefunden hatte.

»Nicht du, Jusuha!«, brüllte er dann, als dieser mit einer Kiste in den Händen nun auf das Haus zulief, auf das Said gezeigt hatte. »Die Kiste muss runter zum Strand!« Jusuha kehrte um und lief in die Richtung, in die Said nun mit beiden Händen heftig winkte.

»Danke, Said«, sagte ich schnell. Wir waren hier im Weg.

»Wie viele Fischer haben wir?«, hörte ich Aayan fragen, als wir in das Haus kamen.

»Acht, vielleicht zehn«, antwortete Salman.

»Bestenfalls elf«, bestätigte auch Waail.

»Das sind nicht viele. Aber gut, das muss reichen. Wenn wir unsere Leute hier positionieren … hier die Yusra … dann müssten wir … Geedi! Amina! Was tut ihr hier?« Alle hatten nun bemerkt, dass wir in der Tür standen und schauten uns an.

»Wir wollten nur …«, begann Amina, doch ich wollte nicht, dass wir wie zwei Störenfriede in der Tür herumstehen und uns dafür entschuldigen mussten, hier zu sein.

»Planen wir einen neuen Raubzug?«, unterbrach ich Amina und machte einen Schritt in den Raum.

»IHR plant hier gar nichts«, antwortete Aayan scharf. »WIR planen einen neuen Raubzug und es muss schnell gehen. Also steht hier nicht im Weg herum!«

Steht hier nicht im Weg herum? Das war eine Gemeinheit! Ich merkte, wie das Blut in meinem Hals schlug.

»Nidar!«, sagte ich also mit fester Stimme. »Ich weiß, ich war leichtsinnig, und ich weiß auch, dass ich keine Freiversuche habe – das hast du mir erklärt. Doch ich stehe hier nicht im Weg herum! Die Fischer anzuheuern, war MEINE Idee! Und auch für den letzten Raubzug hatte ich gute Vorschläge, das hast du selbst gesagt. Zählt das denn alles gar nichts mehr?«

Aayan schaute mich mit scharfen Augen an. Er schloss sie beinahe ganz, so wie ich es manchmal tat. Gleich würde er uns hinausschicken. Doch dann nickte er ruhig und sagte: »Das ist gut.«

»Was ist gut?«, fragte ich. Am liebsten hätte ich Amina oder

Salman angeschaut, um zu sehen, ob sie besser verstanden, was das zu bedeuten hatte. Doch ich wollte eine Antwort von Aayan. Von Nidar. Also schaute ich ihn weiter an. Mein Blick war wie ein Enterhaken fest verkeilt in seinem Gesicht. Ich wollte ihn nicht loslassen.

»Das ist sehr gut«, wiederholte er zufrieden. »Du bist stärker geworden.« Dann drehte er sich plötzlich um, schaute wieder konzentriert auf das Tablet und schob seine Finger über das Display. »Also gut«, erklärte er, ohne dabei seinen Blick zu heben, »wir können euch in den kommenden Tagen ohnehin nicht zurück nach Hafun bringen. Dann könnt ihr euch hier auch nützlich machen.«

Amina und ich standen noch immer in der Tür. Hieß das nun, dass wir uns dazusetzen durften? Ich schaute das Piano an, seinen Großvater – doch niemand rutschte zur Seite, um uns Platz zu machen.

»Na, kommt schon«, sagte Aayan schließlich. Dabei streckte er seinen Arm nach hinten aus und winkte uns zu sich, ohne dabei den Blick vom Tablet zu nehmen. »Setzt euch hin.«

Wir schoben uns zwischen das Piano und seinen Großvater auf die Erde und schauten auf das Display.

»Ist es nicht ungewöhnlich«, fragte ich, »dass wir schon wieder auf Beutezug gehen? Wir sind doch gestern erst …«

»Ein Frachter soll Goldreserven von Saudi-Arabien nach Mumbai bringen«, unterbrach mich Salman. »Und wir haben den Hinweis bekommen, dass er heute am Abend hier unterwegs ist.« Er zeigte auf die Seekarte, doch dort wurde eine ganze Reihe von Schiffen angezeigt.

»Es ist ziemlich viel los im Golf von Aden, und auch im Arabischen Meer, hm?«, bemerkte ich. Es war wirklich ungewöhnlich. Wenigstens 20 Frachter zählte ich.

»Das macht die Ablenkungsmanöver schwieriger«, erklärte Aayan. Dann zeigte er auf eines der Schiffe. »Dieses hier. Das ist es.«

Ich schaute auf die Karte, auf den Frachter, und schloss beinahe ganz die Augen. »Wie siehst du aus?«, flüsterte ich leise in mich hinein. Vielleicht gelang es mir ja, wie schon so oft, wenn ich die Augen schloss, zu sehen, ob es das Schiff war, das wir überfallen sollten. Den Kopf in den Wolken – das hatte doch auch schon einmal funktioniert. Die Seekarte verschwamm zwischen meinen Wimpern, der Frachter wurde ein kleiner, roter Fleck auf dem blauen Hintergrund. Doch es passierte nichts. Enttäuscht öffnete ich langsam die Augen. Dabei wanderte mein Blick ein Stück nach rechts über die Karte zu einem Schiff weiter draußen im Arabischen Meer. Dieses Schiff. Es zog an meinen Augen. Ich wusste nicht, warum. Es passierte einfach. Also schloss ich die Augen wieder beinahe ganz.

»Dummköpfe sind sie! Wir haben die Nachricht gerade erhalten!« Ein großer, kräftiger Mann sprach und lachte laut. Er trug eine weiße Schirmmütze mit einem schwarzen Schirm, welcher mit goldenen Mustern bestickt war. »Sie haben den Köder geschluckt! Wir werden die Fracht pünktlich in Mumbai abliefern.«

Vier Männer an Deck jubelten, rissen Maschinengewehre in die Luft, und der Kapitän nickte zufrieden.

»Sie hätten auch ihr blaues Wunder erlebt, wenn sie uns angegriffen hätten«, lachte einer der Männer und fasste entschlossen sein Maschinengewehr mit beiden Händen.

»Geedi?« Ich zuckte zusammen. »Hast du den Kopf wieder in den Wolken?«, fragte Amina.

»Nein«, sagte ich ruhig. »Ich habe nur nachgedacht.«

»Warst du erfolgreich?« Aayan schaute mich erwartungsvoll an.

»Ich weiß es noch nicht«, sagte ich. Die Männer lachten, das Piano klopfte mir auf den Rücken.

»Er weiß es noch nicht«, lachte Waail, schlug sich auf die Schenkel, und auch Amina musste lachen. Doch ich wusste es wirklich nicht. Es konnte ja nicht sein, dass es auf dem Frachter wirklich so aussah, wie in meinem Tagtraum. Natürlich nicht, auch wenn ich mich schon darüber wundern musste, dass diese Ahnungen oft doch so nah an der Wirklichkeit waren. Es war rätselhaft.

»Er weiß es«, kicherte Salmans Großvater heiser und leise, doch niemand schien es zu hören. Ich wusste es. Meine Ahnung hatte ganz sicher etwas zu bedeuten. Mein Gefühl sagte mir: Das war der richtige Frachter. Doch was hätte ich sagen sollen? Etwa: ›Ich hatte einen Tagtraum. Wir greifen das falsche Schiff an!‹? Aus einer Ahnung heraus? Das Piano hatte mir schon nicht geglaubt, dass dort draußen eine Insel war. Entweder war ich verrückt – dann konnte ich es erst recht nicht sagen. Und wenn ich es nicht war, brauchte ich endlich einen Hinweis darauf, was da passierte, wenn ich mit dem Kopf in den Wolken war. Stimmte überhaupt irgendetwas davon? Oder war es nur meine Fantasie, die zusammen mit einem ganz guten Bauchgefühl beim Tee zusammensaß und sich einen Spaß daraus machte, mir Dinge zu zeigen? Dinge, die irgendwie wahr sein konnten, und irgendwie auch wieder nicht?

»Ich habe überlegt«, begann ich schließlich, »dass wir die Yusra hierhinschicken sollten.« Ich zeigte auf das Schiff im Arabischen Meer. »Dieser Frachter fährt nicht allzu weit unserem Ziel voraus, und wenn etwas schiefgehen sollte, können wir noch zu Hilfe kommen.«

»Das wirft den ganzen Plan durcheinander.« Aayan zog die Augenbrauen zusammen. Auch die anderen Männer überlegten und kratzten sich an ihren Köpfen.

»Was soll denn schiefgehen?«, fragten sie durcheinander und: »Das ist doch wirklich nicht nötig.«

Plötzlich stand Salmans Großvater auf. Er hatte Mühe, sich zu erheben, doch auf einmal stand er groß und aufrecht da, und alle verstummten.

»Der Junge hat recht«, sagte er heiser und hob dabei seine Hand mit den zwei Fingern in die Luft. »Und jetzt entschuldigt mich – ich habe einen Tee zu trinken.« Dann zwinkerte er mir kurz zu und verließ den Raum. Noch immer waren alle still.

»Kurze Pause«, sagte Aayan. »In zehn Minuten lasse ich euch wissen, wie wir es machen werden.« Wir standen auf und gingen.

»Du bleibst bitte noch, Geedi.« Aayan deutete mit den Augen auf den Platz, auf dem ich gerade noch gesessen hatte.

130

»Du willst diese Insel finden, richtig?«, fragte er, als ich vor ihm saß und die anderen gegangen waren.

»Woher weißt du …«

»Salman hat es mir erzählt. Und wenn ich überschlage, wie weit ihr durch den Sturm abgetrieben worden seid, dann könnte das genau in dieser Region gewesen sein.«

»Ich wollte wirklich nicht …«, begann ich, doch Aayan glaubte mir nicht.

»Geedi! Wir reden hier von Gold im Wert von wenigstens 30 Millionen Dollar. Mit diesem einen Raubzug hätten wir ausgesorgt. Wir werden diese Chance nicht vergeben, nur weil du in der Sonne gesessen und eine Insel gesehen haben willst. Ist das klar?«

»Ja«, sagte ich leise.

»Was immer du gesehen hast, glaub mir, die Dinge sind nicht immer so, wie man sie sieht. Denn im Ernst: Satelliten umkreisen den Planeten. Google und die meisten Staaten kennen jeden Quadratmeter auf dieser Erde. Wie kommst du darauf, dass sie eine ganze Insel einfach so übersehen haben? Es kann nicht wahr sein. Wirklich nicht.«

»Ich verstehe«, nickte ich. An die Insel hatte ich ja nun wirklich nicht gedacht, doch ich überlegte, ob ich Aayan von meiner Vorahnung erzählen sollte, ihm sagen, dass ich glaubte, wir waren im Begriff, das falsche Schiff zu überfallen. Doch er würde mir nicht glauben. Ich glaubte mir ja selbst kaum. Ich meine, so viel hatte ich schon verstanden: Was immer ich da bis heute gesehen hatte, war zwar immer auch ein bisschen wahr, aber immer auch ein bisschen falsch gewesen. Aayan war nicht auf der Yusra gewesen, als ich sie mir vorgestellt und ihn dort gesehen hatte. Und doch war er dann plötzlich wieder aufgetaucht. Ich wusste nicht, wie Dayax aussah, und doch hatte er uns angegriffen, kurz nachdem ich ihn gesehen hatte.

»Also, wenn ich jetzt den Rat des alten Mannes annehme, dann will ich nur, dass du weißt: Schlag dir diese Insel aus dem Kopf.«

Ich nickte leise.

»Bitte, lass mich mit auf die Yusra gehen«, flehte ich Aayan an, als die Besprechung vorbei war und er entschieden hatte, dass die Yusra in der Nähe des Tankers fahren sollte, den ich vorgeschlagen hatte. Doch außerdem hatte er entschieden, dass ich mit Amina im Lager bleiben sollte. Wir gingen mit Aayan hinunter zum Strand, und ich wusste: Wenn ich ihn nicht davon überzeugt hatte, dass ich auf die Yusra durfte, bis wir bei den Schiffen waren, würde seine Entscheidung nicht mehr zu ändern sein.

»Ich habe dir versprochen, dass ich nichts mehr von dieser Insel sagen werde, und das meine ich auch so. Wirklich.«

»Geedi, du hast uns mit deinem Brief an Amina alle in Gefahr gebracht – die Männer wissen das. Wie soll ich denen jetzt erklären, dass du trotz allem auf die Yusra darfst? Jusuha habe ich schon für deutlich weniger zur Bewachung des Lagers abgestellt.«

Ich schaute zu ihm auf, versuchte, ihn mit offenen und sicheren Augen anzusehen, doch es gelang mir kaum, da er vor der Morgensonne stand und das Licht mich blendete. Nur wenn ich mich in seinen Schatten duckte, konnte ich die Augen offen halten. Aber ich musste auch aufrecht stehen, wenn ich bei ihm etwas erreichen wollte. Dann sah ich ein kleines Licht auf seiner Stirn. Es tanzte über sein Gesicht, über die Nase und dann über seine Augen. Es sah aus wie ein Halbmond, der hektisch über sein Gesicht zog.

»Selbst wenn ich wollte«, begann Aayan, »könnte ich nicht ...« Doch dann stockte er und streckte seinen Arm aus. An mir vorbei griff er mit der Hand den Anhänger an der Kette um Aminas Hals, der in der Sonne leuchtete und ihn geblendet hatte.

»Amina! Woher hast du das?«, fragte er leise und mit beinahe geschlossenen Augen. Und noch bevor Amina antworten konnte, öffnete Aayan die Augen, und wie aus einem Mund flüsterten wir beide erschrocken:

»Dayax ...«

10
Wo es Verhandlungen gibt, gibt es Hoffnung auf Einigung

Seit Stunden waren wir nun schon mit der Yusra auf hoher See unterwegs. Doch ich hatte keinen Grund, mich darüber zu freuen. Denn Dayax hatte uns eine Nachricht geschickt. Die Kette, die Amina von der alten Frau geschenkt bekommen hatte – zeigte einen Halbmond. Sie war das Zeichen, Dayax' Zeichen. Denn Dayax bedeutete »Mond« – ich hätte es schon längst wissen können, seit ich gestern mit Amina diesen Anhänger angeschaut hatte. Er sagte: »Ich weiß jetzt, wo ihr seid!« Damit war das Lager nicht mehr sicher. Aayan hatte die Männer zusammengerufen, als er die Kette entdeckt hatte, und dann dauerte es keine zehn Minuten, bis ein ganz neuer Plan gemacht war und Aayan vor den versammelten Männern stand. Er war ganz ruhig und konzentriert, doch ich konnte sehen, wie angespannt er war, als er die Männer einteilte:

»Nur noch sechs Schiffe fahren raus. Die Khadra greift mit den Motorbooten an, die Yusra bleibt zur Unterstützung in Rufweite, die brauchen wir dort. Vor allem, weil wir sonst nur noch vier Boote zur Ablenkung haben. Es wird riskant, ich weiß, doch dieser Raubzug ist zu wichtig. Er darf nicht abgesagt werden. Wenn er gelingt, haben wir ausgesorgt! Ihr drei, du, Waail und ihr zwei …«, er zeigte auf einige Männer in der Gruppe, »… ihr bleibt mit Said und mir hier im Lager und schafft unsere Beute weg. Wenn Dayax hier auftaucht, werde ich mit ihm verhandeln. Es ist ohnehin überfällig. So kann es nicht weitergehen. Sollte Dayax aber sehen, dass er hier Beute machen kann, wird es keine Verhandlungen geben. Das wisst ihr so gut wie ich – er wird alles niederbrennen und mitnehmen, was er in die Finger kriegen kann. Also beeilt euch! Wenn Dayax in unser Lager kommt, soll er nur mich und eine Feuerstelle finden. Amina und Geedi! Ihr bleibt auch hier und fahrt mit den Lastwagen mit. Wo die Beute sicher ist, werdet auch ihr sicher sein. Also los jetzt, wir haben keine Zeit zu verlieren!«

Ich hatte nicht vor, mich mit der Beute wegschaffen zu lassen, auch wenn ich gern bei Amina geblieben wäre. Doch ich wollte auf die Yusra. Ich musste dabei sein, um zu sehen, ob meine Ahnung wirklich wahr sein konnte. Denn wenn es so war, war ich der Einzige, der die Männer warnen konnte, dass sie den falschen Tanker angriffen, so viel stand fest. In der ganzen Aufregung, die nun folgte, war es ein Leichtes, mich unbemerkt auf die Yusra zu schleichen. Amina hatte ich noch einmal fest gedrückt, ihr gesagt, dass ich mit der Yusra mitfahren würde. Sie wollte nicht, dass ich ging, doch ich sagte ihr, ich müsse einfach dabei sein. Dabei schaute ich ihr so fest in die Augen, wie ich konnte. Also nickte sie stumm.

»Pass gut auf Said auf. Nicht dass er auch noch sein anderes Ohr verliert«, sagte ich noch, doch ich konnte sie kaum aufmuntern.

Nun saß ich an Deck der Yusra, vorne auf einer der Kisten, spürte die Gischt, wie sie mir durch das Gesicht und die Haare ging, und Salman saß mir schweigend gegenüber. Ich hatte lange unter Deck abgewartet und mich erst spät bemerkbar gemacht. Das Piano war so wütend geworden, wie ich ihn noch nie gesehen hatte. Dass ich eine Gefahr für alle wäre, hatte er geschimpft, und dass es doch nicht sein könne, dass ich immer wieder meine eigenen Entscheidungen treffe – Nidar sei unser Anführer. Das akzeptierten alle, nur ich müsse immer wieder aus dem Rahmen fallen. Wenn das alle so machen würden, wären wir schon längst tot. So hatte er geschimpft, und nun saß er mir gegenüber auf seiner Kiste und schaute an mir vorbei auf die See. Lange saßen wir dort, sprachen nicht. Ich sah ihn an, bis ich es nicht mehr aushielt, dann blickte auch ich an ihm vorbei auf den Horizont. Ich dachte an Aayan, wie er vor Amina und mir gestanden und den Anhänger mit beinahe geschlossenen Augen angeschaut hatte, so wie ich es auch machen würde. Hatte er gewusst, dass die Kette ein Zeichen war? Oder hatte er nur den Halbmond erkannt? Seltsam, dachte ich. Doch dann wurde mir alles klar. Die Aurora. Die Diamanten im falschen Koffer.

»Sag mal, Salman«, fragte ich schließlich leise, »kommt es manchmal vor, dass Nidar die Augen beinahe ganz schließt, so als würde er über etwas nachdenken oder träumen? Und dann trifft er eine Entscheidung, mit der niemand gerechnet hat? Keiner kann verstehen, wieso er Dinge plötzlich ganz anders machen will. Passiert das manchmal?«

Salman schaute mich erstaunt an. Er sagte nichts. Dann blickte er nach links über das Deck der Yusra. Er schaute sich um wie jemand, der gerade plante, auf die Straße zu pinkeln. Dann setzte er sich zu mir auf die Kiste und blickte noch einmal kurz über meinen Kopf hinweg, um das Deck zu kontrollieren.

»Hat er dir davon erzählt?«, fragte er schließlich leise in mein Ohr.

»Wovon?«, fragte ich, und Salman zischte mit den Zähnen, damit ich leiser sprach. Dann schaute er mich an und wartete, dass ich es ihm sagte. Er wusste, dass ich wusste, wovon er sprach. Und jetzt wusste ich auch, dass er wusste, wovon ich sprach. Doch wir konnten es beide nicht sagen. Also saßen wir voreinander und warteten darauf, dass der andere mit der Sprache herausrückte. Irgendwann hielt ich es nicht mehr aus. Es konnte ja auch nicht ewig so weitergehen.

»Hat Nidar …«, begann ich also, » … na ja, irgendwie Visionen? Oder Vorahnungen vielleicht? Ich weiß nicht, wie man das nennt, aber so etwas in der Art?«

»Das hat er bis heute nur mir erzählt, Geedi! An einem einzigen Abend hat er davon gesprochen. Danach nie wieder. Woher weißt du davon? Hat er mit dir darüber geredet?«

»Nicht direkt«, stammelte ich. Ich war nicht sicher, ob ich ihm sagen konnte, dass auch ich manchmal solche Ahnungen hatte. Aber jetzt war es raus: Mein großer Bruder hatte sie auch. Und das bedeutete, dass ich vielleicht wirklich nicht verrückt war, dass meine Ahnungen etwas zu bedeuten hatten.

»Was weißt du denn von seinen Ahnungen?«, fragte ich das Piano also, weil ich mich noch immer nicht traute, ihm von den meinen zu erzählen.

»So funktioniert das nicht, Geedi«, sagte er nun. »Ich habe dich gefragt, woher du das weißt. Da kannst du mir nicht einfach eine Gegenfrage stellen.«

Ich nickte und wartete ein wenig, hörte der Yusra dabei zu, wie sie sich durch die Wellen schob. Ich atmete ein, wenn sie von den Wellen angehoben wurde, und ich atmete aus, wenn es wieder nach unten ging und die feinen Tropfen Salzwasser kamen.

»Na gut«, sagte ich schließlich, »er hat es mir nicht erzählt. Aber ich habe es … gesehen.«

»Du hast es gesehen?« Salman staunte mir ins Gesicht, so als hätte ich ihm gerade gesagt, dass Said als Kind hochbegabt war. Jetzt zischte ich mit den Zähnen, und Salman wiederholte mit einer Flüsterstimme: »Du kannst es auch sehen?«

»Ich weiß nicht genau«, sagte ich, »ich bin mir nicht sicher, was ich da sehe. Was hat Nidar dir denn darüber erzählt? Und wann?« Es war kaum zu glauben. Aayan und ich. Wir hatten beide diese Sache, die ich mir nicht so richtig erklären konnte.

»Erinnerst du dich noch an die Geschichte von der Aurora?« Ich nickte.

»Als wir zurück im Lager waren und wirklich, wirklich lang gefeiert haben, da habe ich ihn einmal gefragt. ›Nidar‹, frage ich ›woher wusstest du nur, dass in dem ersten Koffer keine Diamanten waren?‹ Und er sagt: ›Ich habe es gesehen.‹ Genauso, wie du es gerade gesagt hast. Ihr seid eine seltsame Familie«, flüsterte er so, als wäre es eine Gruselgeschichte.

»Was hat er noch darüber gesagt?«, fragte ich. Vielleicht

138

konnte Salman mir endlich etwas mehr darüber erzählen. Stimmten diese Ahnungen immer? Oder nur meistens? Oder nur manchmal? Seit wann hatte Aayan sie? Wie oft hatte er sie? Ich musste sofort mit ihm sprechen, wenn wir zurück waren.

»Na ja«, sagte das Piano, »so viel hat er gar nicht darüber gesagt: Dass er es sich nicht so richtig erklären kann. Manchmal sieht er es einfach. Aber er wusste ja auch davon, dass sie auf den Frachtern bei Diamanttransporten immer auch einen falschen Hasen dabeihaben. Es ist wohl so eine Art erweitertes Bauchgefühl. Darauf haben wir uns geeinigt. Ein erweitertes Bauchgefühl.«

»Kann er das auf Kommando?«, fragte ich. Salman überlegte.

»Nein, das weiß ich noch genau«, sagte er dann. »Denn er hat gesagt, dass es ein Ärger wäre, nur manchmal solche Ahnungen zu haben. Es wäre so praktisch, wenn das immer ginge. Und dass er nicht immer versteht, was er da genau sieht, hat er auch gesagt. Denn was er sieht, ist nie die Wirklichkeit, sondern nur ein Bild. So als hätte man eine Ahnung und machte sich dann eine Vorstellung davon. Nur irgendwie andersherum. Oder zeitgleich. Manchmal wäre ihm jedenfalls erst hinterher klar geworden, was er da eigentlich gesehen hatte. Das würde ihn auch ärgern, hat er gesagt.«

Was Salman mir da erzählte, konnte ich kaum glauben. Mit offenem Mund, der jetzt wohl beinahe so groß war wie seiner, starrte ich ihn an.

»Schiff voraus!«, brüllte plötzlich einer der Männer, und alle schauten in die Richtung, in die er zeigte. Die Yusra drosselte die Motoren und drehte bei, um auf Abstand zu bleiben. Sofort sprang ich an die Reling und blickte auf den Horizont, vor dem winzig klein ein Frachter zu sehen war.

»An die Gewehre, Männer! Wir haben Besuch!«, schrie der Mann mit der weißen Kapitänsmütze in ein Mikrofon, und dann sah ich von oben, so als wäre ich ein Vogel, der über den Frachter durch die Luft glitt, wie vier Männer mit Gewehren über das Vorderdeck des Frachters liefen und sich hinter den Frachtcontainern versteckten. Und plötzlich sah ich dem Kapitän tief in die Augen. Es war, als stünde ich direkt vor ihm, sodass ich seinen Atem im Gesicht spüren konnte. Seine kleinen Augen sahen aus wie die einer Ratte, und sie leuchteten wie Stahl. »Ein einziges, lausiges Boot habt ihr uns geschickt – das ist lächerlich! Kommt nur her! Wir machen Fischfutter aus euch!«

»Salman!«, rief ich und schreckte auf. Er blickte mich an, und schon war ich wieder bei ihm auf der Kiste und flüsterte: »Das ist der Frachter! Da ist das Gold! Wir brauchen die anderen hier – sie greifen das falsche Schiff an!«

»Geedi, woher weißt du ... also, bist du dir ganz sicher?«

»Ich habe sie gesehen: Männer mit Gewehren an Bord. Salman, ich weiß, es klingt verrückt, aber ich bin mir wirklich sicher, dass auf diesem Schiff unsere Beute liegt.«

Das Piano schaute auf den Frachter am Horizont und grübelte. Ganz still saß er da, wie eingefroren. Dann plötzlich zuckte er zusammen, schüttelte sich und sprang auf.

»Ruft die anderen!«, rief er dem Steuermann zu. »Wir brauchen hier Hilfe!«

»Piano, was soll das?«, rief der Steuermann von oben und hob die Hände in die Luft.

»Der Plan hat sich geändert. Dieses Schiff! Wir greifen dieses Schiff an!« Salman war jetzt auf den Steuermann zugegangen.

»Ja, aber …«, versuchte dieser noch, doch Salman fiel ihm ins Wort.

»Eindeutiger Befehl von Nidar!«, log er. »Also willst du nun tun, was ich sage, oder muss ich es selbst machen?«

Der Steuermann winkte ab und griff sich das Funkgerät.

»Schnappt euch die Gewehre!«, rief Salman. »Und verschanzt euch hinter Kisten. Heute wird es grob.« Dann wandte er sich zu mir und flüsterte: »Bete, dass deine Ahnung stimmt.«

Die Männer holten die Gewehre, stapelten Stahlkisten aufeinander und gingen in Deckung.

»Die Khadra ist unterwegs. Aber es wird wohl 20 Minuten dauern, bis sie hier ist. Sie haben die Motorboote schon im Wasser«, rief der Steuermann.

»Verdammt«, sagte Salman, »das ist lang. Wir müssen ohne sie anfangen. Sag ihnen, wir brauchen sie dringend!«

»Du willst sie ohne die Khadra angreifen?«, fragte ich. »Das schaffen wir nicht allein.«

»Ich weiß«, sagte er, »doch wir müssen sie beschäftigen. Wir können hier nicht 20 Minuten herumsitzen und darauf warten, dass sie die Patrouillen verständigen.« Dann schaute er zum Steuermann und rief: »Kurs setzen!«

Es donnerte und krachte, als wir den Frachter erreicht hatten, und schon schlugen die ersten Kugeln in die Außenwand der Yusra ein.

»Feuert ab, was ihr habt!«, schrie Salman, und die Männer eröffneten das Feuer auf den Frachter.

Ich kauerte noch hinter meiner Stahlkiste. Ich wusste, jetzt sollte ich das Gewehr nehmen, es über die Reling halten und schießen. Doch ich konnte nicht. Salman schaute mich noch einmal an, deutete mit dem Kinn auf mein Gewehr und sagte: »Jetzt ist der Tag, von dem ich sprach, Geedi! Jetzt passiert es!« Dann deutete er mit dem Kopf auf den Frachter und sagte: »Also los!«

Ich nickte.

»Und halt den Kopf unten«, sagte er noch, dann drehte er sich wieder nach vorn und schoss.

Ich hob das Maschinengewehr über die Reling und sah, wie an der Seilwinde die Funken sprühten. Ein wahrer Kugelhagel schlug auf dem Frachter ein. Dann biss ich die Zähne fest zusammen und schoss. Alle schossen. Ein Schrei kam vom Frachter zu uns herüber, gruselig und leise, weil der Wind ihn schon wie Rauch auseinandergetrieben hatte.

»Treffer!«, rief einer der Männer, und alle grölten und schrien, so als wollten sie unseren Kugeln noch ihr Geschrei hinterherschicken. Auch ich schrie.

Plötzlich knallte es direkt über mir. Ein heftiger Schlag, und die Kiste über mir sprühte Funken.

»Scheiße, Geedi, halt den Kopf unten, habe ich gesagt!«, brüllte Salman mich an. Erschrocken duckte ich mich weg. Meine Hände zitterten, mein ganzer Körper war heiß und angespannt. Ich wollte gerade wieder aus der Deckung kommen und schießen, da hagelte es Kugeln. Mit einem lauten Schrei kippte einer unserer Männer nach vorn und fiel über die Reling in die See. Die anderen Männer hatten sich rechtzeitig hinter die Kisten geduckt. Es war alles wie im Traum, so wie vor wenigen Wochen, als ich heimlich auf den Pick-Up gesprungen war. Es zischte, es krachte, und doch war es so, als würde ich mir von außen anschauen, was hier passierte.

»Verdammt, wo bleibt ihr?«, zischte Salman, dann brüllte er: »Kein Risiko mehr! Wir halten sie nur in Schach, bis die Verstärkung da ist!«

Eine ganze Weile feuerten wir aus der Deckung heraus beinahe blind auf den Frachter. Wir trafen nichts, dafür zischten immer wieder die Kugeln über unsere Köpfe. Sie schlugen in das Metall ein, krachten und pfiffen, wenn sie querschlugen. Dann plötzlich hörte ich zwischen all dem Lärm der Gewehre ein Rauschen. Grün leuchtete in der Sonne die Khadra, und schon von Weitem hörten wir das Feuer von Maschinengewehren. Sie waren noch zu weit weg, um wirklich etwas zu treffen – das Feuer sollte ein Kampfschrei sein. Er sollte die Männer auf dem Frachter einschüchtern, und für einen Moment schien es zu gelingen, denn sie stoppten kurz das Gewehrfeuer.

Als die Khadra endlich bei uns war, ließ sie die Motorboote zu Wasser. Wir bildeten mit den beiden Mutterschiffen und den Booten einen Halbkreis um den Frachter. Jetzt war überall der Lärm von Kugeln und Stahl zu hören, ein weiterer Mann auf dem Frachter schrie laut auf. Und dann war plötzlich Stille.

Die Männer standen an der Reling des Frachters und hatten die Arme in die Luft gehoben.

»Die Gewehre!«, rief Salman zu ihnen herüber. Schon flogen ihre Waffen über Bord und verschwanden im Meer. Bald hatten wir mit der Yusra an der Bordwand des Frachters beigedreht, und die Männer schoben die Leitern hoch bis zu seiner Reling.

»Du kommst mit, Geedi«, sagte das Piano und deutete mit dem Kinn auf eine der Leitern. »Solltest du wieder eine Ahnung haben, nützt sie uns nichts, wenn du hier an Bord sitzt.«

Ich nickte und hängte mir das Maschinengewehr um. Dann kletterte ich hektisch hinter Salman eine der Leitern hinauf. Der Frachter lag nicht sehr tief im Wasser, also waren es bestimmt 15 Meter bis zur Reling. Als ich etwas mehr als die Hälfte geschafft hatte, schaute ich nach unten. Die Knie wurden mir weich, als ich die Yusra, die Khadra und die Motorboote klein unter mir auf dem Meer treiben sah. Ich musste anhalten, mich mit beiden Händen in die Sprossen der Leiter krallen.

»Guck nach oben und mach schon!«, rief Salman, der über mir in der Leiter hing und bemerkt hatte, dass ich nicht hinterherkam.

»Immer auf meinen Arsch gucken!«, zwinkerte er mir zu. Dann drehte er sich wieder um und kletterte weiter.

Ich biss die Zähne zusammen und griff nach der nächsten Sprosse. Salmans Hintern. Darauf musste ich mich konzentrieren. Immer seinem Hintern nachklettern. Der verschwand schließlich über der Reling, und bald schon hatte auch ich es an Bord des Frachters geschafft.

»Durchsuchen!«, befahl Salman, als wir die Besatzung an Deck in einen Kreis gesetzt und gefesselt hatten. Unsere Männer schwärmten aus, um das Schiff zu sichern.

Mit weit aufgerissenen und dunklen Augen schaute mich der Kapitän des Frachters ängstlich an. Es waren nicht die Augen wie die einer Ratte. Auch trug er keine weiße Schirmmütze. Ich zuckte zusammen und klammerte mich an mein Maschinengewehr. Hier stimmte nichts. Nichts war so, wie ich es mir mit halb geschlossenen Augen vorgestellt hatte. Bedeutete das, ich hatte falsch gelegen? Waren wir jetzt alle doch an Bord des falschen Frachters? Nur weil ich etwas gesehen hatte? Doch vielleicht war es bei mir ja auch nur ein erweitertes Bauchgefühl, versuchte ich mich zu beruhigen, und es stimmte, obwohl der Kapitän ganz anders aussah als in meiner Vorstellung. Aber andererseits hatte Aayan ja vielleicht auch eine Ahnung gehabt und seine hatte gestimmt. Wie sollte ich ihm dann nur erklären, dass ich den wohl wichtigsten Raubzug, den wir jemals hatten, auf ganzer Linie verdorben hatte? Mir wurde eiskalt.

»Was denkst du?«, fragte Salman, der meinen starren Blick auf den Kapitän wohl bemerkt hatte.

»Ich weiß nicht«, sagte ich, »aber du hältst uns besser die Daumen.«

»Die haben hier etwas, Geedi. Das kann ich riechen. Wenn sie bewaffnete Männer an Bord haben, dann gibt es hier auch etwas zu holen.«

»Wenn du es sagst …«, flüsterte ich und drehte den Kopf jetzt zu den Türen, die nach unten in die Fracträume führten.

Es fühlte sich wie eine Ewigkeit an, bis sich endlich die linke Tür öffnete und einer der Männer hervorschaute. Er strahlte über das ganze Gesicht. Dann stellte er sich breitbeinig auf und riss die Arme in die Luft. In seinen Händen glänzte, heller als Salmans Zähne, ein Barren aus Gold.

»Wir haben es!«, rief der Mann. »Da ist ein Raum, der ist voll davon!« Die Männer schrien und jubelten. Auch ich schrie, wohl noch etwas lauter als die anderen. Ich konnte es kaum glauben, dass meine Ahnung richtig gewesen war. Wir waren auf dem richtigen Schiff. »Das richtige Schiff!«, schrie ich immer wieder.

»Ist alles sauber?«, fragte Salman einen der Männer.

»Ja, es kann losgehen«, sagte er.

»Geedi, das ist deine Ehre«, nickte das Piano mir zu, »geh schon und hilf beim Verladen.«

Das musste Salman mir nicht zwei Mal sagen. Schnell hängte ich mir das Gewehr um und stürmte los zur Tür, hinter der die Goldbarren lagen. Ich trat in einen breiten Gang. An seinem Ende lagen zwei Türen. Die eine ging links ab und eine Treppe führte hinunter in den Frachtbereich, aus dem schon unsere Männer mit vollen Händen nach oben kamen. Die rechte Tür war mit einem Draht verplombt. Etwas an dieser Tür störte mich. Ich konnte nicht sagen, was es war, also schloss ich die Augen beinahe ganz. Jetzt wäre eine Ahnung wirklich gut, dachte ich. Doch ich sah nichts, nur eine verplombte Tür. Plötzlich kam Jusuha mit vollen Händen die Treppe hinaufgestolpert und stieß mir in die Seite. Die Goldbarren fielen auf die Erde.

»Ach, scheiße, was stehst du hier auch so herum?«, fuhr Jusuha mich an.

»Können wir diesen Draht öffnen?«, fragte ich.

»Warum sollten wir das tun, Geedi?« Jusuha kratzte sich am Kopf.

»Ich weiß nicht genau«, sagte ich. Ich wusste es wirklich nicht genau.

»Das ist Zeitverschwendung. Du solltest hier lieber mit anpacken. Es gibt noch einen Haufen Gold zu verladen.«

Jusuha brauchte wohl einen Grund, wenn ich ihn davon überzeugen wollte, mir beim Öffnen der Tür zu helfen.

»Jusuha«, sagte ich also, »hatte die linke Tür auch eine Verplombung, so wie diese hier?«

»Nein«, sagte Jusuha, »die war nur abgeschlossen.«

»Was, glaubst du«, fragte ich, »verstecken sie dann wohl hinter einer verplombten Tür?«

Jusuha hatte die Goldbarren schon aufgesammelt, jetzt warf er sie wieder hin.

»Meinst du, da ist etwas noch Wertvolleres drin? Noch wertvoller als Gold?«

»Ich weiß es nicht«, sagte ich. Doch jetzt hatte ich seine Aufmerksamkeit.

»Geh mal zur Seite«, sagte er und nahm sein Maschinengewehr.

»Du willst doch hier nicht im Gang herumfeuern?«, fragte ich entsetzt.

»Ich bin ja nicht wahnsinnig!«, lachte er. Dann steckte er den Gewehrlauf durch die Schlaufe und riss drei, vier Mal kräftig daran. Die Verplombung sprang auf.

»Das wäre geschafft«, sagte er.

»Lass uns nachschauen, was sie da drin verstecken«, sagte ich. Mit einem kräftigen Tritt brach Jusuha das Schloss auf, und schon waren wir durch die Tür.

Eine enge Treppe führte uns hinunter zu einer weiteren Tür. Als ich sie öffnete, standen wir in einem riesigen Frachtraum.

»Scheiße«, stammelte Jusuha und sah sich um.

Der ganze Raum war bis zum Rand gefüllt mit gelben Fässern. Auf dem einen oder anderen Fass konnte man schwarze Symbole erkennen. Es waren Dreiecke, in denen ein Totenkopf zu sehen war. Unter diesem Totenkopf waren zwei gekreuzte Knochen.

»Scheiße«, sagte Jusuha noch einmal und fuhr sich mit der Hand durch das Gesicht.

»Piraten«, flüsterte ich.

»Was?«, fragte Jusuha entsetzt und lachte kurz auf.

»Nicht? Keine Piraten?«, fragte ich. »Aber das ist doch das Piratenzeichen, oder nicht?«

Jusuha schlug mir lachend auf den Rücken, dann lachte er noch lauter, er kriegte sich gar nicht mehr ein. Doch es klang auch irgendwie verzweifelt.

»Nein«, sagte er dann, »das hier – das ist genau der Grund, warum WIR heute alle Piraten sind. Der Totenkopf ist das Zeichen für Gift. Alles, was du hier siehst, Geedi, ist Giftmüll. Pestizide und so was. Auf dem Weg wollten die das wohl irgendwo hier im Meer versenken. Lass uns schnell verschwinden. Wer weiß, wie dicht diese Fässer sind.«

Wir gingen zurück und nahmen aus dem anderen Lagerraum noch so viele Goldbarren mit, wie wir tragen konnten. An Deck hatten die Männer schon Netze ausgebreitet, in die wir nun auch unsere Barren warfen. Die ersten Netze wurden schon an Seilen zur Yusra hinuntergelassen.

»Dreckschweine!«, fluchte Jusuha, nachdem er seine Barren abgelegt hatte und spuckte auf die Planken. Er streckte sich und nahm eine Nase frische Seeluft.

»Das muss schneller gehen!«, rief Salman uns zu. »Es kann nicht mehr lang dauern, dann sind sie mit Militärschiffen hier!«

»Mach dir da mal keine Sorgen«, sagte Jusuha, »die werden nicht kommen.«

Wir zeigten Salman unseren Fund, und auch er war sich sicher, dass die Patrouillenschiffe garantiert nicht gerufen wurden.

»Offiziell ist das selbst in Europa illegal. Wir sollten hier keine Überraschung erleben. Also …«, er kratzte sich an der Stirn, »… nicht noch eine.«

Dann klopfte er uns auf die Schultern und sagte: »Kommt schon, schaffen wir das Gold hier weg.«

Schon bald hatten wir die letzten Netze mit unserer Beute auf die Khadra und die Yusra verteilt und verließen den Frachter. Ich griff die Leiter und hatte schon einen Fuß auf der Reling, da kam mir noch eine Idee.

»Salman«, sagte ich und drehte mich zurück zu ihm, »haben wir noch Zeit, bevor wir verschwinden?«

»Was? Wieso? Willst du mit der Frachterbesatzung noch ein wenig feiern?«

»So etwas in der Art«, sagte ich. »Ich frage mich nur: Wenn wir jetzt das Schiff verlassen, was machen die dann wohl mit den Fässern?«

»Da hast du recht, Geedi. Aber wir können die ja schlecht mitnehmen.« Das Piano kratzte sich am Kopf.

»Das nicht«, sagte ich. »Aber ihr habt ja gesagt, sie werden ganz sicher nicht die Patrouillen rufen, richtig?« Das Piano nickte.

»Gut«, sagte ich, »aber was passiert, wenn der Frachter havariert?«

»Was soll das? Worauf willst du hinaus?«

»Ich meine, wenn jetzt die Motoren ausfallen, weil im Maschinenraum … vielleicht ein Feuer ausbricht …«

»Und du meinst, wenn der Frachter von den Patrouillen geborgen werden muss? Geedi, das ist eine sehr gute Idee! So viel Zeit muss sein!«

Eine halbe Stunde später waren wir auf dem Weg in unser neues Lager. Wir glitten über das ruhige Meer, beinahe flach wie ein Spiegel war es. Friedlich war die See, so als wollte sie uns danken. Dafür, dass ein ganzes Lager an Giftfässern nun nicht auf ihrem Grund verrostete. Das Piano war mit zwei anderen Männern und mir noch einmal unter Deck gegangen. Während er und ich im Maschinenraum auf den Motor schossen, bis dieser völlig hinüber war, waren die anderen Männer noch einmal in den Lagerraum gegangen. Dort hatten sie ein gutes Dutzend der Fässer durchsiebt.

»Jetzt brauchen sie Spezialisten, um die Fracht zu bergen«, hatte Salman gesagt und hinzugefügt: »Nicht, dass noch wer auf den Gedanken kommt, die Fässer hier unauffällig beiseitezuschaffen.« Dann waren wir von Bord gegangen und hatten die Besatzung gefesselt an Deck zurückgelassen. Bis sie sich befreit hatte, würden wir längst dutzende Seemeilen entfernt sein.

Zufrieden und glücklich über unseren Erfolg ging es nun zurück. Ich konnte es kaum erwarten, Amina davon zu berichten. Und noch weniger konnte ich es erwarten, mit Aayan zu sprechen. Nicht allein, weil ich ihm zeigen konnte, dass ich hier richtig war bei den Piraten und dass er Amina und mich nicht zurück nach Hafun schicken musste. Vor allem musste ich ihn sehen, weil ich endlich verstand, warum ich ihn so sehr vermisst hatte, nachdem er fortgegangen war. Wir hatten viel mehr gemeinsam, als wir beide geahnt hatten. Das musste ich ihm dringend erzählen.

11
Wenn du deine eigenen Probleme nicht beheben kannst, kannst du den Krieg nicht beenden

Als wir in unserem neuen Lager ankamen, saßen Said und vier andere Männer vor dem Haus und rauchten.

»Wollt ihr auch etwas von der Beute?«, fragte Salman. »Dann solltet ihr mal eure Hintern bewegen und abladen helfen!«

Die Männer reagierten kaum, nur Said schaute müde zu uns herauf.

»Was ist?«, fragte das Piano mit mehr Nachdruck. Und gerade als Said antworten wollte, fiel es mir auf. Ich spürte es.

»Wo ist Amina?«, fragte ich ihn hektisch. Meine Stimme zitterte. Sie wäre mir doch schon längst entgegengelaufen. »Sag schon, Said, wo ist sie?«

Er stand auf, warf die Zigarette auf die Erde und drückte sie mit seinem Schuh in den Sand.

»Nidar hätte schon längst hier sein sollen«, sagte er zu Salman. »Wir wissen nicht, was los ist.«

»Wo Amina ist, habe ich gefragt«, sagte ich und ging dabei einen Schritt auf ihn zu, damit er mich endlich ansehen würde. Er drehte den Kopf und schaute zu mir herunter. Erst jetzt fiel mir auf, wie riesig er war.

»Das wissen wir auch nicht«, sagte er ruhig. »Sie sollte mit Waail auf dem letzten LKW mitgenommen werden, doch der ist bislang auch noch nicht hier angekommen.«

»Und da unternehmt ihr nichts? Ihr sitzt hier nur herum und raucht? Das kann doch nicht wahr sein!«

»Geedi«, versuchte Salman mich zu unterbrechen.

»Ich meine, habt ihr denn kein Funkgerät? Ist nicht einer von euch mal losgefahren, um nach ihnen zu suchen? Was seid ihr bloß für …?«

»Geedi!« unterbrach mich Salman jetzt mit erhobener Stimme, und ich verstummte.

»Tut mir leid, kleiner Mann«, erklärte Said ruhig. »Wir hatten Befehl von Nidar, um jeden Preis die Beute zu sichern. Wir sollten hierherfahren und warten. Nichts weiter. Und wir sollten auch auf keinen Fall Funkkontakt zu irgendwem aus der Kolonne aufnehmen. Nidar wollte kein Risiko eingehen. Und keiner von uns missachtet seine Befehle – du weißt, warum.«

Ich wusste, warum. Ich erinnerte mich an den Verräter und daran, was Aayan mit ihm gemacht hatte. Und ich erinnerte mich auch an Warsame.

»Aber trotzdem müssen wir doch etwas unternehmen«, sagte ich schließlich. »Ich meine, was ist, wenn Dayax ihm etwas angetan hat? Und was ist, wenn Amina in Gefahr ist?«

»Beruhige dich, Geedi«, sagte Salman leise. »Ihnen wird schon nichts zugestoßen sein. Sag, Said, wann wollte Nidar wieder hier sein?«

»Na ja«, sagte Said, »er ist bestimmt zwei Stunden überfällig. Doch wenn er wirklich mit Dayax verhandelt, kann das ja dauern. Und ich möchte nicht mitten in die Verhandlung platzen und erklären, dass wir ja nur mal schauen wollten, ob …«

»Ist schon gut«, sagte Salman, »wir löschen jetzt erst einmal die Fracht, sehen zu, dass wir hier alles in Ordnung bringen. Wenn bis dahin weder Waail mit Amina noch Nidar hier aufgetaucht sind, fahre ich mit drei Männern los.« Salman schaute mich an, so als wollte er fragen, ob mir das reichen würde. Stumm nickte ich, dann drehte ich mich um und lief zurück zu den Booten. Je schneller sie ausgeladen waren, desto eher würde das Piano nach Aayan und Amina suchen.

Die Sonne verschwand hinter dem Horizont, und seit zwei Stunden waren Salman und drei unserer Männer nun unterwegs. Aayan war nicht aufgetaucht, und auch von Amina gab es keine Spur. Der Weg zurück zum letzten Lager dauerte ungefähr anderthalb Stunden. Das hieß also, in der nächsten Stunde würden sie sicher nicht zurück sein. Kurz bevor Salman losgefahren war, hatte er mir einen Umschlag in die Hand gedrückt.

»Öffne ihn nicht, bis ich wieder da bin oder … oder öffne ihn erst, wenn ich … na ja, wenn ich nicht zurückkomme«, hatte er gesagt. Dann hatte ich ihn gleich fallen gelassen. Ich wollte keinen Umschlag haben, der für den Fall gedacht war, dass Salman etwas zustoßen würde.

»Heb ihn auf«, hatte das Piano dann ruhig gesagt. »Im Dreck nützt er nichts. Verwahre ihn gut und sicher. Vielleicht brauchen wir ihn ja gar nicht.« Dann hatte er gelacht, mir mit seiner riesigen Hand durch die Haare gewühlt, und dann war er gefahren.

Nun saß ich mit Said und den anderen Männern in einer Hütte ohne Wände, eine Art Pavillon war es, und die Männer hatten in der Mitte ein Feuer angezündet. Die Beute war gewogen, und Said hatte stolz erklärt, dass der Wert des Goldes schätzungsweise bei sogar 43 Millionen Dollar liegen musste. Alle jubelten und schrien. Sie lachten und sangen schmutzige Lieder. Es wirkte aber so, als würden sie aus Trotz lachen und singen. Denn auch wenn sie fest davon überzeugt waren, dass Aayan nichts zugestoßen war, konnte ich in ihren Augen sehen, dass sie heimlich doch besorgt waren. Ich konnte mich nicht freuen, auch nicht zum Trotz. Nicht solange Salman, Aayan und Amina nicht zurück waren. Still saß ich am Feuer und schaute dem Holz dabei zu, wie es von den Flammen langsam und knisternd angenagt und aufgefressen wurde.

»Das hast du gut gemacht, Geedi!« Aayan stand vor mir, die Füße im Meer. Sein Hemd leuchtete weiß in der Sonne. Er lachte, und dann zwinkerte er mir zu.

Ich zuckte zusammen und öffnete weit die Augen. Die Männer im Lager sangen und lachten noch immer.

»Aayan«, sagte ich leise und für einen Moment war ich zufrieden. Es war eine gute Vision, eine schöne Ahnung. Doch bevor ich weiter darüber nachdenken konnte, rumpelte es hinter mir.

»43 Millionen Dollar, und du sitzt hier herum, als wäre die Welt untergegangen!« Said wollte sich zu mir setzen und rülpste, als er in die Hocke ging.

»Entschuldigung«, sagte er und hielt nachträglich die Hand vor den Mund, so als wüsste er, was sich gehört. Er setzte sich, verlor das Gleichgewicht und fiel nach hinten auf den Rücken. Wie ein Käfer lag er da und balancierte sein Getränk.

»Das war knapp«, lachte er, stolz darauf, dass es ihm gelungen war umzufallen, ohne einen Tropfen zu verschütten. Er zeigte auf den Becher in seiner Hand und grinste. Ich nahm seine andere Hand und zog ihn wieder hoch.

»Danke«, sagte er. Dann stellte er den Becher vor sich in den Sand.

»Mach dir keine Sorgen!«, erklärte er und dabei rückte er seine Beine zurecht. »Deine Geschwister können schon auf sich aufp… ach, Scheiße!« Er war mit dem Fuß gegen den Becher gestoßen und sein Getränk versickerte nun doch im Sand.

»Ich geh mir mal ein neues holen«, sagte er und nahm den Becher auf. »Ich will nur sagen: Nidar kann schon auf sich und deine Schwester aufpassen. Freu dich ein bisschen über die fette Beute, die wir heute gemacht haben. Wir sollten Urlaub planen!« Dann stand er wackelig und unsicher auf und wankte wieder zu den anderen.

Zwei Stunden später hörte ich das Motorsummen eines Geländewagens. Ich sprang auf und sah, wie im Dunkeln zwei weiße Lichter auftauchten und langsam näher kamen. Schließlich hielt der Wagen und hinter mir, um mich herum standen schon Said und die anderen. Vier Männer konnte ich im Geländewagen als dunkle Schatten erkennen. Es waren nur vier Männer. Und als Salman ausstieg, als er den Kopf nicht so hochhielt, wie er es sonst tat, und als er ihn kaum erkennbar schüttelte, da wusste ich es.

»Geedi«, sagte er leise, als er auf mich zukam.

»Sag es nicht!«, schrie ich. »Ich will nicht, dass du es sagst. Ich will es nicht hören!« Dabei drängelte und schob ich mich durch die Männer hindurch und rannte davon. Hinunter zum Strand. Ich rannte über den Sand, ich stolperte und fiel, stand auf und lief wieder los.

»Nein!«, brüllte ich immer wieder. Ich lief, bis ich mit den Beinen und dem Bauch im Meer stand, und prügelte mit beiden Händen auf das Wasser ein. »Nein!«, schrie ich zu jedem Schlag. Nein! Nein! Das Salzwasser brannte in meinen Augen, die Tränen brannten. Alles brannte. Es konnte nicht, es durfte nicht wahr sein! Ich prügelte das Meer so lange, bis mir die Kraft ausging und ich nach hinten fiel.

Ewig saß ich im Wasser. Die Wellen zogen mich sanft zurück und spülten mich wieder nach vorn. Ganz leise nur liefen mir die Tränen noch aus dem Gesicht, als ich plötzlich einen festen Griff unter den Armen spürte. Salman hob mich aus dem Wasser und drückte mich an sich. Ich klammerte mich an ihn, ballte die Fäuste, doch nur noch schwach und leise konnte ich auf seinen Rücken einschlagen.

»Es tut mir leid, Geedi«, flüsterte Salman, während er mich hielt und es zuließ, dass ich seinen Rücken prügelte. »Es tut mir leid«, wiederholte er, bis ich endlich nicht mehr schlagen konnte und ihn bloß noch festhielt.

»Sie haben das Lager überfallen«, erklärte Salman ruhig, als ich schließlich bereit war zu hören, was passiert war. Wir saßen im Sand und schauten auf die See. Salman hatte seinen Arm um mich gelegt. Unter seinem Arm saß ich wie in einer Höhle und hörte ihm zu.

»Dein Bruder hat noch gelebt, als wir ihn entdeckt haben. Doch er war schwer verwundet. Bevor er ... also, er konnte uns noch berichten, was passiert ist: Wie aus dem Nichts fiel Dayax mit seinen Männern in das Lager ein. Schon der erste Schuss traf Nidar in der Seite. Also kroch er unter eines der Motorboote, die dort umgedreht lagen. Dann wurde er ohnmächtig. Als er wieder zu Bewusstsein kam, sah er durch den Spalt zwischen Boot und Erde, wie das Lager niederbrannte, wie Dayax und seine Männer laut lachten und feierten.«

»Und Amina?«, fragte ich zögerlich.

»Amina lebt«, sagte Salman. »Ich bin mir sicher, dass sie lebt. Sie war mit Waail und zwei anderen Männern noch im Lager, als Dayax mit seinen Leuten angriff.

Und dein Bruder sagte, er hätte gehört, wie Dayax einem der Männer zurief: ›Die Kleine brauchen wir noch. Schafft sie nach Gondoli!‹«

»Sie haben sie entführt«, flüsterte ich.

»Ja. Ich denke, Dayax wird uns bald eine Nachricht senden und uns sagen, wie viel er für sie haben will. Die entführen jetzt schon unsere eigenen Kinder«, sagte er und blickte in den Himmel.

»Hat Aayan sonst noch etwas gesagt?«, fragte ich. Ich wollte noch mehr von ihm hören. Es durfte nicht zu Ende sein.

Noch nicht. Solange Salman von ihm erzählte, war Aayan irgendwie noch da.

»Ich habe ihm von der Beute erzählt und davon, dass du den Raubzug mit deiner Ahnung erst gerettet hast. Er war sehr stolz auf dich. Und er wollte, dass du den hier bekommst.« Salman grub in seiner Hosentasche und zog Aayans Ring hervor.

»Es war sein wichtigster«, sagte er. »Er hat ihn zum Geist von Aden gemacht.«

Ich steckte ihn auf meinen Ringfinger, doch er war viel zu groß für mich. Da nahm Salman den Ring und steckte ihn mir auf den Daumen.

»Er wird passen«, sagte er, »bald schon wird er dir passen.«

»Aber Salman, ich kann doch keine Piraten anführen. Was weiß ich denn schon?«

»Du weißt schon eine ganze Menge, das ist nicht das Problem. Und doch hast du recht – du bist ein fünfzehnjähriger Junge. Die Männer würden dir ganz sicher nicht folgen. Wir werden uns wohl etwas ausdenken müssen.«

Die ganze Nacht saß ich mit Salman dort, bis rechts von uns über der Küste die Sonne langsam aufgig. Die Hügel, die Steine, der Sand – alles war vom leuchtenden Rot der Sonne ausgemalt. Schließlich standen wir auf, gingen zurück zum Feuer, das mittlerweile nur noch eine kleine, weiße Glut war, und riefen die Männer zusammen.

Sie standen lose verteilt vor uns, beinahe so wie an dem Tag, an dem ich hinten auf dem Pick-Up bei ihnen angekommen war. Sie hatten verunsichert gewirkt, und Aayan hatte das ganz sicher auch gesehen. Als er dann seine Rede hielt, wusste er, dass sie ihn brauchten, als starken Anführer, auf den sie sich verlassen konnten. Als einen, der wusste, was er tat, und der ihnen sagen konnte, was sie zu tun hatten. Doch heute konnte er ihnen nicht helfen. Denn der große Nidar war tot, Aayan war tot. Ich konnte sehen, wie sie sich umschauten, wie sie suchten, so als wären da irgendwo Antworten auf ihre Fragen. Und ich konnte sehen, wie sie zu Salman hinüberschauten, so als könnte er die Antworten liefern.

»Ich bin …«, begann ich also, denn ich wusste, sie würden nicht damit rechnen, dass ausgerechnet ich zu ihnen sprechen würde. Da waren Salman und ich uns einig gewesen. »Ich bin der legitime Nachfolger von Nidar.«

Es blieb still. Niemand reagierte, doch ich konnte sehen, wie die Männer Salman anschauten, so als erwarteten sie von ihm eine Erklärung. Said kratzte sich an seinem Ohr, andere schauten sich verwundert an. Ich hatte diesen Moment mit Salman besprochen und genau geplant, und diese Reaktion hatten wir natürlich erwartet. Eine Gruppe von Piraten anführen – das hätte ich gar nicht gekonnt, das wussten die Männer genauso gut wie ich selbst. Doch es war Aayans Wille, es war Nidars Wille.

»Erklär es ihnen, Salman«, sagte ich, als die Ersten schon begannen, sich leise zu räuspern. Jetzt kam der Teil, so hatte das Piano es gesagt, bei dem ich tapferer und stärker sein musste, als ich es jemals gewesen war.

»Ihr wisst, Nidar ist tot!«, begann er. »In meinen Armen ist er gestorben. Jusuha und Mohammed können es bezeugen: Ich habe ihn gehalten und ihm die Augen für immer geschlossen!« Jetzt durfte ich keine Schwäche zeigen. Nicht weinen, hatte Salman erklärt, auf keinen Fall weinen. Ich solle kalt und entschlossen schauen, mich darauf konzentrieren, dass wir die Männer brauchten, um Amina zu retten. Und das tat ich, während er weitersprach: »Doch bevor er starb, hat er mir ... hat er uns noch klare Anweisungen hinterlassen. Seinen Ring hat er mir mitgegeben, damit ich ihn Geedi überreiche.« Ich streckte langsam den Arm aus und hielt den Ring für alle sichtbar vor mich hin. Die Männer staunten und bemerkten nicht, wie viel Kraft es mich kostete, meinen Arm ruhig auszustrecken.

»Nidar wusste nur zu gut, dass Geedi allein keine Piraten anführen kann. Natürlich, er ist fünfzehn Jahre alt und ihm fehlt die Erfahrung. Doch in Geedi schlägt das Herz von Nidar, sie teilen dasselbe Blut. Und ich habe die Erfahrung, die wir brauchen. Also werde ich Geedi helfen und gemeinsam mit ihm unsere Gruppe anführen. So hat Nidar es gewollt. Zumindest so lange, bis wir Nidars Tod gerächt haben. Denn der unerträgliche Schmerz, den Dayax uns zugefügt hat, schreit nach einer Vergeltung. Es soll eine Rache werden, die grausamer ist als Dayax und seine Männer, so blutig, wie sie Puntland noch nicht erlebt hat!«

Erst hatten die Männer uns noch erstaunt angeblickt, als Salman von mir als dem neuen Geist von Aden sprach. Doch nun hatte das Piano sie bei ihrer Wut gepackt, und diese Wut war größer und stärker als ihre Zweifel.

»Denn wir haben eine große Aufgabe vor uns«, erklärte Salman weiter. »Dayax hat uns nicht nur Nidar genommen, er hält auch seine Schwester gefangen. Diesmal ist er zu weit gegangen! Glaubt er wirklich, er kann uns unseren Anführer nehmen und wir warten gehorsam und dumm wie die Lämmer, bis er uns noch einen weiteren Teil unserer Beute als Lösegeld abpresst? Wir werden Amina nicht in seiner Gewalt lassen. Wir wissen, wohin er sie gebracht hat, und wir holen sie zurück!«

»Mehr noch!«, unterbrach ich Salman. Es war nicht abgesprochen, aber der Gedanke an Amina machte mich wütend und stark. Und ich musste zu den Männern sprechen und ihnen einen guten Grund geben, auch mir zu folgen. Und so viel hatte ich von den Piraten schon verstanden: Für eine Familienangelegenheit würden die meisten wohl nicht ihr Leben riskieren. Sie würden Aayans Entscheidung anzweifeln, wenn sie glaubten, es ginge nur um meine kleine Schwester, die ihrer Meinung nach sowieso nicht in ein Piratenlager gehörte.

»Wir holen nicht nur Amina zurück. Wir holen uns noch mehr! Denn wie viel hat Dayax uns schon genommen? Wie viel?« Ich machte eine Pause und sah, wie die Männer zu grübeln begannen. Und während ich weitersprach, erinnerte ich mich an Aayans Rede, die ich von der Ladefläche des Pick-Ups aus gehört hatte. Also erhob ich meine Stimme: »Zwei Lager hat er zerstört! Beute im Wert von mindestens einer halben Million Dollar hat er sich genommen. Er hat sie von UNS genommen!« Die Männer nickten und murmelten, einige riefen laut: »Ja!« und »So ist es!«. Also machte ich weiter: »Und er hat uns Nidar genommen! Ich sage euch, Männer: Wir werden Dayax in seine Schranken weisen! Wir werden den Tod meines Bruders rächen! Und wir holen uns unseren Teil zurück!«

Dass die Männer nun in Jubel ausbrachen und die Arme in die Luft rissen, überraschte auch Salman. Damit hatten wir nicht gerechnet. »Auf den Geist von Aden!«, riefen sie aus. Wie ein kleines Wunder erschien es mir, denn meine größte Angst war, dass die Männer uns nicht folgen würden und wir Amina nicht befreien könnten. Doch nun war ich sicher, dass sie bald wieder bei uns sein würde.

»Eine letzte Anweisung hat Nidar uns noch hinterlassen«, erklärte Salman, als die Männer sich wieder beruhigt hatten. »Ihr seid jetzt nach dem letzten Raubzug gemachte Männer. Jeder von euch. Sobald Nidars Tod gerächt und Amina befreit ist, und sobald wir unseren Teil zurückhaben, verkaufen wir die Schiffe, die Waffen und unser gesamtes Material. Ihr werdet ausbezahlt, und das war es dann.«

Jetzt war wieder Stille unter den Männern. Die ersten begannen, miteinander zu diskutieren, erst leise, dann schon etwas lauter.

»Mit dem Geld, das ihr dann habt«, ergänzte er also, bevor es zu Unruhe kommen konnte, »könnt ihr hier in Somalia Geschäfte aufbauen. Ihr könnt hier für euch und für das Land etwas Gutes tun. Ihr habt jetzt so viel Geld, dass ihr Einfluss habt auf die Dörfer, auf die Clans, selbst auf die Geistlichen. So war es Nidars Wille.«

Nun war es still. Ich schaute in die Runde der Männer.

»Hat er auch etwas dazu gesagt«, fragte Said schließlich, »was passiert, wenn wir gar nicht damit aufhören wollen, Piraten zu sein? Ich weiß, ich habe immer gesagt, ich wäre gern reich und würde dann mit der Piraterie aufhören. Aber was soll ich anderes machen? Ein Straßencafé in Hordio eröffnen?

Salman! Geedi! Ich kann nichts anderes. Und ich will auch nichts anderes.«

Ich überlegte. Wie hätte Aayan reagiert? Wahrscheinlich hätte er Said zurechtgestutzt. Er hätte so etwas gefragt wie: »Wer macht die Regeln?«, und er hätte Said gezwungen zu sagen: »Du machst die Regeln.« Irgendwie so etwas wäre es wohl gewesen. Aber das konnte ich nicht. Nicht, weil ich erst 15 Jahre alt war. Ich konnte mich ja auf den großen Nidar berufen, es war sein Wille. Nein, ich konnte es nicht, weil ich nicht so war wie Aayan. Ich dachte an Amina und wie sie sagte, dass das, was man tut, schließlich das eigene Schicksal wird. Mein Schicksal war wohl ein anderes als das von Aayan.

»Also, Said«, sagte ich kühl, »zuerst muss ich wissen: Bist du bereit, uns zu folgen, um den Tod von Nidar zur rächen?«

»Nidar war wie ein Bruder für mich«, nickte Said. »Sein Tod muss gerächt werden, das ist gar keine Frage.«

»Gut«, sagte ich. »Und bist du auch bereit, dein Leben zu riskieren, um meine kleine Schwester, Nidars kleine Schwester aus den Fängen von Dayax zu befreien?«

»Natürlich«, sagte Said. »Es war Nidars Wille und so soll es geschehen.«

»Sehr gut«, sagte ich. »Dann werden wir genau das tun. Für alles, was danach passiert: Es war Nidars Wille, dass wir die Gruppe auflösen und euch alle ausbezahlen. Daran halten wir uns. Du bekommst deinen Anteil. Ich bekomme meinen. Und ich bekomme die Yusra. Was du dann mit deinem Anteil machst und mit den restlichen Schiffen und Waffen, ist mir egal. Gründe eine neue Gruppe, wenn du willst. Das ist nicht mehr meine Sache.«

Said nickte und sah sich in der Gruppe um. Einige Männer suchten schon seine Blicke, einer klopfte ihm auf die Schulter.

»Damit nur eins klar ist«, sagte ich noch einmal laut und fest, »bis es so weit ist, seid ihr Nidars Männer! Ihr seid unsere Männer. Haben wir uns da verstanden?«

»Jaaa!«, riefen die Männer wie aus einem Mund.

»Gut, dann macht euch bereit. Bis heute Nacht müssen wir in Gondoli sein! In drei Stunden fahren wir los.«

Die Männer schwärmten in alle Richtungen aus, Salman und ich standen nun allein unter dem Dach.

»Das war beeindruckend«, sagte Salman und klopfte mir auf die Schultern. Sie waren jetzt weich wie meine Beine, und am liebsten wäre ich vor dem Feuer einfach in den Sand gefallen. Doch es gelang mir noch, mich hinzusetzen, ohne dass das Piano mich halten musste. Der Geist von Aden. Das sollte ich sein? Ein fünfzehnjähriger Junge aus Hafun? Erst jetzt merkte ich, wie mein Körper mir sagte: Auch mit Salman an deiner Seite ist das zu viel für einen wie dich. Selbst das Sitzen im Sand fiel mir schwer, und ich musste alle Kraft aufbringen, die ich hatte, um mich nicht einfach hinzulegen, einzurollen, für immer zu schlafen und Salman die Dinge regeln zu lassen. Wäre es nicht für Amina gewesen, hätte ich Salman zum alleinigen Anführer gemacht.

»Eine Sache noch«, sagte ich und schaute zu ihm auf, »was ist das mit dem Briefumschlag?«

»Richtig, der Umschlag«, antwortete er. »Darin sind die Daten unseres Hawaldars. Ich kümmere mich darum, dass wir die Beute verkauft und das Geld gutgeschrieben bekommen.

Wir sollten nach dem Angriff auf Dayax nämlich am besten so bald wie möglich hier verschwunden sein.«

»Das ist richtig«, überlegte ich, »aber Salman … das heißt, du kommst nicht mit? Ich kann das nicht ohne dich! Ich brauche dich doch, wenn wir Dayax angreifen.«

»Geedi, nur zu gern würde ich mit dir Nidars Tod rächen. Aber es wird nicht anders gehen. Wir haben den Männern ihren Anteil versprochen, wenn sie zurück sind. Es wird sowieso nicht leicht werden – die Hawaldar haben Nidar vertraut. Ich muss geschickt sein, um sie davon zu überzeugen, dass ich seine Geschäfte regle. Nun, ich war meist dabei, also sollte es schon funktionieren. Aber ich kann nicht einen Said oder Waail zu ihnen schicken, das wird nicht gehen. Aber mach dir keine Sorgen: Ich nehme mir Said gleich noch einmal zur Brust. Er will eine Piratengruppe anführen? Dann soll er in Gondoli beweisen, dass er es kann. Das sollte ihm Ansporn genug sein. Halte ihn nah bei dir und gib ihm Macht. Dann ist er dein Mann. Und zweifle nicht an dir! Du bist kein zahmes Lamm, Geedi, sondern ein junger Leopard. Das hat Großvater schneller verstanden als wir alle zusammen. Du wirst wissen, was zu tun ist, wenn ihr Dayax begegnet.« Er zwinkerte kurz und grinste mit seinen riesigen Zähnen.

»Du hast recht, Salman.«

166

12
Wer die Gelegenheit heute nicht ergreift, wird die morgige auch nicht ergreifen

Seit Stunden fuhren wir nun über die Pisten. Ich hatte ewig nicht geschlafen und war auf der Rückbank des Pathfinder neben Said schon drei Mal kurz eingeschlafen. Doch dann war ich gleich wieder aufgeschreckt – an Schlafen war jetzt nicht zu denken. Um uns herum verschwand die Sonne langsam, und der Mond machte mit seiner strahlenden Sichel sein eigenes Licht. In blau-grauen Schatten sah die Welt so aus, als wäre alles viel klarer und viel einfacher als sonst. Ich mochte Mondnächte und hatte noch nie verstanden, warum die meisten Menschen sie gruselig fanden. Lang sollte die Fahrt nicht mehr dauern, also ging ich mit Said den Plan noch einmal durch.

»Wenn wir Glück haben«, sagte er, »sind sie noch völlig betrunken und feiern ihren Erfolg.«

»Glück ist gut«, sagte ich. »Aber Glück kommt extra. Es muss auch ohne gehen.«

»Wir haben einen perfekten Plan, Geedi, es wird ein großer Sieg werden. Jusuhas Kontakt zu der alten Frau, die am Rand von Gondoli wohnt, ist Gold wert. Unser Gold!«

Es stimmte schon. Wir mussten unbemerkt in die Stadt kommen, in die Häuser, in denen Dayax mit seinen Männern Unterschlupf gefunden hatte. Es wäre ja unmöglich gewesen, mit vier Pick-Ups und zwei Geländewagen einfach in Gondoli einzufahren. Schon von Weitem hätte man uns entdeckt, und dann wäre das Überraschungsmoment für uns gelaufen gewesen. Von der alten Frau hatten wir auch erfahren, in welchen der Häuser sich Dayax und seine Männer aufhielten. So konnten wir an ihrem Haus die Wagen parken und uns unbemerkt zu Fuß anschleichen.

»Und du bist sicher, dass wir der alten Frau vertrauen können?«, fragte ich Said nun zum fünften Mal.

»Das fragst du jetzt schon zum fünften Mal«, antwortete Said ungeduldig. »Und was habe ich jedes Mal geantwortet?«

»Ist schon gut«, sagte ich, »es ist unsere einzige und unsere beste Chance.«

»Genau! Und wenn Jusuha sagt, man kann der alten Frau vertrauen, dann stimmt das, denn Jusuha ist ein guter Mann und weiß, was er tut.« Said beugte sich nach vorn und schaute durch die Windschutzscheibe.

»Licht aus!«, sagte er. »Hinter dem nächsten Hügel ist es schon.«

Es brauchte eine Weile, bis meine Augen sich an die Dunkelheit gewöhnt hatten, und dem Fahrer ging es genauso. Immer wieder fuhr er Schlenker, wenn er merkte, dass er von der Piste abgekommen war. Ich glaube, wir droschen in jedes Schlagloch, das zwischen uns und dem Haus der alten Frau lag.

Eine halbe Stunde später standen wir um die Wagen versammelt hinter dem Haus der alten Frau, die ich nun im Fenster sehen konnte. Sie stand einfach da und bewegte sich nicht. Wie ein Schatten mit Augen starrte sie uns an.

»Wir teilen uns auf«, flüsterte Said. »Ihr wisst alle Bescheid?«

Die Männer nickten. Einen Moment blieben wir still, hörten das Sirren der Insekten und von Weitem ein Lachen. Ich klammerte mich an mein Gewehr und drückte es fest an mich. Said schaute in jedes Gesicht, nickte und sagte: »Gut, dann los!«

Said und Jusuha machten sich zusammen mit mir auf die Suche nach dem Haus, in dem Amina gefangen gehalten wurde. Wir liefen geduckt über die Straßen, blieben dicht bei den Mauern und schoben uns von einem Strauch zum nächsten. Schließlich hatten wir freie Sicht auf ein Haus mit einer halb zerfallenen Steinmauer davor. Es war genau so, wie die alte Frau es gesagt hatte. Vor der Tür standen zwei bewaffnete Männer, sie rauchten und redeten. Jusuha hatte recht gehabt: Sie hatten wirklich keine Ahnung, dass wir kamen.

»Du den Linken, ich den Rechten«, flüsterte Said Jusuha zu, und dieser nickte stumm. Sie legten die Gewehre an und zielten. Aber noch bevor sie abdrücken konnten, gab es einen Knall. Dann fielen Schüsse. Die beiden Wachen schreckten auf. Sie griffen ihre Waffen und schauten sich um. Dann fielen zwei Schüsse, und die Männer sanken zu Boden.

»Gut gemacht«, sagte Said zu Jusuha. »Dann los!«

Geduckt liefen wir hinüber zu dem Haus. Aus allen Ecken des Dorfes klangen die Schüsse zu uns herüber, Schreie und

Rufe. An der Haustür drückten Said und Jusuha sich an die Hauswand und schauten sich um. Ich sprang zum Fenster und sah vorsichtig hinein. Erst regte sich nichts darin. Doch dann sah ich allein im schwachen Schein einer kleinen Schreibtischlampe Amina. Sie saß gefesselt auf einem Bett und drückte sich verängstigt an die Wand. Aber sie lebte. Sie war wirklich dort. Ich nickte Said zu.

»Hol dir deine Schwester«, sagte er. »Wir treffen uns beim Wagen.« Dann zeigte er mit der Gewehrspitze hinein ins Dunkel der Straßen. Jusuha verstand, und sie liefen los, um unsere Männer zu unterstützen.

»Geedi!«, rief Amina, als ich in das Haus gestürmt war und nun vor ihr auf die Knie fiel. Ich drückte sie fest an mich. Ich wusste, wir hatten keine Zeit zu verlieren, und doch musste ich sie wenigstens kurz halten.

»Wir müssen hier weg«, sagte ich dann aber hastig und riss ungeduldig an den Knoten der Seile, die um ihre Hand- und Fußgelenke gebunden waren. Ich war wütend darüber, dass Dayax Amina so etwas angetan hatte, darüber, dass Aayan nun fort war. Und gleichzeitig war ich unglaublich erleichtert, dass Amina lebte und dass ich jetzt hier war, um sie nach Hause zu bringen. Ich hatte es nicht für möglich gehalten, dass ich so glücklich und so wütend in einem einzigen Moment sein konnte. Schließlich hatte ich Amina von ihren Fesseln befreit. Sie riss mich an sich, und auch ich konnte nicht anders, als sie fest an mich zu drücken.

»Komm«, flüsterte ich schließlich, »wir müssen los zum Wagen!«

Doch plötzlich krachte hinter uns die Tür auf. Ich drehte mich um und riss das Gewehr hoch. In dem Türrahmen stand Dayax. Seine kleinen Augen blitzten dunkel hinter den Haaren, die ihm nass und verschwitzt in das Gesicht hingen. Blut lief ihm von der Stirn. In der Hand hielt er ein Messer und er schaute mich wütend an. Größer war er, als ich ihn in meiner Ahnung gesehen hatte, einen Vollbart hatte er auch nicht, und doch, er sah so wild und brutal aus wie in meiner Vorstellung. So, wie er mich anstarrte, merkte ich: Er hatte keine Angst. Vor gar nichts.

»Na, dann drück ab, Kleiner!«, sagte er ruhig und grinste mich an. »Du willst ein Pirat sein? Dann schieß! Oder du stirbst hier zusammen mit dem kleinen Mädchen.«

Ich hatte mein Gewehr auf ihn gerichtet und war bereit, ihn zu erschießen. Er hatte es verdient. Doch es schien ihm ganz gleichgültig zu sein. Vielleicht kaute er Khat? Vielleicht war er auch nur ein Wahnsinniger. Denn er grinste mich mit seinen gewaltigen Zähnen an, als würde er nur darauf warten, dass ich endlich abdrücken, ihn endlich erschießen würde. Als würde ich ihm damit eine Freude machen.

»Du hast meinen Bruder ermordet und meine Schwester entführt«, sagte ich leise. Ich hatte ihn anschreien wollen. Draußen auf der Straße hatte ich mir immer wieder vorgestellt, wie es wäre, wenn ich ihm begegnen würde. Jedes Mal hatte ich losschreien wollen. Meine ganze Wut sollte er bekommen. Ich wusste nicht, warum ich es jetzt nicht konnte.

»Natürlich bringe ich dich um. Du hast noch viel Schlimmeres verdient«, sagte ich ruhig und hob das Gewehr noch ein wenig an, kniff die Augen zusammen, um ihm zu zeigen, dass es mein Ernst war. Dayax war so skrupellos, so unglaublich böse. Selbst jetzt, da unsere Männer sein Lager in Schutt und Asche legten, hatte er nur im Sinn, Amina zu erstechen, so als wollte er sagen: »Ihr könnt hier alles zusammenschießen, aber das kleine Mädchen bekommt ihr nur tot zurück.« Es hätte sein Gutes, dachte ich, wenn die Welt ohne ihn wäre.

»Geedi!«, rief Amina.

Dann schoss ich.

Das ist mein Schicksal, hatte ich gedacht, als ich abdrückte. Und jetzt wand Dayax sich auf dem Boden und hielt sich das Bein, das von wenigstens drei Kugeln durchsiebt war. Er blutete, doch er schrie nicht. Er atmete schwer und schaute mich stumm an.

»Schnell, Amina«, rief ich. »Wir müssen hier weg!«

Amina sprang auf und wir stürmten aus der Tür. Wir rannten rechts die Straße hinauf, hörten dabei noch Schüsse und Schreie aus den anderen Häusern. Amina versuchte, sich umzudrehen und nach hinten zu schauen, während wir liefen, doch ich riss sie an der Hand zurück nach vorne.

»Schau nicht zurück und lauf«, keuchte ich.

»Aber vielleicht folgt uns jemand!«

»Vielleicht. Aber wir müssen schnell machen. Komm schon! Wir haben keine Zeit uns umzudrehen.«

Wir rannten und stolperten weiter die Straße hinauf, bis wir links in einen kleinen Weg abbogen, der uns zum Haus der alten Frau führte. Dort angekommen liefen wir zwischen die Geländewagen und setzten uns auf die Erde. Das Blut raste durch meinen Körper, während ich an den Pathfinder gelehnt saß. Ich saugte die Luft ein, doch konnte nicht genug bekommen. Amina und ich schauten uns an, und wir lachten. So gut wir nur konnten, lachten wir, bis uns die Luft ausging. Schließlich schaute ich hinter dem Wagen hervor, um zu sehen, ob Dayax oder einer seiner Männer uns nicht doch gefolgt waren. Vorsichtig schob ich mein Gesicht hinter dem Heck des Pathfinders hervor.

Ich zuckte zusammen.

Vor mir stand die alte Frau aus dem Haus, genau so dunkel und schattenhaft wie vorhin sah sie aus, obwohl sie nun um den Wagen herumgekommen war und direkt vor uns im Mondlicht stand.

»Was wollen Sie?«, fragte ich und klammerte mich fest an das Gewehr.

Sie streckte ihre Hand zu uns aus, dann schaute sie Amina an und sagte ganz langsam und leise: »Ich möchte … meine Kette … wiederhaben.«

»Sie sind das!«, sagte Amina erschrocken.

»Ich möchte nur … meine Kette … wiederhaben«, wiederholte der Schatten mit den Augen noch etwas langsamer.

Amina nahm mit zitternden Händen die Kette ab und legte sie vorsichtig in die offene Hand der alten Frau. Sie machte eine Faust und zog sie an sich heran.

»Ich habe einen Fehler gemacht«, sagte sie leise. »Er ist jetzt korrigiert.« Dann drehte sie sich um und verschwand in ihrem Haus.

»In den Wagen!« Plötzlich war Said aufgetaucht. Hektisch standen wir auf.

»Said, du blutest ja«, sagte Amina.

»Ist nicht so schlimm«, keuchte er. »Los, rein! Die anderen kommen gleich nach. Wir müssen los.«

Ich riss die Tür auf, wir sprangen in den Wagen, und schon gab Said Vollgas.

»Wir sollten das verbinden«, sagte ich und schaute mir seinen Arm an.

»Ist nicht schlimm, nur ein Streifschuss«, antwortete er so gelassen, wie er konnte. Er wollte wirklich zeigen, dass er stark genug war, um Anführer der Piraten zu sein.

»Ja«, sagte ich, »aber wir müssen das trotzdem verbinden. Du blutest uns noch das ganze Auto voll. Und außerdem musst du da am Steuer noch eine Weile durchhalten. Warte, ich hab da was.« Auf der Rückbank fand ich ein Tuch, das musste reichen. Ich faltete es, so wie ich es auf der Yusra bei Salman gemacht hatte.

»Gib mir deinen Arm«, sagte ich.

»Ich muss fahren.«

»Jetzt gib mir schon deinen Arm!«

Said streckte mir den Ellbogen hin, ohne dabei das Steuer loszulassen. Ich schob das Tuch unter seine Achsel, führte es nach vorn und machte einen Knoten.

»Werden wir denn verfolgt?«, fragte Amina.

»Ach was«, sagte Said, »wir haben sie kalt erwischt. Und auf dem Weg raus haben wir alles, was nach Reifen aussah, zerschossen. Da folgt uns niemand. Höchstens mit Kamelen vielleicht.«

»Das ist gut«, sagte Amina.

Endlich kamen wir ein wenig zur Ruhe, und auch Said fuhr nicht mehr so hektisch. Es war, wie ich sagte. Das Mondlicht machte alles leichter und klarer. Ich nahm Aminas Hand, und langsam fielen mir nun doch die Augen zu.

»Danke, Amina!«, sagte ich schon halb im Schlaf.

»Wofür denn das?«, fragte sie und sie sagte noch etwas davon, wer hier wen gerettet hatte, wer wirklich dankbar sein musste, doch ich hörte sie kaum noch.

»Danke dafür, dass ich nun ein bisschen besser weiß, was mein Schicksal ist«, murmelte ich noch. Und dann schlief ich ein.

Irgendwann spät in der Nacht wurde ich wach, als wir von der Piste abgekommen waren und Said uns ein Stück durch die Landschaft fuhr. Es schaukelte heftig und wir wurden von links nach rechts geschleudert.

»Said!«, rief ich. »Willst du uns jetzt noch umbringen? Was machst du denn?«

»Entschuldigung«, murmelte er kaum verständlich, »ich habe wohl kurz die Kontrolle …«

»Halt an«, sagte ich und als er nicht reagierte, wiederholte ich: »Halt den Wagen an, Said!«

Said stoppte.

»Schätze, ich bin wohl ein bisschen durch den Wind«, sagte er müde. »Kannst du fahren?«

»Ich?«, rief ich aus. »Fahren? Ein Auto? Ich habe bei Vater einmal das Steuer halten dürfen, aber das meinst du sicher nicht.«

»Das ist gut. Dann kannst du auch fahren. Ist nicht schwer«, sagte er. »Ist ein Automatik. Steig aus, wir tauschen.«

Es war ein furchtbarer Tag und eine furchtbare Nacht gewesen. Ich wollte jetzt nicht auch noch einen Geländewagen fahren. Doch es half ja nichts. Said machte schlapp und er sollte uns ja auch nicht vor einen Fels fahren. Ich stieg aus dem Wagen und ging um ihn herum. Said wankte mir entgegen, als wir gerade vor den Scheinwerfern standen.

»Bist du denn in Ordnung?«, fragte ich. »Ich meine, du wirst uns doch nicht …«

»Nein, nein, schon gut, ich muss nur mal ein bisschen die Augen zumachen.«

»Musst du vorher vielleicht noch mal …?«, fragte ich und zeigte auf einen Busch, doch Said ging einfach weiter, öffnete die Tür und hockte sich neben Amina.

Ich setzte mich an das Steuer. Said beugte sich vor und schob den Sitz so weit nach vorne, wie es ging.

»Kommst du an das Pedal?«

»Welches?«

»Das rechte.«

»Ja«, sagte ich und sah ihn an.

»Dann kann es ja losgehen.« Er schob den Hebel in der Mitte auf »D«. »Jetzt gib Gas«, sagte er. Ich drückte den Fuß in das rechte Pedal, und schon fuhren wir los. Ich fuhr ein Auto.

»Ich sage doch«, murmelte Said, »es ist leicht. Wer mit einer AK-47 schießen kann, kann auch ein Auto fahren. Es geht nur die Piste weiter geradeaus. Halt den Wagen einfach in der Spur, dann kann nichts passieren. Kannst dich nicht verfahren.« Und schon schnarchte er.

Ich hielt den Wagen in der Spur der Piste, neben mir Amina, die lange kein Wort gesagt hatte.

»Ist Aayan … ist er tot?«, fragte sie und erst jetzt sah ich, dass ihr Gesicht über und über von Tränen war.

13
Die Insel

Bis zum Sonnenaufgang war ich gefahren. Und bis zum Sonnenaufgang hatten Amina und ich geredet, geschwiegen und um Aayan geweint. Die Augen brannten mir wie Feuer und erst jetzt bemerkte ich, was für einen Wahnsinn ich in den letzten Tagen mitgemacht hatte. Das war zu viel für einen wie mich. Das war wohl auch für jeden anderen zu viel. Ich war müde und schwer, so als hätte jemand ein Haus auf mir gebaut. Mit letzter Kraft hielt ich den Wagen an.

»Said«, sagte ich, doch Said rührte sich nicht.

»Said!«, sagte Amina jetzt lauter und stieß ihm mit dem Ellbogen in die Seite. Er zuckte und blinzelte mit verschlafenen Augen.

»Sind wir schon da?«, fragte er und wischte sich mit dem Handrücken Speichel vom Kinn.

»Den Rest der Strecke musst du wieder fahren«, sagte ich und ohne eine Antwort abzuwarten, stieg ich vorne aus, hinten wieder ein und legte mich auf die Rückbank. Ich weiß nicht, wie lange Said gebraucht hatte, um wach zu werden, auch nicht, wie lange wir noch bis zu unserem Lager fuhren, doch als ich aufwachte, war es schon Nachmittag. Sie hatten mich auf der Rückbank einfach liegen lassen wie einen Hund.

Es war stickig und heiß, und der Schweiß verklebte meinen ganzen Körper. Hastig öffnete ich die Tür und streckte mich in der Sonne. Dann ging ich in das Haus, vor dem Said gestern noch geraucht hatte, und fand in der Küche Salman, seinen Großvater und Amina. Sie sprang auf und lief auf mich zu.

»Das ging ja gestern nicht so richtig«, sagte sie, als wir uns in die Arme gefallen waren. Amina war hier. Sie war in Sicherheit und sie war hier. Und um ganz sicher zu sein, dass es wirklich echt war, drückte ich sie noch einmal fest an mich. Dann setzten wir uns zu den beiden an den Tisch und das Piano machte mir einen Tee.

»Wie geht es Said?«, fragte ich. »Und was hast du mit dem Hawaldar erreicht? Ist unsere Beute verkauft?«

»Jetzt trink erst mal einen Tee«, sagte Salman und legte mir seine Hand auf die Schulter. »Aber die Kurzversion ist: Said haben wir versorgt. Er schläft noch immer. Auch Waail haben wir zurück – er ist noch etwas ramponiert, aber er wird wieder. Der Großteil der Beute ist verkauft, gleich fahren noch einmal vier Männer los und schaffen den Rest weg und das, was wir in der letzten Nacht noch erbeutet haben. Wir sind jetzt alle Millionäre. Also kannst du auch erst einmal in Ruhe einen Tee trinken, Geedi.«

Wir waren jetzt alle Millionäre. Das musste ich noch ein paar Mal vor mich hinsagen, um es zu glauben. »Wir sind jetzt Millionäre.« Wie das klang … Und doch war Aayan nicht mehr bei uns. Meine Million hätte ich sofort wieder hergegeben, und die der anderen auch, wenn ich ihn dafür nur zurückbekommen hätte.

»Salman? Hast du Aayan denn … begraben können?«, fragte Amina jetzt, als hätte sie gerade dasselbe gedacht wie ich.

»Ich habe mein Bestes getan«, sagte er und schaute in seine Tasse. »Ich meine, wir hatten natürlich keinen Geistlichen. Und für die Salbungen hat die Zeit nicht gereicht. Aber ich habe seinen Kopf verbunden und ihn mit dem Gesicht Richtung Mekka beerdigt. Gebetet habe ich für ihn und einen schönen Stein für sein Grab gefunden.«

»Das ist gut«, sagte Amina und rieb sich durch die Augen. »Danke!«

»Wenn wir hier verschwinden, Salman«, sagte ich, »dann fahren wir noch einmal dorthin.«

»Dazu würde ich nicht raten. Das wäre ziemlich riskant.« Das Piano rieb sich das Kinn.

»Ich weiß, aber ich muss es tun. *Wir* müssen es tun.«

»Ich verstehe«, sagte er. »Aber dann komme ich mit.«

»Das ist gut«, sagte ich und freute mich sehr, dass Salman mit seinem Großvater nun nicht einfach verschwinden würde.

»Was machen wir denn jetzt?«, fragte Amina. »Ich meine, wenn ihr keine Piraten mehr seid … fahren wir zurück nach Hafun? Mutter und Vater sorgen sich mit Sicherheit ganz furchtbar. Wir sollten wieder zurück …«

»Nein«, unterbrach ich sie. »Also, ja, wir fahren ganz sicher wieder zurück nach Hafun. Doch vorher muss ich wissen, ob es wahr ist.«

»Ob was wahr ist?«, fragte Amina verwundert.

Salmans Großvater begann zu kichern. Er stellte seinen Tee ab und zeigte mit seinen beiden Fingern auf mich.

»Das Unbekannte«, sagte er heiser. »Geedi ist der Mann, der ein neues Land finden wird.«

»Die Insel?«, fragte Salman. Dabei überschlug sich seine Stimme fast.

»Ich muss wissen, ob sie da ist«, sagte ich. »Vielleicht können wir dort eine Weile untertauchen, bis sich die Lage mit Dayax und seinen Männern etwas beruhigt hat.«

»Die Sache mit Dayax und seinen Männern dürfte sich für eine ganze Weile beruhigt haben«, sagte Salman zufrieden. »Gut, aber mit ihm ist immer zu rechnen. Die Männer waren nicht alle erfreut, als sie erfuhren, dass du ihn am Leben gelassen hast.«

»Ich konnte es nicht, Salman«, sagte ich, »ich weiß, ich hätte es tun sollen, aber ich konnte es nicht.«

»Ich weiß«, nickte das Piano und legte seine Hand auf meine Schulter. »Ich weiß es wirklich. Ich kann dich gut verstehen.«

»Was denn für eine Insel?«, fragte Amina jetzt wie jemand, der protestiert. Sie stemmte ihre Arme in die Seiten und schaute uns an. Ich erklärte ihr, dass ich diese Insel gesehen hatte, so wie ich auch schon andere Dinge gesehen hatte, und dass ich nicht wieder nach Hafun zurückgehen konnte, ohne wenigstens versucht zu haben, sie zu finden.

»Also, Geedi«, sagte Salman und fuhr sich mit der Hand durch die Haare, »eine Weile untertauchen ist eine gute Idee, auch wenn Dayax' Gruppe seit der letzten Nacht kaum noch existiert, gebe ich dir recht. Und auf einer unbekannten Insel unterzutauchen, ist sogar eine sehr gute Idee. Wenn es die denn gibt …«

181

»Ich bin sicher, dass sie da ist«, sagte ich.

»Und ich bin sicher, das wäre doch schon wem aufgefallen, dass dort noch eine Insel liegt«, sagte Salman. »Ich meine, weißt du, wie viele Satelliten es im Weltraum gibt? Die NASA kann vom All aus ein Foto von unserem Haus machen. Die könnten uns sogar sagen, dass wir mal wieder die Ziegen füttern sollten. Und dann sollen sie gleich eine ganze Insel übersehen?«

»Ja, Salman«, sagte ich, »ich weiß doch, dass ich oft den Kopf in den Wolken habe und dass das, was ich dann sehen kann, nicht die Wirklichkeit ist. Dass es nur eine Ahnung ist, die irgendwie in meinem Kopf zu Bildern wird oder so – ich kann es ja auch nicht erklären. Aber meine Ahnung hat uns gerade erst 43 Millionen Dollar eingebracht. Und ich bin mir wirklich sicher, dass ich diese Insel gesehen habe.«

»Mh«, grübelte Salman, »bleibt die Frage, ob sich das lohnt, nach einer mysteriösen Insel zu suchen.«

»Nein. Die Frage, die bleibt, ist: Kommt ihr mit? Ich muss wissen, ob es wahr ist, aber ich kann das nicht allein. Ein, vielleicht zwei Tage auf der Yusra – mehr verlange ich ja gar nicht.«

»Wenn wir die Insel nicht finden, fahren wir zurück nach Hafun?«, fragte Amina.

»Das machen wir.« Ich nickte.

»Und wenn wir die Insel finden, fahren wir trotzdem bald wieder nach Hafun?« Sie bestand darauf, und sie hatte recht.

»Ja, auch das machen wir«, antwortete ich.

»Dann fahre ich mit dir!«, rief sie aus. »Was ist mit euch?«, fragte sie Salman und den Großvater.

»Ich bin zu alt für neues Land«, grummelte der Großvater in seine Teetasse.

»Du kannst bei meinen Cousins wohnen, Großvater«, sagte Salman.

»Die kann ich nicht leiden«, erklärte der Großvater mürrisch.

»Großvater, du kannst niemanden leiden.«

»Das ist richtig«, sagte er.

»Also wirst du zu meinen Cousins gehen?«

»Ja, ich werde zu deinen Cousins gehen. Aber ich kann die nicht leiden.«

»Das heißt«, rief ich, »du kommst mit uns, Salman?«

»Ja sicher! Du fährst mir die schöne Yusra doch schon nach zwei Seemeilen in eine Sandbank!«, lachte er.

»Das ist großartig!«, rief ich und fiel ihm um den Hals.

»Geedi«, sagte er streng, »was habe ich dir über Piraten und Umarmungen gesagt?«

»Ihr seid doch jetzt gar keine Piraten mehr«, lachte Amina.

»Ach ja, das ist richtig«, erkannte Salman. Er drückte mich an sich und lachte, so laut und so strahlend seine Zähne konnten.

Am Abend hatten wir die Yusra mit Proviant beladen. Salman hatte darauf bestanden, dass wir auch vier Maschinengewehre und ausreichend Munition mitnahmen. Ich wollte keine Gewehre mehr haben, und ich wollte auch nichts davon wissen, dass wir auf See überfallen werden könnten. »Wenn es auf deiner Insel Tiere gibt, willst du die mit den Händen fangen?«, hatte Salman dann gefragt und erklärt: »Wenn ich mitkommen soll, werden wir auch Gewehre dabeihaben.« Das war das Ende der Diskussion. Amina hatte außerdem darauf bestanden, dass von unsrem Anteil die Hälfte an Mutter und Vater gehen sollte. Dafür hatte das Piano den Hawaldar angerufen und für sie ein Kennwort eingerichtet. Nun standen wir am Strand und verabschiedeten uns. Von Said, Waail und dem Großvater.

»Ich kann dir vertrauen?«, fragte ich Said, als wir schon im Motorboot saßen. »Du wirst meinen Eltern das Kennwort geben?«

»Ich würde den Geist von Aden niemals betrügen. Das wäre ja Selbstmord«, lachte er und fasste sich ans Bein.

»Said«, sagte ich streng, »ich meine das ernst.«

»Ja, schon gut«, sagte er, »du kannst dich auf mich verlassen.«

»Na gut«, sagte ich, »dann pass auf dich auf. Und halt das Ohr steif.«

»Mache ich«, lachte er. Dann schob er uns in die Wellen. Salman ließ den Motor an, und wir fuhren auf die Yusra zu. Said war kein übler Kerl. Noch lange stand er am Strand und schaute uns nach. Ich glaube, er hätte gern gewunken.

Eine gute Stunde fuhren wir mit der Yusra durch die Nacht. In der Nähe einer Bucht gingen wir vor Anker. Auf See waren wir sicherer als in einem Lager an Land, hatte Salman erklärt, und wir hatten zugestimmt. Mit genügend Abstand zur Küste würde man uns im Dunkel der Nacht kaum sehen können. Außerdem wollten wir am Morgen noch Aayans Grab besuchen, und es war sicherer, das Lager von der See her anzufahren. Obwohl ich beinahe den halben Tag im

Geländewagen geschlafen hatte, war ich furchtbar müde, und so schaukelte uns die Yusra schon bald in den Schlaf.

»Du fehlst mir«, sagte ich leise, als ich vor dem Hügel aus Sand und Staub kniete. Amina saß neben mir. Hätte sie nicht das Motorboot gesteuert, wäre ich wohl auf halber Strecke wieder umgekehrt. Es tat so weh, als wir auf die Küste zufuhren, und ich hatte nur gewollt, dass es weggeht. Doch sie hatte Kurs gehalten, und nun saßen wir vor Aayans Grab. Amina weinte und grub ihre Hände in den Sand. Zwei Handvoll nahm sie und drückte ihn an ihre Brust. Auch ich konnte kaum aus den Augen schauen, als ich schließlich seinen Ring von meinem Daumen zog.

»Wir haben es geschafft«, flüsterte ich. »Aber das hier ist deiner.« Ich hielt den Ring in die Sonne, schaute noch einmal, wie er blitzte. Dann grub ich ein Loch in den Hügel und legte ihn hinein. Gemeinsam schaufelten wir mit den Händen Sand darüber und drückten ihn fest. Eine ganze Weile noch ließen wir die Hände dort auf dem Boden. Amina lehnte ihren Kopf an meinen, und so saßen wir da.

»Wir müssen langsam los.« Salmans Stimme kam zu uns herüber wie aus einer anderen Welt. »Ich weiß«, sagte er, »es ist schwer. Aber es wird wirklich zu gefährlich.« Ich spürte seine große Hand an meiner Schulter. Er stand hinter uns, und seine andere Hand schwebte links von Aminas Schulter in der Luft. Während er die Hände langsam hob, folgten wir ihnen, so als hätte er uns aufgehoben, ohne uns wirklich zu berühren. Als wir standen, drückte er uns an sich, und wir gingen zurück zu unserem Motorboot.

»Gut«, sagte Salman, als wir wieder auf der Yusra waren und das Motorboot eingeholt hatten, »ein neues Land also?«

Doch wir reagierten nicht. Während Salman die Yusra auf das offene Meer hinausfuhr, saßen Amina und ich an Deck hinter dem Führerhaus und ließen das Stück Land, in dem unser Bruder begraben lag, keine Sekunde aus den Augen. Immer kleiner wurden die ausgebrannten Häuser, das Lager, der Strand, die Küste, und schließlich war auch sie verschwunden. Ich drehte mich zu Salman und sah durch die Scheiben des Führerhauses, wie er das Steuer sicher in den Händen hielt. Dann atmete ich tief ein. Die Luft des ganzen Meeres wollte ich einsaugen. Ich ging unter Deck, zog meine Hose aus und wickelte mich in ein Macawi. Es ging nach vorne. Nach vorne auf ein neues Land.

»So langsam brauche ich deine Hilfe«, sagte Salman, nachdem wir einige Stunden gefahren waren. Amina und ich hatten an Deck gesessen, und Salman hatte uns gelassen.

»Wirklich, Geedi«, versuchte er noch einmal, weil wir in Gedanken waren. »Ich habe Kurs gesetzt, und wir müssten jetzt ungefähr in der Gegend sein, in der wir in das Unwetter geraten sind. Ich hoffe, du hast jetzt einen Plan.«

Amina und ich gingen die Treppe hinauf in das Führerhaus und stellten uns zu ihm.

»Ganz ehrlich?«, sagte ich. »Ich habe gedacht, wir fahren nach Gefühl. Irgendwie.«

»Nach Gefühl irgendwie?«, wiederholte er. »Wie lange machen wir das denn? Auch nach Gefühl irgendwie?«

»Ich weiß auch nicht so genau.« Ich hob die Schultern.

»Kannst du nicht das mit den Augen machen?«, schlug Amina vor. »Ich meine, so geht das doch, hast du gesagt.«

»Ja gut«, sagte ich, »aber ich weiß nicht, ob das so auf Kommando geht.«

»Versuch es«, sagte sie aufmunternd.

Ich schloss die Augen beinahe ganz und schaute durch die Fenster auf den Horizont. Doch da war nichts. Ich öffnete sie wieder ein bisschen mehr, schloss sie noch ein bisschen fester, probierte aus, ob ich nur die richtige Stellung finden musste. Nichts. Nach einer Weile öffnete ich sie wieder. Salman und Amina schauten mich erwartungsvoll an.

»Und?«, fragte Salman.

»Eher nach da«, sagte ich und zeigte schräg rechts nach vorne.

»Bist du sicher?«, fragte Amina.

»Nein.« Ich hob die Schultern. »Ist nur ein Gefühl.« Ich konnte ihnen ja nicht sagen, dass ich wirklich keine Idee hatte, was wir hier taten, dass ich rein gar nichts gesehen hatte.

»Hast du denn etwas gesehen?«, hakte Amina nach.

»Na ja, nicht direkt etwas gesehen. Ich habe mehr so …«

»Wir fischen im Trüben, richtig?«, fragte Salman.

Ich sagte nichts.

Noch eine weitere Stunde lang durchkreuzten wir die Gegend, und ich zeigte immer wieder mal in die eine, dann in die andere Richtung. Salman und Amina waren unzufrieden, so wie die Sache lief.

»Es geht auch bei dir nicht auf Kommando, oder?«, sagte Salman schließlich und machte den Motor aus.

»Was machst du denn?«, rief Amina.

»Ich mache jetzt Pause«, sagte Salman. Wer will einen Tee?«

Wir schwankten sanft in den Wellen, und Salman verschwand unter Deck.

»Wo hast du denn gesessen«, fragte Amina, »als du die Insel das erste Mal gesehen hast?«

»Da vorne«, sagte ich und zeigte auf eine Kiste.

»Dann gehe ich jetzt runter zu Salman. Du setzt dich mal dahin und dann ab mit deinem Kopf in die Wolken. Vielleicht hilft das ja.«

»In Ordnung«, sagte ich und stieg die Treppe aus dem Führerhaus hinab. Amina folgte mir und verschwand unter Deck.

»Mist«, sagte ich und setzte mich auf die Kiste. Jetzt waren wir hier mitten im Golf von Aden oder beinahe schon im Arabischen Meer, für nichts. Ich verschränkte die Arme auf der Reling und legte mein Kinn hinein. Dann schloss ich die Augen noch einmal beinahe ganz, doch ich sah wieder nichts. Nicht links, nicht rechts, nicht vorne. Ich atmete tief ein und dachte an Hafun. Bald würden wir wieder bei unseren Eltern sein. Ich würde am Abend wieder mit Vater auf der Mauer sitzen. Das wäre schön, dachte ich. Und Mutter fehlte mir auch – nicht nur ihr Baasto, natürlich nicht. Aber auch ihr Baasto. Vielleicht war es ja nicht das Schlechteste, wenn wir bald umkehren und zurück nach Hafun fahren würden. Wir könnten die Yusra wieder auf die Sandbank setzen, dann wären die drei großen Toten wieder zusammen. Dann wären wir einfach wieder … doch dann sah ich sie. Ganz klein am Horizont lag sie. Mit beinahe geschlossenen Augen konnte ich sie sehen. Sie hatte dieselbe Form wie damals, als ich sie das erste

Mal gesehen hatte. Der schlafende Hund. Beinahe hätte ich die Augen aufgerissen und nach Salman und Amina gerufen. Doch dann dachte ich: »Was, wenn sie verschwunden ist, sobald ich die Augen öffne?« Also saß ich da und schaute sie an. Sie war wunderschön. Es waren Bäume auf ihr zu sehen, links, wo der Hund seinen Rücken hatte.

Dann hörte ich, wie Salman und Amina an Deck kamen. Sie unterhielten sich, lachten und sie klapperten mit den Tassen. Sie hatten noch keine Ahnung, dass wir die Insel gefunden hatten. Weiß-graue Klippen hinten, dort wo der Schwanz des Hundes den Körper umschließt, wenn er liegt und schläft. Und ganz lang gezogen erst Wälder und dann eine felsig-sandige Landschaft auf der rechten Seite, wo die Schnauze des Hundes ist. Mit einem hellgelben Sandstrand rund um die Vorderpfoten.

»Seht ihr sie auch?«

Dank

Ich muss mich dringend bedanken: Bei Vera und Carina für die schöne Unterstützung, bei meinen Eltern, bei Tom und meinen Freunden für mich, vor allem aber bei Angelika. Ohne ihr Wissen um und über Somalia hätte ich diesen Roman gar nicht gescheit schreiben können.

Andreas Brettschneider wurde 1974 geboren und studierte Germanistik sowie Anglistik in Köln. Er war Sänger / Songwriter in verschiedenen Bands und stellte 2015 seinen ersten Roman fertig, mit dem er 2018 im Finale eines Wettbewerbs auf der Frankfurter Buchmesse vertreten war. Seitdem veröffentlichte er Kurzgeschichten in verschiedenen Anthologien.

Lothar-Rüdiger Lütge

Die Person Gottes

Ein philosophischer Zugang zu
Gottes Personalität

Der Autor, Lothar-Rüdiger Lütge, befasst sich seit vier Jahrzehnten mit unterschiedlichen Wahrheits- und Weisheitslehren. Er veröffentlichte Bücher im Bereich Yoga, indianische Lehren, Spiritualität und Philosophie.

Sein Resümee: Gott ist Person! - und jeder Mensch ist ein ewiges Individuum, das mit Gott, dem absoluten Individuum, in einer direkten, persönlichen Beziehung steht.

Lothar-Rüdiger Lütge

Die Person Gottes

Ein philosophischer Zugang zu
Gottes Personalität

Herstellung und Verlag
BoD™ – Books on Demand, Norderstedt

ISBN: 9 783744 820752

Bibliographische Information
der Deutschen Bibliothek:

Die deutsche Bibliothek verzeichnet diese Publika-
tion in der Deutschen Nationalbibliographie; detail-
lierte bibliographische Daten sind im Internet ab-
rufbar über: http://dnb.ddb.de

*Niemand ist hoffnungsloser versklavt als jene,
die fälschlicherweise glauben, frei zu sein.*

(Johann Wolfgang von Goethe, 1749 - 1832,
Dichter, Naturwissenschaftler, Staatsmann)

Inhalt

9

Einführung

Ob wir an Gott glauben oder ob wir es nicht tun, hängt von unserem Weltbild ab. Und auch die konkrete Vorstellung, die wir von Gott haben, wird durch unser Weltbild bestimmt.

Jeder Mensch betrachtet sich selbst und die Welt, in der er lebt, durch eine getönte Brille ganz bestimmter Grundüberzeugungen. Dies gilt sogar für jene Menschen, die sich nie mit religiösen oder philosophischen Fragen befasst haben. Auch wenn man für sich in Anspruch nimmt, eine ganz und gar ungefärbte und nüchterne Sicht der Dinge an den Tag zu legen, ist man dennoch durch seine Grundeinstellungen geprägt. Eine quasi neutrale Betrachtung der Welt und der Wirklichkeit ist nämlich gar nicht möglich. Man muss gezwungenermaßen von bestimmten Grundannahmen ausgehen, wenn man das, was man beobachtet und erlebt, verstehen und einordnen will.

In unserer westlichen Kultur ist die heute übliche und am weitesten verbreitete Grundlage zum Verständnis der Welt der Materialismus. Dieses Weltbild dient ganz selbstverständlich als Fundament für all das, was an Schulen und Universitäten gelehrt wird, und es steht hinter dem sogenannten Mainstream der veröffentlichten Meinung.

Menschen, die eine Alternative zum Materialismus suchen, finden diese zumeist in den unterschiedlichen Spielarten des Spiritualismus. Zur Palette des Spiritualismus gehören zum Beispiel der Buddhismus, die unterschiedlichen Yoga- und Meditations-systeme, die Theosophie, die Anthroposophie und der große Bereich der modernen Esoterik.

Das verbindende Element zwischen beiden Welt-anschauungen ist die Tatsache, dass beide Er-kenntnissysteme, also sowohl der Materialismus als auch der Spiritualismus, nur Spielarten des Monismus sind. Der Monismus reduziert „Alles, was ist" auf eine einzige Ursache. Beim Materia-lismus gilt die Materie als diese einzige Ursache und beim Spiritualismus erfüllt den gleichen Zweck der Geist.

Und der Monismus verbirgt noch eine weitere Be-sonderheit: Er ist nämlich zwingend eine atheisti-sche Weltanschauung, ohne Werte und Normen.

Ein personaler Gott, also Gott als Person, kommt daher weder im Materialismus noch im Spiritualis-mus vor. Während der Materialismus Gott voll-ständig ignoriert, beschreibt der Spiritualismus Gott zumeist als eine neutrale, wesenlose Energie. Und da weder aus toter Materie noch aus neutraler Energie irgendwelche Werte oder Normen abgelei-tet werden können, gibt es sie in beiden Weltan-schauungen auch nicht! Mit der Folge, dass wir heute, in der westlichen Welt, in einer mehr oder weniger gottlosen Kultur ohne allgemeinverbindli-che Werte und Normen leben!

Abhilfe schaffen kann nur ein neuer Blick auf die Wirklichkeit, mit dem wir die Welt und „Alles, was ist" aus einer anderen Perspektive sehen. Diese alternative Sichtweise bietet der Theismus. Mit dem Theismus wird Gott als Person in den Mittelpunkt des Seins gerückt. Er wird als das ewige, allumfassende Individuum erkannt, dem unsere Welt und jeder Einzelne von uns seine Existenz verdankt.

So ungewöhnlich die Aussagen des Theismus in unserer heutigen Zeit zuerst auch klingen mögen: Sie machen durchaus Sinn und sie sind schlüssig und nachvollziehbar herzuleiten. Genau dies soll in den drei nachfolgenden Kapiteln geschehen.

In kurzen und prägnanten Beschreibungen werden die Weltbilder des Materialismus, des Spiritualismus und des Theismus vorgestellt. Ihre Grundlagen werden erörtert und ihre Besonderheiten aufgezeigt. Und insbesondere wird der Frage nachgegangen, welche konkrete Bedeutung all das für jeden Einzelnen von uns hat – in Bezug auf unser Leben, auf unsere Kultur, auf unser Verständnis von Gott und auf unsere persönliche Beziehung zu ihm.

Ziel der Darstellungen ist es, einen ganz neuen Blick auf Gott als Person zu ermöglichen und auf die sich daraus für uns ergebenden ewigen Werte und Normen aufmerksam zu machen.

Bestimmte Voraussetzungen sind für die Lektüre nicht erforderlich. Es müssen weder Sachkenntnisse noch philosophisches Wissen mitgebracht werden. Wichtig ist jedoch eine ruhige, interessierte Offenheit für die behandelten Themen. Und ein gewisses Maß an Geduld und Konzentration bei der Lektüre. Erforderlich ist auch Toleranz. Wir müssen die zum Teil ungewohnten Inhalte und Schlussfolgerungen zulassen, um uns auf neue Erkenntnisse einlassen zu können.

Der Materialismus hat in seiner Oberflächlich-keit etwas Leichtverständliches, den Massen besonders Zugängliches und als naturwissen-schaftliche Anschauungsweise etwas Moder-nes an sich, was namentlich der Halbbildung immer imponiert.

(Theobald Ziegler, 1846 - 1918, Philosoph, Pädagoge, Literaturhistoriker, Kulturpolitiker)

Teil I Materialismus

In unserer heutigen Zeit werden die Menschen in weiten Teilen der Welt von den Vorstellungen des Materialismus beherrscht. Nach dieser Auffassung gibt es im Universum nichts als Materie, die sich seit dem Urknall vor etwa 14 Milliarden Jahren gemäß den ihr innewohnenden Gesetzen selbständig entfaltet und so unsere Welt und auch uns selbst in einem zufälligen evolutionären Prozess hervorgebracht hat.

Dieses Erklärungsmodell ist einfach und leicht verständlich. Die leichte Verständlichkeit und die ständige Wiederholung der Behauptungen sind ein wesentlicher Grund für dessen weite Verbreitung und für die große Akzeptanz, die der materialistischen Weltanschauung heute entgegengebracht wird. Öffentlich infrage gestellt wird das Modell inzwischen nicht mehr, zu groß ist die Gefahr, als Scharlatan oder als Narr bezeichnet zu werden.

Also fragt auch niemand mehr nach dem Grund des Urknalls oder danach, was damals vor angeblich 14 Milliarden Jahren tatsächlich geschehen ist und warum es geschah. Und falls solche Fragen doch einmal gestellt werden, erklärt die Wissenschaft, die ja die eifrigste Vertreterin der materialistischen Weltanschauung ist, dass derartige Fragen nicht erlaubt sind, weil sie mit wissenschaftlichen Mitteln und Methoden nicht beantwortet werden können. Die Wissenschaft spricht vom Urknall dann als von einer sogenannten Singularität. Also von einem einmaligen, einzigartigen Ereignis, für das es keine Erklärung gibt und geben kann!

Und auch auf die Frage, wie es dazu kommt, dass der Materie all die von uns entdeckten Naturgesetze einfach so innewohnen, damit sie sich nach diesen dann ausrichten und so selbständig formen und gestalten kann, wird nicht beantwortet. Auch diese Frage ist angeblich unzulässig. Das sei eben so, heißt es seitens der Wissenschaft, weil es anders nicht sein kann! Denn außer der Materie gibt es nach der gängigen Überzeugung ja nichts, was als Quelle der Naturgesetze infrage kommen könnte. Wenn es also Naturgesetze gibt, und daran besteht kein Zweifel, müssen diese ein Bestandteil oder eine innewohnende Eigenschaft der Materie sein. Nun handelt es sich bei Gesetzen oder Regeln aber immer um Informationen und damit um etwas vollkommen anderes als um Materie. Informationen sind niemals materiell, sie sind immer geistiger Natur, sie können allenfalls einen materiellen Träger haben, aber diese Unterscheidung macht die Wissenschaft nicht.

Und letztlich werden auch alle weiteren Fragen oder Zweifel, zum Beispiel am Vorgang der biologischen Evolution, also der sich angeblich selbst gestaltenden Entwicklung der Arten, vom Einzeller bis zum Menschen, als nicht erlaubt zurückgewiesen. Und dies, obwohl der Ablauf der kosmischen Selbstorganisation des Universums und auch die Vorgänge der biologischen Selbstorganisation der lebenden Natur, also der Prozess der sogenannten Evolution, den von der Wissenschaft selbst herausgefundenen Naturgesetzen fundamental widersprechen.

Die gefundenen Gesetze besagen nämlich, dass in der Natur, wenn sie sich selbst überlassen ist, stets die Unordnung zunimmt, dass also das Chaos die Oberhand gewinnt, nicht jedoch die Ordnung. Nach den Naturgesetzen strebt die Natur also stets zum größtmöglichen Chaos, zur vollständigen Unordnung, sie ordnet und entwickelt sich nicht von selbst, ganz im Gegensatz zu dem, was angeblich im Rahmen der Evolution der Arten geschehen ist. Auch hier steht das allgemein verbreitete Erklärungsmodell auf tönernen Füßen. Aber kaum jemand hat den Mut, die fragwürdigen Behauptungen der Evolutionsbiologie ernsthaft infrage zu stellen.

Vor dem Hintergrund dieses durch und durch materialistischen Weltbilds, das uns Menschen die Idee vermittelt, wir wären das zufällige Resultat eines ebenso zufälligen Urknalls, ist es schwer, von Gott zu sprechen. Gott kommt in diesem Denkmodell nicht vor. Er ist im Rahmen der materialischen Welterklärung nicht erforderlich und daher wird seine Existenz von den führenden Köpfen der Wissenschaft bestritten. Besonders die aktuell populärsten und in der öffentlichen Wahrnehmung am weitesten herausragenden Vertreter der wissenschaftlichen Zunft, Stephen Hawkins, auf dem Gebiet der Physik, und Richard Dawkins, im Bereich der Biologie, sind vehemente Vertreter der materialistischen und atheistischen Weltanschauung.

Wenn wir uns das Weltbild, das diese Menschen vertreten und das den heutigen Zeitgeist und damit uns alle so umfassend und tiefgreifend prägt und bestimmt, ein wenig genauer ansehen, dann beinhaltet es folgende Grundaussagen:

1. Es gibt im Universum nur das, was wir sehen, anfassen und messen können: Materie bzw. Energie.

2. Diese Materie ist vor langer Zeit durch ein einmaliges, außerordentliches Ereignis, über das wir nichts wissen und nichts wissen können, entstanden.

3. Seit ihrer Entstehung verhält sich die Materie so, wie es ihr die innewohnenden Naturgesetze vorschreiben. Das Resultat dieses naturgesetzlichen Verhaltens ist das heute sichtbare und messbare Universum mit seinen Galaxien, Sternen und Planeten etc.

4. Auch das Leben allgemein und die Lebewesen im Besonderen sind Resultate des gesetzmäßig ablaufenden materiellen Geschehens. Irgendwann, vor ca. 4 Milliarden Jahren, formten sich zufällig materielle Strukturen auf eine bestimmte Weise und bildeten so ganz von selbst die Grundbausteine des Lebens. Diese schlossen sich in der Folgezeit zu einfachen Organismen zusammen, in denen sich zugleich, auf unerklärliche Weise, plötzlich Leben zu regen begann. Diese so entstandenen, nun lebenden Organismen wurden dann, nach den ihnen innewohnenden Gesetzen der

Evolution, also gemäß ihrer jeweiligen Anpassung an die Umwelt etc., in einem lange währenden Umwandlungsprozess zu den heute vorhandenen Pflanzen, Tieren und Menschen.

Die biologische Evolution wird demnach als eine Art zweite Entwicklungsstufe innerhalb des materiellen Universums gesehen. Ähnlich wie beim Urknall beginnt auch das Leben selbst mit einem unerklärlichen, einmaligen Ereignis, nämlich mit der ersten lebenden Zelle, die sich zufällig formte und sich sodann gemäß den ihr wiederum innewohnenden Gesetzen teilt und gestaltet und schließlich beim Menschen, als dem vorläufigen Endergebnis, endet.

5. Als dritte Stufe des gesetzmäßig ablaufenden Geschehens wird die Entstehung des Fühlens und Denkens bei den Lebewesen angesehen. Die diesbezügliche Annahme ist, dass die im Laufe der Zeit immer komplexer werdenden Gehirnstrukturen der Lebewesen auf unerklärliche Weise irgendwann begannen, so etwas wie Gefühle und Gedanken hervorzubringen.

Und schließlich entstand, in einem weiteren, letzten Schritt der Evolution, aufgrund der sich noch weiter differenzierenden Gehirnfunktionen zusätzlich so etwas wie eine Art künstlicher innerer Beobachter, also ein Ich-Bewusstsein, das sich selbst, seine Gefühle und Gedanken sowie seinen Körper sehen, fühlen, betrachten und über sich und die Welt umher nachdenken kann.

Mit diesen fünf Schritten haben wir auf einfache Weise die Entstehung von uns selbst und der gesamten uns bekannten Welt umfassend beschrieben. Einen Gott haben wir dazu nicht gebraucht. Wir mussten lediglich an einigen markanten Stellen der Entwicklungsgeschichte ein bisschen tricksen oder improvisieren.

Trick 1: Der Urknall selbst und damit das schlichte Vorhandensein von Materie bzw. Energie. Für beides gibt es keine stichhaltige wissenschaftliche Erklärung.

Trick 2: Die Existenz der Naturgesetze, die als immaterielle Informationen nicht Bestandteil der Materie sein können. Die Wissenschaft gibt keine Antwort auf diese Frage.

Trick 3: Die behauptete Selbstorganisation der Materie zu immer geordneteren, komplexeren Strukturen. Dieser Vorgang widerspricht den grundlegenden Naturgesetzen. Diese beschreiben eine stets zunehmende Unordnung, die wir bei allen geschlossenen und sich selbst überlassenen Systemen stets beobachten können. Auch hierzu schweigt die Wissenschaft.

Trick 4: Das angeblich spontane Entstehen von lebendigen Einheiten oder Zellen aus toten materiellen Strukturen. Auch für diesen Vorgang gibt es keine Beweise und keine nachvollziehbare Erklärung.

Trick 5: Die angenommene Entwicklung aller bekannten Lebensformen, einschließlich des Menschen, aus den angeblich spontan entstandenen, anfänglichen Zellstrukturen. Tatsächlich gibt es auch nach mehr als 100 Jahren Evolutionsforschung keine fossilen Funde, aus denen sich tatsächliche Übergänge der Entwicklung von einer Art zur anderen im Sinne der behaupteten Evolution ableiten lassen. Lediglich Variationen innerhalb einer bestehenden Art können nachgewiesen werden, mehr nicht! Dennoch verteidigt die Wissenschaft ihre Theorie ohne Unterlass ganz vehement.

Trick 6: Das behauptete, spontane Auftreten von Gefühlen, Gedanken und schließlich Bewusstsein aus biologisch-materiellen Strukturen. Einen Beweis oder eine Erklärung dafür, dass Materie tatsächlich Bewusstsein hervorbringen kann, liefert die Wissenschaft nicht.

Wenn wir es genau betrachten, ruht das populäre wissenschaftliche Weltbild also gar nicht auf einem so felsenfesten Fundament, wie es allgemein angenommen wird. Die Beschreibung beinhaltet vielmehr an ganz markanten Stellen einige sehr große Fragezeichen bzw. sehr wagemutige Behauptungen und sie lebt im Übrigen ganz wesentlich von der Entschlossenheit, der Kraft und der Lautstärke, mit der sie von ihren Vertretern und Befürwortern verkündet und verteidigt wird.

Leider ist das materialistische Weltbild trotz dieser fundamentalen Schwächen zu einer Art Religion geworden, die für sich in Anspruch nimmt, die gesamte Welt, einschließlich unseres menschlichen Seins, umfassend erklären zu können.

Und diese Erklärung sieht so aus:

1. Die Existenz des Universums und unserer Welt ist ein unerklärlicher Zufall.

2. Alles, was existiert, ist materieller Natur und verhält sich entsprechend den Naturgesetzen.

3. Es gibt weder einen Sinn noch einen Zweck oder ein Ziel unserer Existenz.

4. Leben ist ein zufällig aufgetretenes Phänomen der sich selbst gestaltenden Materie.

5. Der Mensch ist ein affenähnliches Tier, dessen besonders komplexes Gehirn plötzlich Gefühle, Gedanken und Bewusstsein entwickelt hat.

6. Unser Ich-Bewusstsein ist eine Selbsttäuschung. In Wahrheit agieren wir wie biologische Maschinen, ohne freien Willen, nach fest vorgegebenen Reiz-Reaktions-Mechanismen.

7. Die Existenz unseres Bewusstseins ist an unseren Körper bzw. das Gehirn gebunden, mit dem Tod unseres Körpers/unseres Gehirns erlischt auch unser Bewusstsein und damit unsere gesamte Existenz.

Auf diesen zentralen Aussagen baut die gesamte gesellschaftliche und kulturelle Ordnung in weiten Teilen unserer Welt heute auf!

Werte und Normen beinhaltet dieses materialistische Weltbild nicht! Das liegt daran, dass der Urgrund des Seins, die Materie, vollkommen wertfrei ist. Materie ist seit dem Urknall schlicht und einfach vorhanden. Das ist weder gut noch schlecht. Und auch die Materie selbst weist weder gute noch schlechte Eigenschaften auf. Sie ist, wie sie ist, und gestaltet sich gesetzmäßig, ohne Sinn, ohne Ziel und ohne Zweck.

Im materialistischen Weltbild gibt es also von sich aus weder Gut und Böse, noch Schön und Hässlich oder Richtig und Falsch. Alle Dinge und Geschehnisse sind einfach, wie sie sind, denn alles ist letztlich sinnlos, ziellos, zweck- und wertfrei.

Und dies gilt auch für uns Menschen! Der Mensch, als das Produkt der biologischen Evolution, ist ebenfalls nur eine Biomaschine. Zufällig entstanden, ohne Sinn, ohne Ziel, ohne Wert und ohne Zweck. Wie alle materiellen Dinge ist er einfach so, wie er ist, und er agiert ganz und gar gesetzmäßig, wie es die Regeln der Biologie für seinen Körper und die Regeln der Kybernetik für sein Denken und Fühlen vorschreiben.

Eine individuelle Persönlichkeit des Menschen existiert nach materialistischer Weltanschauung nicht! Das Ich-Bewusstsein des Einzelnen wird als eine Selbsttäuschung gesehen, die sich mit zunehmender Komplexität der vom Gehirn erzeugten Gedanken und Gefühle von selbst eingestellt hat und so die Illusion des „Ich" erzeugt. In Wahrheit ist der Mensch nicht mehr als ein biologischer Computer auf zwei Beinen, der sich so verhält, wie es ihm seine Programmierung befiehlt.

Diese wertfreie, geist- und seelenlose, von Biomaschinen bevölkerte Welt, ohne Zweck, ohne Sinn und ohne Ziel, propagieren die heute führenden Vertreter der Wissenschaft. Aber auch ein großer Teil unserer führenden politischen, wirtschaftlichen und kulturellen Repräsentanten stehen zu dieser Weltanschauung und richten ihr Denken und Handeln danach aus.

Ja, man kann sagen, dass die Anschauungen des Materialismus nicht nur unsere Eliten, sondern inzwischen auch die breite Bevölkerung und den gesellschaftlichen Mainstream voll und ganz erfasst und durchdrungen haben. Auch wenn es den meisten Menschen kaum bewusst sein mag, haben sie die wissenschaftlich propagierte materialistische Sicht der Welt und der Wirklichkeit durch die ständig stattfindende Ausbreitung und Wiederholung der zugrunde liegenden Thesen inzwischen vollständig verinnerlicht.

Eine Folge dieses Bewusstseins ist die schnell voranschreitende Auflösung aller Werte und Normen im gesellschaftlichen Gefüge.

Wenn alles Sein als wert- und sinnfreier Zufall ohne Zielsetzung verstanden wird und die persönliche Existenz mit dem Tod des materiellen Körpers endet, dann gibt es keine dauerhaften Regeln, an die man sich als einzelner Mensch oder als Menschengruppe zu halten hätte. Es gibt auch keinen Grund, irgendetwas zu tun oder etwas anderes zu unterlassen. Aus dieser Haltung erwachsen Aussagen wie: „Das Universum, das wir beobachten, hat genau die Eigenschaften, mit denen man rechnet, wenn dahinter kein Plan, keine Absicht, kein Gut und Böse steht, nichts außer blinder, erbarmungsloser Gleichgültigkeit." Dies sagt der Evolutionsbiologe Prof. Richard Dawkins und er suggeriert uns damit: Das Leben hat weder Sinn noch Ziel, mach, was du willst, es gibt kein Gesetz.

Es stellt sich die Frage, warum diese nihilistische Weltanschauung, die alle objektiven Werte und Normen verneint und das Leben als ein zielloses Abenteuer der Natur ohne Sinn und Zweck begreift, eine solche Verbreitung erfahren kann und sich einer so umfassenden und anhaltenden Beliebtheit erfreut.

Die Antwort auf diese Frage ist ebenso einfach wie überraschend: Weil diese Art des Denkens dem Menschen eine größtmögliche Freiheit suggeriert. Nur wenn es keine objektiven Werte gibt und man die Überzeugung vertritt, dass es auch keine solchen Werte geben kann, unterliegt alles, was vorhanden ist, der alleinigen Deutungshoheit des Menschen. Dann gilt der Satz: Alles ist relativ! Oder auch: Alles ist subjektiv! Denn der Mensch selbst wird zum Maß aller Dinge. Das heißt, er selbst bestimmt den Wert oder den Unwert einer Sache oder einer Gegebenheit. Er definiert, was Gut und Böse, Richtig und Falsch, Wahrheit oder Lüge ist. Und der Mensch selbst wird auch zum alleinigen Sinnstifter in seinem Leben. Nur er bestimmt, was zu tun ist und worum es für ihn in seinem Leben letztlich geht. Das Ziel sowie den Erfolg oder den Misserfolg des Lebens bestimmt und beurteilt er selbst, nach seinen persönlichen Maßstäben. Mehr Freiheit geht nicht!

Mit dieser Art des Denkens löst sich der Mensch aus seiner Anbindung an die Natur und an die Gesellschaft. Jeder Einzelne wird vermeintlich zu einem ganz und gar unabhängigen und selbstbestimmten „Ich", das tun und lassen kann, was ihm gefällt. Genau das ist das Bild, das uns gegenwärtig als höchstes, erstrebenswertes Ziel für unser Leben von der Gesellschaft vermittelt wird. Und genau dieses Versprechen der totalen Unabhängigkeit und Freiheit macht das materialistische Weltbild für den heute lebenden Menschen so besonders attraktiv. „Unterm Strich zähl ich!", ist ein markanter Werbeslogan in diesen Tagen.

Die große Attraktivität dieser Weltanschauung wird nicht einmal dadurch beeinträchtigt, dass der Materialismus selbst die vermeintliche Selbständigkeit und Freiheit des Einzelnen eigentlich als eine große Illusion beschreibt. Der Mensch als biologische Maschine mit seinen vom Gehirn erzeugten Gefühlen und Gedanken ist selbstverständlich keineswegs frei und ungebunden. Nach materialistischer Auffassung ist er ja nicht mehr als ein programmierter Bioroboter, der sich für seine kurze Lebensspanne lediglich einbildet, ein freies Wesen zu sein.

Dennoch ist genau dieses Gefühl der vermeintlichen, wenn auch nur eingebildeten Freiheit der entscheidende Impuls, der das materialistische Weltbild in besonderer Weise trägt und attraktiv macht. Die Freiheit des Einzelnen von allen vorgegebenen Strukturen des Staates, der Gesellschaft, der Religion, der Familie, der Gruppe etc. und die Freiheit des Menschen allgemein und der gesamten Menschheit von allen vorgegebenen Bedingungen der Umwelt und der Natur sind das erklärte Ziel unserer Zeit.

Wohin die Überhöhung der zur fixen Idee gewordenen Freiheitsillusion führen kann, sehen wir, wenn wir uns zum einen die massiven, weltweit um sich greifenden Auflösungserscheinungen unserer modernen Gesellschaften ansehen und wenn wir zum anderen die Ausbeutung und Zerstörung der Natur betrachten. Der Mensch hat sich selbst isoliert und die Verbindung zu seinem Umfeld verloren. Dem Einzelnen fehlen die Verbindung zu seinem Gegenüber und das Eingebundensein in familiäre und gesellschaftliche Strukturen, und der Menschheit insgesamt fehlen die Verbindung zur Natur und das Eingebundensein in deren natürliche Prozesse und Abläufe.

Heute, auf dem Höhepunkt der materialistischen Selbsttäuschung, empfindet sich der Mensch sowohl als der Schöpfer und Gestalter seiner selbst (Stichwort: Gen-Design) als auch als der Schöpfer und Gestalter seiner Umwelt (Stichwort: Terraforming). So ist er niemandem und schon gar nicht irgendeinem Gott zu Dank verpflichtet oder etwa Rechenschaft schuldig.

Philosophisch betrachtet, bezeichnet man ein Erklärungsmodell, das „Alles, was ist" auf eine einzige Ursache zurückführt, als Monismus (monos = griechisch: einzig, allein). Das materialistische Weltbild ist ein solcher Monismus, weil es „Alles, was ist" von der Materie herleitet: Allein die Materie ist die Grundlage allen Seins, egal ob es sich um feste Objekte, lebendige Wesen oder gar um unser Fühlen und Denken handelt.

Diese Philosophie des materialistischen Monismus ist selbstverständlich und gezwungenermaßen atheistisch, denn ein alles erschaffender, allmächtiger Gott hat in diesem Weltbild keinen Platz. An die Stelle von Gott ist die Materie selbst getreten, die als die alleinige Ursache von „Allem, was ist" angesehen wird.

Einer der größten Fehler, die Menschen machen, wenn sie über Gott nachdenken, ist, sich Gott als unpersönlich vorzustellen.

(Dr. med. Eben Alexander, 1953, Neurochirurg und Autor)

Teil II Spiritualismus

Für diejenigen, die sich mit den vielfach unbewiesenen Behauptungen des Materialismus nicht so einfach zufriedengeben wollen und die die offensichtlichen Fehler und Lücken in der materialistischen Beweisführung nicht akzeptieren, stellt sich die Frage nach einer alternativen Erklärung der Welt und der Wirklichkeit.

Darüber hinaus gibt es viele Menschen, denen das Leben in einer angeblich vollständig sinn- und zweckfreien Welt, die ganz und gar zufällig ins Dasein getreten sein soll und sich seither ziellos entwickelt, nicht ganz geheuer ist. Auch diese Personen suchen nach anderen, tiefer gehenden Antworten auf die existentiellen Fragen des Lebens.

Und letztlich ist die vom materialistischen Weltbild vermittelte Vorstellung, dass wir Menschen nicht mehr als programmierte Bioroboter sind, deren Bewusstsein vom Gehirn erzeugt wird und deren Existenz mit dem Tod des Körpers endgültig endet, für viele der entscheidende Antrieb, weitergehende Erklärungen jenseits des Materialismus zu suchen.

Natürlich spielen zusätzlich bei einigen Menschen auch religiöse Gründe eine Rolle für weitergehende Überlegungen, da der Materialismus in all seinen Varianten notwendigerweise stets eine atheistische Lehre ist und oft auch antireligiöse Haltungen hervorbringt.

Wie aber kommt diese Welt zustande, wenn nicht allein die Materie für ihre Entstehung verantwortlich ist?

Eine heutzutage besonders attraktive Alternative zur gängigen Welterklärung des Materialismus bietet der Spiritualismus. Hierbei handelt es sich ebenfalls um eine monistische Philosophie, also um eine Lehre, die „Alles, was ist" auf eine einzige Ursache zurückführen will. Im Gegensatz zum Materialismus geht der Spiritualismus allerdings davon aus, dass nicht die Materie, sondern der Geist die letzte Ursache der Welt und der Wirklichkeit ist.

Wichtig ist an dieser Stelle, dass sowohl der Name Spiritualismus als auch der Begriff Geist richtig verstanden werden. Mit Geist sind in diesem Zusammenhang nicht etwa unser Intellekt oder unsere Emotionen, also unser Denken und Fühlen gemeint. In der englischen Sprache unterscheidet man zwischen „mind" = Verstand oder Gedanken und „spirit" = Geist. Der spirituelle Monismus meint Geist im Sinne von „spirit", so wie es auch der lateinischen Sprachwurzel „spiritus" = Geist entspricht.

Aber auch bei dieser Gleichsetzung ist Vorsicht geboten. Spirit oder Geist ist hier keinesfalls im Sinne eines „Spuks" oder etwas Ähnlichem zu verstehen. Und es geht hier auch nicht um „Spiritismus", also nicht um die Beschwörung von Geistern oder um Gespenster, die ihr Unwesen treiben. Geist, im gemeinten Sinn, ist etwas viel Umfassenderes, Endgültigeres, Grundlegenderes. Geist wird verstanden als die ursächliche, nicht materielle Instanz hinter aller Materie. Also als die letzte Ursache, der „Alles, was ist", auch die Materie, entsprungen ist. Geist ist danach der Urgrund und der Ursprung von „Allem, was ist".

Im materialistischen Denken kommt so etwas wie Geist in diesem Sinne überhaupt nicht vor, denn er steht ja hinter der Materie und damit außerhalb des materialistischen Weltbilds. Einen Geist oder Geister gibt es nicht, sagt die materialistisch orientierte Wissenschaft. Der Geist ist transzendental zur materiellen Welt (Transzendenz, lateinisch = übersteigen, darüber hinausgehen). Geist geht über die materielle Welt hinaus, er steht hinter der materiellen Welt und damit außerhalb der Reichweite materialistisch-wissenschaftlicher Instrumente und materialistisch-wissenschaftlichen Denkens.

Da der Begriff Geist im hier gemeinten, transzendenten Sinn also nicht Bestandteil unseres allgemein üblichen materialistischen Weltbilds ist und auch in unserer Alltagssprache nicht vorkommt und wir daher mit diesem Begriff und dem, was sich dahinter verbirgt, in aller Regel nicht vertraut sind, bedarf der Spiritualismus zum tieferen Verständnis einer genaueren Betrachtung und Interpretation.

Im Gegensatz zum Materialismus geht der Spiritualismus nicht davon aus, dass „Alles, was ist" der Materie entsprungen ist und dass „Alles, was ist" gemessen und gewogen werden kann. Der Spiritualismus sieht die Materie vielmehr als so etwas wie verdichteten Geist. Der Urgrund allen Seins, der Geist, entfaltet und verdichtet sich über viele aufeinanderfolgende Stufen und letztlich auch in der Stufe seiner größten Verdichtung, in der Materie.

Die Grundlage allen Seins, der Geist an sich, wird in seinem Urzustand als eine einheitliche, homogene Energie verstanden, die in zeitloser, also ewiger, unbewegter Stille existiert. Diese zeitlose, energetische Existenz, ohne Form und ohne Eigenschaften, ist das reine Sein, also Geist in seinem unmanifestierten Zustand.

Doch dieser klare, form- und eigenschaftslose Geist, der sich jenseits von Zeit und Raum im Zustand ewiger Gegenwart befindet, trägt die Vielfalt der Schöpfung als Potential oder als Keim bereits vollständig in sich. Alles, was war, was ist und was jemals sein wird, ist im ewigen Hier und Jetzt, im reinen Geist, in allen seinen Aspekten als Möglichkeit anwesend. Damit ist der reine Geist auch so etwas wie eine Blaupause oder ein Bauplan des gesamten Universums, inklusive unserer eigenen Welt mit all ihren Lebensformen, bis hin zu jedem einzelnen Menschen.

Alles, was jemals war, was ist und was sein wird, ist im reinen Geist vollständig anwesend und immerwährend präsent. Aber es ist nicht ausgestaltet, sondern nur als Potential oder als Energie anwesend, wie eine endlose Sammlung von Ideen, die in die Verwirklichung drängen. Der reine Geist ist damit so etwas wie das unerschöpfliche Reservoir des Seins, aus dem die konkrete, differenzierte Welt und letztlich auch die Welt der Materie, wie wir sie kennen, in einem steten Fluss hervorquillt.

Innerhalb des Spiritualismus gibt es eine Reihe unterschiedlicher Lehren und Philosophien, die zwar hinsichtlich der Grundgedanken über den reinen Geist mehr oder weniger übereinstimmen, in ihrer weiteren Ausgestaltung jedoch recht deutlich voneinander abweichen können. Zu den ganz wesentlichen und wichtigen Schulen, die sich auf der Grundlage des Spiritualismus bewegen, gehören der Buddhismus und der ebenfalls in Indien beheimatete Advaita Vedanta. Aufgegriffen werden deren Lehren wiederum von der westlichen Theosophie, der Anthroposophie, verschiedenen gnostischen Lehren alter und neuerer Art, auf denen u. a. die Templer, die Freimaurer, die Rosenkreuzer etc. heute noch aufbauen, und fast allen Richtungen der modernen Esoterik.

All diese Lehren zur Erklärung der Welt und der Wirklichkeit gehen davon aus, dass der Urgrund des Seins aus reinem, eigenschaftslosem Geist besteht, der sich schließlich bis zur materiellen Welt entfaltet. Und gesehen wird dieser Entfaltungsprozess als ein Vorgang der sukzessiven Verdichtung. Viele Denksysteme beschreiben einen schrittweisen Verdichtungsprozess mit zumeist sieben konkret ausgeprägten Stufen zunehmender Dichte, an dessen Ende sich unsere materielle Welt befindet.

Analog zu unserem materiellen Universum mit seinen Galaxien, Sternen, Planeten und all den vorhandenen Lebensformen sind auch alle davorliegenden Dimensionen oder Stufen, die der Geist bei seiner Entfaltung durchläuft, nicht etwa leer, sondern umfassend bevölkert. Auch dort existieren Universen mit Sternen und Planeten und mit einem mindestens ebenso vielfältigen Leben, wie wir es kennen. Im Gegensatz zu unserer grobstofflichen materiellen Welt sind die Ebenen der geringeren geistigen Verdichtung jedoch feinstofflicher Art. Um die Gegebenheiten in Form einer Analogie zu versinnbildlichen, könnte man diese weniger dichten Ebenen des Seins im Verhältnis zu unserer Welt als „leichter" oder „transparenter" bezeichnen. Diese Begriffe beschreiben jedoch keine realen Gegebenheiten, sondern dienen nur der bildlichen Veranschaulichung aus unserer irdisch-materiellen Perspektive.

In einer Art Hierarchie der Entfaltung gelangen die Inhalte des reinen Geists über die Stufen seiner Verdichtung in die konkrete Wirklichkeit. Dabei stellen die ersten oder die von uns aus betrachtet am weitesten entfernt liegenden Stufen der Verdichtung die Dimensionen und Welten dar, in denen die geistigen Ideen in ihrer reinsten und klarsten Form verwirklicht sind. In jeder nachfolgenden Verdichtungsstufe nimmt, analog der zunehmenden Entfernung vom reinen Geist, auch die Verfälschung oder Verzerrung der geistigen Ideen immer weiter zu. In unserer materiellen Welt schließlich können wir anhand der konkreten Gegebenheiten nur noch ahnen, wie die grundlegenden, rein geistigen Ideen unserer Gegenwart vor ihrer vielfachen Verfälschung und Verzerrung ursprünglich einmal ausgesehen haben.

In dieser oder in ähnlicher Art werden die Gegebenheiten des Seins in den unterschiedlichen Lehren auf der Grundlage des Spiritualismus beschrieben. Der große Vorteil dieses Weltbilds ist, dass es ein wesentlich umfassenderes Verständnis des Seins aufweist, als dies beim Materialismus der Fall ist. Der Materialismus begrenzt „Alles, was ist" auf die Materie, während der Spiritualismus sagt: „Alles, was ist", ist Geist, in seinem ursprünglichen Zustand und in all seinen Verdichtungsstufen, und das schließt auch die Materie mit ein.

Dieses wesentlich umfassendere Weltbild erklärt die Existenz unserer Welt und des Lebens also in Form einer Materialisierung von dahinterstehenden geistigen Ideen. Hinter jeder äußeren, materiellen Form und jedem äußeren, materiellen Ereignis wird eine dahinterstehende geistige Idee bzw. eine Information gesehen, die sich im jeweiligen Geschehen und in der jeweiligen Gestaltwerdung ausdrückt. Das Prinzip lautet: Die geistige Information schafft die materielle Form bzw. das materielle Geschehen. Oder andersherum: Keine materielle Form und kein materielles Geschehen ohne eine dahinterstehende geistige Kraft oder Information.

All die offenen, brisanten, unbeantworteten Fragen, die sich beim Materialismus ergeben, können mit den Mitteln des Spiritualismus leicht beantwortet werden.

1. Der Urknall selbst

Im Weltbild des Spiritualismus stellt der sogenannte Urknall lediglich den Scheidepunkt zwischen den feinstofflichen Stufen der geistigen Entfaltung und der grobstofflichen materiellen Ebene
dar. Der Urknall ist damit so etwas wie der Ein-
trittspunkt des spirituellen Geschehens in die letzte
materielle Verdichtungsstufe des Geistes. Wenn
also der Geist grobstoffliche, materielle Formen
annimmt und unser materielles Universum schafft,
zeigt sich uns das als sogenannter Urknall.

2. Die nicht erklärbare Existenz der Naturgesetze

Vor dem Hintergrund der geistigen Wirklichkeit
muss die Existenz der Naturgesetze nicht mehr
mühsam über irgendwelche innewohnenden Eigenschaften oder Funktionen der Materie erklärt
werden. Bei den Naturgesetzen handelt es sich
schlicht um die Informationen oder die geistigen
Regeln, die für die materielle Ebene der geistigen
Verdichtung gelten.

3. Die angebliche Selbstorganisation der Materie

Die gewagte Behauptung, dass sich die Materie in
einem Prozess der Selbstorganisation entfaltet und
gestaltet, kann ersatzlos gestrichen werden. Tote
Materie gestaltet sich nicht von selbst! Vielmehr
richtet sich die Materie gemäß der dahinterstehenden geistigen Information aus.

4. Das vermeintliche spontane Entstehen von Leben aus Materie

Selbstverständlich entsteht Leben nicht spontan aus toter Materie. Vielmehr stellt Leben eine dem Geist innewohnende Eigenschaft oder Funktion dar. Bewusstsein, verbunden mit einer Intention, also einer Zielsetzung, drückt sich auf der materiellen Ebene als Leben aus.

5. Die behauptete, aber bis heute unbewiesene Evolution der Lebewesen vom Einzeller bis zum Menschen

Eine Evolution im Sinne Darwins gibt es nicht. Makroevolution, also gattungs- bzw. artübergreife Evolution fand und findet nicht statt. Lebewesen sind ins stoffliche Dasein getretene geistige Wesenheiten. Das gilt für alle Lebensformen im Tierreich, im Pflanzenreich und auch für den Menschen. Das, was als Evolution im Rahmen von Variationen innerhalb bestimmter Arten beobachtet werden kann, ist jeweils Ausdruck einer entsprechenden Veränderung in der zugrunde liegenden geistigen Information. Die tote Materie selbst übt niemals eine direkte, unmittelbare evolutionäre Wirkung aus.

6. Das angebliche Hervorbringen von Gedanken, Gefühlen und Bewusstsein durch die Materie

Materie bringt weder Gefühle noch Gedanken und schon gar kein Bewusstsein hervor! Tatsächlich verhält es sich genau umgekehrt. Geist verdichtet sich in einem stufenweisen Prozess zur Materie!

Der Spiritualismus ist dem Materialismus als Erklärungsmodell für „Alles, was ist" also nicht nur ebenbürtig, sondern deutlich überlegen! Wie wir gesehen haben, können nicht nur die lästigen, beim materialistischen Weltbild vorhandenen, ungelösten Probleme und unbeantworteten Fragen leicht gelöst und beantwortet werden. Darüber hinaus werden sogar weitergehende Fragen und Probleme auf einen Schlag erledigt. Gemeint sind hier alle jene Bereiche und Phänomene, die das materialistische Denken komplett ignoriert, ausblendet oder verschweigt.

Zu den ignorierten oder ausgeblendeten Inhalten gehören zum Beispiel all die vielfältigen und immer wieder auftretenden Psi-Phänomene, also alle Formen der Hellsichtigkeit, der Telepathie, der Telekinese usw. Ferner alle Arten übersinnlicher Kommunikation, zum Beispiel mit verstorbenen Personen oder sonstigen jenseitigen Wesenheiten etc. Weiter alle individuellen transzendenten Erfahrungen, zum Beispiel Nahtoderlebnisse, Astralreisen, außerkörperliche Erfahrungen, auch sogenannte Erleuchtungserlebnisse usw.

Daneben werden auch alle Erscheinungen von sogenannten Geistern oder auch anderer feinstofflicher Wesen, die wissenschaftlich ins Reich der Fabeln und der Phantasie verwiesen werden, von denen aber trotzdem immer wieder berichtet wird, leicht erklärbar. Sogar so vermeintlich neue Phänomene wie Ufo-Sichtungen und Kontakte mit sogenannten Außerirdischen erhalten vor dem Hintergrund der feinstofflichen Dimensionen eine ganz andere Grundlage und Relevanz.

Denn all diese Geschehnisse lassen sich im Rahmen des Spiritualismus, vor dem Hintergrund der vielschichtigen, geistigen bzw. feinstofflichen Ebenen der Wirklichkeit, die umfassend aufeinander einwirken, miteinander agieren und zueinander in Beziehung stehen, leicht und schlüssig erklären.

Gleiches gilt auch für die auf materieller Basis unerklärlichen, aber immer wieder auftretenden, sogenannten Spontanheilungen, oft sogar unheilbarer Kranker, und es gilt für viele alternative Heilmethoden, zum Beispiel für die Homöopathie, für die Geistheilung, das Handauflegen, das „Besprechen" von Krankheitssymptomen aller Art, das Heilen durch verschiedenste Formen der Energieübertragung usw. All diese – sogenannten unwissenschaftlichen – Methoden sehen im Licht des Spiritualismus vollkommen anders aus, denn sie bewegen sich nachvollziehbar auf einer der geistigen oder feinstofflichen Ebenen.

Sogar direkte Fragestellungen der Wissenschaft selbst, die im materialistischen Denken bisher Rätsel aufwarfen, können durch den Spiritualismus beantwortet werden, zum Beispiel das ungelöste Phänomen der Quantenverschränkung, die Frage der morphogenetischen Felder, die jüngsten Erkenntnisse und Fragen zu sogenannter „schwarzer Materie" und „schwarzer Energie" etc. All diese

Fragen erhalten vor dem Hintergrund von feinstofflichen Welten und parallelen Dimensionen ganz neue Beantwortungsmöglichkeiten.

Und letztlich erhalten auch ganz zentrale religiöse Inhalte durch den spirituellen Monismus plötzlich eine andere, leicht nachvollziehbare Bedeutung.

Ganz zentral bezieht sich dies auf die menschliche Seele, deren Existenz vom materialistischen Denken so vehement verneint wird. Nach Anschauung des Spiritualismus besitzt der Mensch, wie jedes andere Lebewesen auch, selbstverständlich eine Seele. Die Seele wird hier als die geistige Idee oder als die energetische Wesenheit gesehen, die sich hinter der materiellen Form verbirgt bzw. die sich im materiellen Körper des Menschen ausdrückt. Die geistigen und seelischen Anteile des Menschen, die sich jenseits seiner materiellen Form befinden, stellen sein individuelles Bewusstsein dar und bilden den über seinen Körper hinausgehenden feinstofflichen und geistigen Teil seiner Existenz.

Mit diesem Aspekt seines Seins, also mit seiner Seele, hat der Mensch somit direkten Anteil an der Transzendenz, an dem jenseitigen Bereich der Wirklichkeit, der über die materielle Welt hinausgeht. Dies entspricht nicht nur der religiösen Anschauung abendländischer Prägung, sondern bietet auch Raum für anderweitige oder weitergehende Vorstellungen, zum Beispiel für die Idee der Reinkarnation, also in Bezug auf wiederkehrende

Lebenszyklen, wie sie zum Beispiel bei asiatischen Philosophien und Religionen häufig vertreten wird. Alle wesentlichen philosophisch-religiösen Aussagen oder Überzeugungen, die im materialistischen Denken schlicht geglaubt werden müssen, weil ein wissenschaftlicher Beweis dafür fehlt, lassen sich auf der Grundlage des Spiritualismus sinnvoll und anschaulich herleiten und erklären. Auf diese Weise ersetzt der Spiritualismus bisherige Glaubenssätze durch nachvollziehbares Wissen.

Als Zwischenbilanz können wir festhalten: Der Spiritualismus bietet umfassende Lösungen an und scheint tatsächlich für „Alles, was ist" eine gute und plausible Erklärung zu haben. Vor diesem Hintergrund ist seine große Beliebtheit in unserer Zeit verständlich. Man kann sicher davon ausgehen, dass all jene Menschen, die sich nicht endgültig im atheistisch-materialistischen Weltbild verfangen haben, zum ganz überwiegenden Teil, in dieser oder jener Form bzw. innerhalb dieser oder jener Gruppierung, direkte oder indirekte Anhänger des Spiritualismus sind, auch wenn ihnen das nicht bewusst sein sollte und sie diesen Begriff nicht gebrauchen.

Wie an anderer Stelle bereits erwähnt, gilt dies zum Beispiel für alle Schulen des Buddhismus, für nahezu alle Formen und Richtungen der im Westen üblichen indischen Yoga- und Meditationslehren, für die sogenannten Satsang-Bewegungen, für die alten und neuen gnostischen Schulen des Abendlands, zum Beispiel für die Theosophie, für die Anthroposophie, die Templer, die Freimaurer, die Rosenkreuzer, etc. und für nahezu alle Strömungen, Lehren und Schulen der modernen westlichen Esoterik.

All diese Systeme propagieren direkt oder indirekt den Spiritualismus, denn all diese Lehren gehen auf diese oder jene Weise davon aus, dass es einen reinen, geistigen Urgrund gibt, der sich in einem Prozess der Gestaltwerdung zur gesamten Schöpfung entfaltet. Diese gemeinsame Überzeugung ist die große Stärke all der genannten Schulen und jeder sonstigen Philosophie oder Lehre, die sich auf den Spiritualismus als Grundlage bezieht. Und gleichzeitig liegt die große Schwäche bei all den Systemen darin, wie dieser reine geistige Urgrund, den wir auch Gott nennen können, allgemein verstanden und definiert wird.

Bei der Betrachtung dessen, was die letzte Basis allen Seins, also Gott oder der Geist an sich, tatsächlich ist, wird von all diesen Philosophien nämlich eine ganz besondere Eigenschaft des Spiritualismus komplett übersehen! Wie sieht diese besondere Eigenschaft aus? Was wird übersehen?

Nicht beachtet wird, dass der Spiritualismus eine monistische Philosophie ist! Sicher ist Ihnen bereits aufgefallen, dass der geistige Urgrund allen Seins vom Spiritualismus wie folgt beschrieben wird:

Die Grundlage allen Seins, der Geist an sich, ist in seinem Urzustand eine einheitliche, homogene Energie, die in zeitloser, also ewiger, unbewegter

Stille existiert. Diese zeitlose energetische Exis-
tenz, ohne Form und ohne Eigenschaften, ist das
reine Sein, also der Geist in seinem ursprünglichen
unmanifestierten Zustand.

Der Geist, der hier beschrieben wird, unterscheidet sich eigentlich nur hinsichtlich des „Aggregatzustands" von der Beschreibung der Materie. Während die Materie als mehr oder weniger feste Struktur betrachtet wird, sieht man den Geist als eine transzendente, gleichförmige Energie. Andere Unterschiede gibt es bei dieser Definition nicht. In beiden Fällen handelt es sich um etwas, das keine Eigenschaften, keinen Willen und kein Bewusstsein besitzt.

Und das muss bei einer monistischen Philosophie auch so sein, denn nur dann, wenn der Urgrund, sei dieser nun Materie oder Geist, als homogen und strukturlos oder, alternativ, als nicht erkennbar bzw. nicht beschreibbar angenommen wird, entspricht er den Anforderungen an die grundlegende „Substanz" in einem monistischen System. Es ist ja gerade das Ziel des monistischen Weltbilds, „Alles, was ist" auf eine einzige ungeteilte Ursache zurückführen zu können. Und dies ist nur bei einer eigenschaftslosen, formlosen Ursubstanz ohne Bewusstsein möglich. Wären Eigenschaften, Formen oder gar Bewusstsein vorhanden, dann wäre dieser Urgrund nicht die letzte Instanz des Seins, sondern er selbst könnte weiter differenziert und unterteilt werden, und dies so lange, bis endlich nur noch Eins übrig ist (Monismus = griechisch monos = einzig, allein).

Folgerichtig sind alle Systeme, die sich auf der Grundlage des Monismus bewegen, sei es nun der Materialismus oder der Spiritualismus, in letzter Konsequenz atheistisch! Dies werden viele Anhänger spiritualistischer Philosophien nicht gerne hören und sicher zurückweisen. Eine solche Zurückweisung erfolgt in der Regel allerdings nur deswegen, weil die zugrunde liegenden Lehren oft nicht ganz bis zu Ende gedacht werden. Denn es macht selbstverständlich nur sehr wenig Sinn, ein formloses, eigenschaftsloses Etwas ohne Bewusstsein Gott zu nennen. Obwohl sogar dies von einigen Vertretern derartigen Systeme durchaus, und oft sogar ganz bewusst, getan wird.

Weiter ist festzuhalten, dass auch der Spiritualismus nicht über grundlegende Werte und Normen verfügt. Auch dies liegt im form- und eigenschaftslosen geistigen Urgrund begründet. Denn wenn es auf der Ebene des grundlegenden letzten Seins nur ewige bewegungslose Stille ohne Eigenschaften und ohne Werte gibt, dann gehören alle Formen, alle Werte und alle Eigenschaften zwangsläufig zu den nachgeordneten Entfaltungsstufen der Wirklichkeit, und damit befinden sie sich im feinstofflichen oder im grobstofflichen Bereich der Materie und unterliegen, sofern wir sie erkennen können, unserer menschlichen Interpretation. Mehr noch als beim Materialismus ist also auch beim Spiritualismus letztlich der Mensch das Maß aller Dinge!

Die Konsequenzen, die sich daraus ergeben, dass es sich auch beim Spiritualismus in Wahrheit um eine atheistische Philosophie ohne Werte und Normen handelt, sind gravierend!

Aber vor allem ist das Fehlen vorgegebener Werte und Normen eine ganz wesentliche Ursache dafür, dass der Spiritualismus als Alternative zum Materialismus, wie bereits erwähnt, heutzutage einen so großen Zuspruch erfährt. Da er sich ebenso wie das materialistische Weltbild auf eine eigenschaftslose und wertfreie Grundsubstanz ohne Bewusstsein bezieht, gewährt er seinen Anhängern ein größtmögliches Maß an persönlicher Freiheit. Wir brauchen unserem überhöhten Ideal der unbedingten und unantastbaren freien Entfaltung unserer Persönlichkeit also nicht abzuschwören, wenn wir uns vom Materialismus lösen und uns dem Spiritualismus zuwenden. Dies ist auch einer der ganz wesentlichen Gründe für die große Attraktivität, die zum Beispiel die buddhistische Lehre heutzutage in der westlichen Welt genießt. Aber auch alle Yogasysteme und all die sonstigen traditionellen und modernen westlichen und östlichen Schulen und Lehren, die sich auf der Grundlage des Spiritualismus bewegen, profitieren von dieser, im System liegenden, Beliebigkeit und Unverbindlichkeit. Jeder kann tun und lassen, was er will. Alles ist irgendwie richtig! Alles ist gut!

Diese Haltung und Einstellung wird besonders deutlich in einer Aussage von Aleister Crowley, einem englischen Denker des beginnenden 20. Jahrhunderts, der die Philosophie des spirituellen Monismus ohne objektiven Werte und Normen in ganz besonderer Weise verinnerlicht hatte. Sein

Credo lautete: „Tu, was du willst, sei das ganze Gesetz!“

Genau wie beim Materialismus gibt es im Spiritualismus keine vorgegebenen oder gar gottgegebenen Regeln und Gesetze. Es gibt weder Gut und Böse noch Richtig und Falsch! Alles ist möglich! Und vor allem: Alles ist relativ! Denn „Alles, was ist“, ist ja selbst entfalteter Geist und existiert daher in vollkommener Gleichwertigkeit. Wenn alles direkt oder indirekt von der Quelle des Seins kommt, dann macht es keinen Sinn, zwischen Gut und Schlecht, Schön und Hässlich, Licht und Dunkel zu unterscheiden. Alles ist dann gleichermaßen Ausdruck des ursächlichen Seins, und damit ist „Alles, was ist“, egal, was es ist, und egal, wie es ist, immer ein gleichwertiger Bestandteil der Welt und der Wirklichkeit, sinn- und wertfrei, so wie es eben ist!
Thorwald Dethlefsen, ein zeitgenössischer Denker und Autor im Bereich der modernen Esoterik, der für seine brillanten Vorträge und Veröffentlichungen bekannt ist, brachte die wertfreie Haltung des Spiritualismus in einem seiner Werke wie folgt auf den Punkt: „Weigere ich mich auszuatmen, so kann ich auch nicht mehr einatmen. Nehme ich den negativen Pol des elektrischen Stroms weg, so verschwindet auch der positive Pol. Genau so bedingt der Friede den Krieg, das Gute erzwingt das Böse, und das Böse ist der Dünger des Guten. ... Alle Dinge sind an sich völlig wertfrei und neutral. Die Einstellung des Menschen macht aus ihnen erst Gegensätze der Freude und des Leids.“

Besser hätten es auch lupenreine Materialisten wie zum Beispiel der Biologe Richard Dawkins oder der Physiker Stephen Hawkins nicht ausdrücken können. Der Spiritualismus schafft, genau wie der Materialismus, eine Welt der Willkür, ohne feste Werte und ohne feste Normen. Und genau diese Haltung, nach der „Alles, was ist", relativ ist und alles erst durch die Definition des Menschen einen Wert erhält, ist die Handlungsgrundlage unserer modernen Zeit. Im Kleinen und im Großen, im persönlichen Bereich und im öffentlichen Raum, auf politischem, wirtschaftlichem und religiösem Gebiet wird nach der Devise „Ich selbst bestimme, was für mich gut und richtig ist!" entschieden und gehandelt. Die teilweise apokalyptisch anmutenden Auswirkungen dieses Tuns können wir auf allen Ebenen beobachten.

Aber es geht noch schlimmer! Der Spiritualismus übertrifft den Materialismus in Bezug auf die Fehleinschätzung des Menschen bei weitem. Während im materialistischen Weltbild fälschlicherweise, aber noch vergleichsweise harmlos davon ausgegangen wird, der Mensch sei ein zufälliges Produkt der biologischen Evolution und damit nur ein intelligenter Affe, macht der Spiritualismus den Menschen größer als Gott. In einem Interview, das der bekannte Autor Jan van Helsing mit einem Hochgrad-Freimaurer führte, erklärte dieser: „Unrecht ist im Grunde genommen nur ein subjektives Erlebnis. Objektiv gibt es das nicht. … weil es das Gute und das Böse, die sich als zwei Prinzipien gegenüberstehen, gar nicht gibt. … Es gibt keine Schuld und keine Sünde. … Warum? Weil wir selbst Gott sind.

… Wenn man in der Lage ist, sich als Mensch zu verwirklichen, dann ist man selbst Gott, dann ist man größer als Gott."

Diese Haltung mag schockieren, sie wird aber sofort verständlich, wenn man sich daran erinnert, dass der spirituelle Monismus, auf dem auch die philosophischen Lehren der Freimaurer-Bewegung basieren, den Urgrund allen Seins, also Gott, als formlose, eigenschaftslose Energie ohne Bewusstsein betrachtet. Gott wird hier also ganz und gar als ein neutrales energetisches Potential gesehen und nicht als eine eigenständige bewusste Entität. Gott gestaltet und verwirklicht sich daher erst in und durch seine Schöpfung und erhält so erst mit seiner Verwirklichung im Menschen so etwas wie ein Selbst-Bewusstsein und die damit verbundenen Erkenntnis- und Reflexionsmöglichkeiten. In diesem Licht betrachtet ist der Mensch wahrlich „Gott in Menschengestalt" und damit größer als Gott in seinem ursprünglichen, unbewussten Sein. Der Geist, also Gott, durchläuft somit in Form seiner Schöpfung eine Art Evolution und gewinnt sukzessiv an Bewusstsein. Wie wir später sehen werden, ist dies eine abwegige und abenteuerliche Vorstellung, aber genau so sieht man das zum Beispiel in esoterischen Kreisen der Freimaurer. Aber nicht nur dort! Diese Haltung ist in unterschiedlichen Varianten, in mehr oder weniger ausgeprägter Form, in nahezu allen Richtungen der modernen Esoterik, im Bereich des Buddhismus, des Yoga und in vielen anderen philosophischen Systemen anzutreffen.

So erklärt zum Beispiel Paramahansa Yogananda, ein angesehener Yoga Meister und spiritueller Lehrer in einem seiner Bücher: „Wer seine Gottgleichheit erkannt hat, steht außerhalb der physikalischen Kausalität. Er ist fähig, jedes Wunder zu vollbringen." und Yogi Bhajan, ein ebenso bekannter Meister des Kundalini Yoga, gibt seinen Schülern das Mantra: „Gott und ich - ich und Gott sind Eins!" Beide Personen betreiben nicht etwa böswillige Blasphemie, ganz im Gegenteil! Sie verstehen Ihre Aussagen ganz und gar positiv und konstruktiv auf Gott bezogen. Beide bewegen sich dabei auf der Grundlage des Advaita Vedanta und damit im Rahmen eines monistischen Systems, das den göttlichen Urgrund als unpersönliche Energie versteht, die sich im Bewusstwein des einzelnen Menschen widerspiegelt. Auf diese Weise offenbart sich Gott im inneren Selbst des Menschen und umgekehrt soll der Mensch seine Wesenidentität mit Gott erkennen.

Somit fördert der Spiritualismus auf der einen Seite häufig die Hybris des Einzelnen, auf der anderen Seite jedoch nimmt er dem Menschen als Individuum seine ewige und damit kosmische Dimension.

Ähnlich wie es beim Materialismus der Fall ist, lehnt nämlich auch der Spiritualismus eine dauerhafte individuelle Existenz des Menschen ab. Während der Materialismus behauptet, dass die Wahrnehmung einer eigenständigen Persönlichkeit schlicht eine Täuschung ohne jede substantielle Grundlage ist, bestätigt der spirituelle Monismus zwar den geistig-seelischen Kern des einzelnen

Menschen als eine eigenständige Realität, dieser Kern jedoch existiert nur eine begrenzte Zeit. Der Mensch entsteht als eigenständiges geistig-seelisches Wesen durch seine Trennung vom Ursprung allen Seins, vom Geist an sich, von Gott, und er entwickelt Formen, Eigenschaften und Bewusstsein im Verlauf eines kosmischen Evolutionsprozesses, an dessen Ende er zum Ursprung, zum reinen Geist, zu Gott zurückkehrt und mit diesem erneut zur Einheit verschmilzt. In einem häufig gebrauchten Bild für diesen Vorgang der temporären Trennung und erneuten Verschmelzung wird der Einzelne als ein Wassertropfen und der Urgrund des Seins als weiter Ozean dargestellt. Solange der Tropfen vom Ozean getrennt ist, nimmt er sich als Einzelwesen wahr, sobald er wieder mit dem Ozean verbunden ist, löst er sich auf in der unermesslichen Weite des gesamten Seins.

Nach der Anschauung des Spiritualismus beschränkt sich die individuelle Existenz des Einzelnen somit auf die begrenzte Zeitspanne während seiner Trennung vom geistigen Ursprung. Dieser Auffassung stehen auch die Lehren der Reinkarnation nicht entgegen, die in vielen der zugehörigen Philosophien gelehrt werden. Denn selbstverständlich kann der evolutionäre Weg des Menschen über viele Stationen und Wiedergeburten verlaufen, ehe eine Rückkehr zum Ursprung erfolgt und der Einzelne dann erneut mit dem Urgrund des Seins zur Einheit verschmilzt.

Wenn wir es zusammenfassen, bietet uns der Spiritualismus eine Philosophie, die unsere Welt und

„Alles, was ist", besser und umfassender erklärt, als der Materialismus dies könnte. Dennoch handelt es sich beim Spiritualismus, ebenso wie beim Materialismus, um eine atheistische Philosophie, die keine objektiven Werte und Normen beinhaltet. In Bezug auf den Menschen verleitet der Spiritualismus zur Selbstüberschätzung, indem er den Menschen selbst als Gott ansieht oder ihn sogar über Gott erhebt. Gleichzeitig jedoch widerspricht der Spiritualismus einer ewigen Existenz des Einzelnen, denn die Dauer des persönlichen Daseins beschränkt sich auf die Zeit seiner Trennung von Gott, dem Ursprung allen Seins. Am Ziel der Reise, bei seiner Rückkehr zu Gott, verliert der Mensch seine Eigenständigkeit, er verschmilzt erneut mit dem Urgrund des Seins, wie ein Tropfen im Meer der Unendlichkeit.

*Gott ist nicht nur Energie und Einheit (Nondua-
lität), sondern auch Bewusstsein und „Person"
(Individualität). Erst beides zusammen ist die
Ganzheit, weshalb dieses Gottesverständnis,
das beide Aspekte umfasst, als ganzheitlich
und „theistisch" bezeichnet werden kann, im
Gegensatz zu monotheistischen Lehren (Religionen mit Monopolansprüchen) und monistischen Systemen (Systeme, die die Einheit ver-
absolutieren), denn das sind beides Einseitig-
keiten, die nur eine der beiden Seiten der
Ganzheit sehen.*

(Armin Risi, 1962, Philosoph, Buchautor)

Teil III Theismus

So wie wir den Materialismus und den Spiritualismus vorstehend betrachtet haben, handelt es sich in beiden Fällen um monistische Philosophien. Und wie wir wissen, soll beim Monismus „Alles, was ist" auf ein einziges Prinzip zurückgeführt werden. Beim Materialismus ist dieses einzige Prinzip die Materie und beim Spiritualismus ist es der Geist.

Dass es sich bei beiden Philosophien, also auch beim Spiritualismus, bei genauer Betrachtung um atheistische Lehren handelt und beide Philosophien keine objektiven Werte und Normen beinhalten oder vermitteln können, mag auf den ersten Blick überraschend sein. Bei genauerer Betrachtung erkennen wir jedoch sehr schnell, dass der Grund für die nicht vorhandenen Werte und Normen sowie für das Nichtvorhandensein von Gott bei beiden Philosophien auf der Ursachenebene liegt, also bei der Beschreibung des letzten Prinzips, das „Allem, was ist", zugrunde liegt. Während uns das Resultat beim Materialismus nicht besonders überrascht – schließlich ist Gott etwas anderes als Materie, und Materie ist halt wert- und sinnfrei –, ist es beim Spiritualismus umso überraschender!

Rein gefühlsmäßig hätte man erwarten können, dass der Spiritualismus, der ja den Geist als Ursachenebene und letztes Prinzip definiert, sowohl Werte und Normen als auch eine göttliche Existenz beinhaltet. Dass dies nicht so ist, liegt daran, dass der Spiritualismus den Geist als homogene, eigenschaftslose Energie beschreibt. Da es sich um eine monistische Philosophie handelt, geht das auch gar nicht anders! Denn der Geist, als der Urgrund und damit als das grundlegende Element allen Seins, muss eine ungeteilte Einheit bilden. Nur dann wird er dem Anspruch des Monismus gerecht (griechisch monos = einzig, allein). Und als ungeteilte, undifferenzierte Einheit kann er weder eine Form besitzen noch Eigenschaften haben oder mit Bewusstsein ausgestattet sein. Er muss „Nichts" sein! Denn wäre er „Etwas", wären also irgendwelche Merkmale vorhanden, würde es sich eben nicht um die letzte Einheit handeln, sondern um etwas Zusammengesetztes, das wiederum in seine Einzelteile zerlegt werden kann und somit nicht den Grundstein bildet.

Mit dieser Konsequenz werden die auf dem Spiritualismus gründenden Lehren und Philosophien jedoch meist nicht zu Ende gedacht. So schwirren oft mehr oder weniger diffuse Begriffe von Gott als formlose Bewusstseins-, Lebens- oder Liebesenergie und ähnliche Vorstellungen in diesen Lehren umher. Zugleich wird sorgsam darauf geachtet, möglichst nicht zu werten und vor allem nichts zu bewerten, denn objektive Werte gibt es ja ebenfalls nicht. Alles ist wertneutral, so, wie es eben ist. Eine Wertung entsteht danach erst bei der Betrachtung durch den Menschen. Auch hier wird zumeist nicht hinterfragt, ob das wirklich stimmt, ob also Krieg tatsächlich von Natur aus gleichwertig ist mit Frieden und Liebe tatsächlich gleichwertig mit Hass. Sogar Licht und Schatten werden oft als gleichwertige Gegensätze dargestellt, obwohl jedem klar sein sollte, dass Licht von sich aus keinen Schatten wirft.

Wo liegt nun der entscheidende Fehler, der Gott zu einem eigenschaftslosen „Nichts" macht und zu einer so verzerrten Wahrnehmung der Wirklichkeit, ohne objektive Werte und Normen führt? Es ist genau diese Forderung des Monismus, nach einer ungeteilten ersten Einheit als Grundlage des Seins, die uns auf Abwege geraten lässt. Denn der Monismus berücksichtigt nicht die transzendente Natur der Seinsgrundlage! Er lässt außer Acht, dass es sich beim Fundament von „Allem, was ist", also bei Gott, um ein Jenseitiges Sein, um Transzendentes Sein bzw. Absolutes Sein handelt. Stattdessen definiert der Monismus Gott nach den Vorgaben des Diesseitigen Seins und damit nach den Regeln unserer relativen Welt.

Gott jedoch gehört in seinem ewigen absoluten Sein nicht zu unserer relativen Welt (lateinisch relatus = bezüglich, bezogen auf). Vielmehr ist Gott die transzendente Grundlage unserer relativen Welt. Unsere Welt ist abhängig von Gott – Gott ist nicht abhängig von unserer Welt. Gott ist absolut! (lateinisch absolutus = unabhängig, losgelöst, vollendet) Somit kann und darf Gott nicht nach den Vorgaben unserer relativen Welt definiert werden. Die Forderung des Monismus, dass es sich bei Gott um eine homogene, form- und eigenschaftslose Energie zu handeln hat, ist schlicht falsch! Dies wurde schon vor mehr als tausend Jahren von dem indischen Philosophen Ramanuja in der Lehre des Vishishta Advaita formuliert. Dort heißt es: Gott ist der unteilbare Eine, die homogene Grundlage des Seins, aber er besitzt dennoch Qualitäten, also Eigenschaften! Wie geht das? Nun, Gott ist in erster Linie transzendental. Er befindet sich damit außerhalb der Reichweite des Monismus! Er befindet sich jenseits der monistischen Definitionen! Gott ist absolut! Er ist vollkommen unabhängig von jeder äußeren Vorgabe oder Beschreibung. Gott kann sein, wie er will, und wie er sein will, bestimmt nur er, ohne dass irgendjemand oder irgendetwas darauf Einfluss nehmen könnte. Gott ist absolut unabhängig! Genau das macht ihn ja zu Gott, und genau dadurch, durch seine absolute Unabhängigkeit, unterscheidet er sich von allem anderen, was ist. Denn alles andere, was ist, hat seinen Ursprung in Gott und ist daher von ihm abhängig.

Weil es sich um den alles entscheidenden Faktor unserer Betrachtungen handelt, hier noch einmal die zentrale Aussage: Gott befindet sich außerhalb unseres Bezugssystems und kann daher nicht mit den Mitteln unseres Systems vollständig definiert und beschrieben werden. Gott ist transzendent – also jenseits unserer Welt bzw. über unsere Welt hinausgehend. Gott ist absolut, das heißt, er ist allumfassend, vollkommen unabhängig und nur aus sich selbst heraus seiend.

Die Tatsache, dass Gott ein absolutes Wesen ist und sich außerhalb unserer relativen Welt befindet, heißt aber nicht, dass er für uns ganz und gar unerkennbar ist und bleibt. Denn wenn er vollständig unerkennbar wäre, dann wäre er nicht absolut!

Gott entzieht sich zwar auf der einen Seite den Definitionen der relativen Welt, aber auf der anderen Seite gibt er sich uns dennoch zu erkennen.

Und dieses Erkennen ist vielfach und immer wieder geschehen. Wir besitzen unendlich viele Berichte und Beschreibungen, die in transzendentalen Erlebnissen und Begegnungen mit Gott gewonnen wurden. Wir kennen seine Erscheinung und seine Eigenschaften aus erster Hand. Wir haben Wissen von ihm und von den absoluten Werten, für die er steht.

Wenn die Prinzipien der gleichzeitigen Transzendenz und Immanenz einmal verstanden worden sind und zusätzlich auch Klarheit bezüglich der Unterschiede zwischen absolutem und relativem Sein gewonnen werden konnte, wird sofort deutlich, dass es in der relativen Welt, also auch in unserer materiellen Wirklichkeit, nichts geben kann, was nicht zuvor bereits in der absoluten Welt vorhanden ist. Denn die relative Welt ist von der absoluten Welt abhängig, ja sie entspringt ihr. Das heißt also, unsere materielle Welt und alle feinstofflichen Welten über oder neben ihr sind so etwas wie ein Spiegel der transzendenten Inhalte von Gottes Allmächtigkeit. „Alles, was ist" hat seinen Samen, seinen Kern in Gott. Und um es bereits an dieser Stelle deutlich zu sagen: Dies gilt selbstverständlich auch für jeden einzelnen Menschen und für die Individualität aller Geschöpfe. Wir alle, und alle unsere Mitgeschöpfe, sind Teile oder „Kinder" Gottes!

Das heißt andersherum: Wenn es in den relativen Welten, also in unserer materiellen Wirklichkeit und in den parallelen, feinstofflichen Ebenen des Universums so etwas wie individuelles Sein, nämliche Persönlichkeit und Individualität mit Formen und Eigenschaften gibt, dann muss dies zwingend bereits zuvor in der absoluten Welt vorhanden sein, denn die absolute Welt ist die Grundlage der relativen Welt.

Im Klartext: Wenn wir in unserer relativen Welt individuelle Wesen sind, mit Körpern und Eigenschaften, dann muss dies auch für Gott in seiner absoluten Welt gelten. Etwas anderes ist nicht möglich, denn das Relative kann nicht mehr sein als das Absolute, dem es entstammt.

Dieser Sachverhalt spiegelt sich auch in der biblischen Schöpfungsgeschichte wider. Dort heißt es: „Und Gott sprach, lasset uns Menschen schaffen, als unser Abbild, uns ähnlich." (Gen. 1.26)

Wir können daher bereits jetzt festhalten: Gott ist Person! Zumindest aber ist er auch Person! Er ist nicht auf personales Sein beschränkt und er muss sich nicht auf personales Sein beschränken, aber er kann Person, mit Form und Eigenschaften, sein, wenn er dies will! Und damit ist auch klar, dass Gott selbstverständlich Bewusstsein besitzt und über einen Willen verfügt. Wir können Gott als Person, als Gegenüber, als einem Individuum mit Eigenschaften und Bewusstsein begegnen!

Ohne Bewusstsein und ohne Willen, also ohne zielgerichtete Intention von Gott gäbe es keine Schöpfung und selbstverständlich auch keine Geschöpfe! Wir und alle Lebewesen sowie die Welten und Universen um uns herum sind das Produkt von Gottes zielgerichtetem Willen. Ein unbewusstes „Nichts" bringt nämlich nichts hervor und das unbewusste „Alles" ebenso wenig.

Gott ist das absolute, ewige, allumfassende Individuum, dem nicht nur wir, sondern das gesamte relative Sein seine Existenz verdanken. Und der Begriff Individuum verweist tatsächlich auch auf die vom Monismus geforderte Eigenschaft, nach der die letzte Grundlage allen Seins, also Gott, ein einheitliches, nicht teilbares Ganzes zu sein hat. Ganz genau dies besagt der Begriff Individuum (lateinisch Individuum = Unteilbares, Einzelnes). Gott als ewiges, allumfassendes Individuum ist damit exakt diese nicht teilbare, absolute Grundlage des relativen Seins. Wir sehen also: Wenn wir den Fehler des Monismus vermeiden und keine relativen Maßstäbe an das Absolute anlegen, kommen wir auch zu einem richtigen Ergebnis.

Aber der Begriff Individuum trifft nicht nur auf Gott zu, sondern auch auf uns. Gottes ewiges, individuelles Sein spiegelt sich in seiner Schöpfung. Auch wir, ebenso wie alle anderen Lebensformen, sind ewige Individuen, also „unteilbare Wesen". Und mit dieser Individualität, dieser Unteilbarkeit, haben auch wir einen Anteil an der Transzendenz, an der jenseitigen, absoluten Welt. Denn etwas Unteilbares ist absolut! Es kann eben nicht weiter geteilt oder verändert werden. Es ist auf ewig so, wie es ist. Ohne Abhängigkeit von irgendwelchen Einflüssen. Und genau das ist die Eigenschaft des absoluten Seins! Mit unserer Individualität haben wir also Anteil an Gottes absolutem Sein! Wir sind so etwas wie göttliche Teile, Aspekte von ihm oder auch Strahlen seines Lichts. Und damit, mit unserem Anteil an Gottes absolutem Sein, sind auch wir ewige Individuen. Dies bezieht sich natürlich nicht auf unseren materiellen Körper, sondern auf unseren unvergänglichen, individuellen Geist und insbesondere auf unser Bewusstsein. Unser ICH-BIN-Bewusstsein ist unvergänglich, mit ihm haben wir Anteil am ewigen, absoluten Sein.

Damit wird auch klar, dass der Mensch unsterblich ist! Sein materieller Körper wird bei seinem physischen Tod zwar vergehen, er selbst jedoch, mit all seinen geistig-seelischen Anteilen und seinem individuellen Bewusstsein, wird unverändert fortbestehen. Und als ein solches ewiges Individuum kann und wird der Mensch letztlich Gott begegnen. Ob das nach einem Leben oder gemäß der Reinkarnationslehre nach einer Vielzahl von Leben geschieht, ist dabei nicht erheblich. Und die Begegnung mit Gott wird eine Begegnung zwischen zwei Individuen sein. Natürlich ist der Mensch dabei weder gleichwertig noch gleichrangig mit Gott. Er ist ein „Kind" Gottes, von ihm geschaffen und von ihm abhängig, aber er ist aus dem gleichen ewigen Geist.

Vor dem Hintergrund von Gottes ewigem individuellem Sein wird außerdem deutlich, dass alle Theorien, die an eine Entwicklung oder gar an eine tatsächliche geistige Evolution Gottes oder des göttlichen Bewusstseins glauben, komplett in die Irre gehen. Zu meinen, Gott sei in seinem transzendenten Urzustand, also als Grundlage des Seins, wenig bewusst, unbewusst oder sogar ganz und gar ohne Bewusstsein und erlange sein Bewusstsein dann erst sukzessive im Rahmen der Entfaltung und Entwicklung seiner Schöpfung, zum Beispiel durch die Selbstwahrnehmungen und Reflexionen seiner Geschöpfe, ist geradezu absurd, denn es verkennt vollkommen die zentralen Eigenschaften des Absoluten!

Das Absolute, also Gott, ist ewig vollständig und komplett! Das Absolute ist zeitlos, es unterliegt nicht den Veränderungen der Zeit. Innerhalb des Absoluten gibt es keinen Zeitfluss und damit auch so etwas wie Entwicklung nicht. Das Absolute ist stets vollständig und umfasst alles, was jemals war, was ist und was sein wird. Und dies in ständiger Gegenwart des Hier und Jetzt. Gott ist immer und zu jeder Zeit die gesamte Vergangenheit, Gegenwart und Zukunft. Vergangenheit, Gegenwart und Zukunft, und damit so etwas wie Entwicklung, gibt es nur in unserer relativen Welt, in unserer materiellen Wirklichkeit. Bei Gott, im absoluten Sein, fallen alle diese Aspekte, also Zeit und Raum, in einem Punkt zusammen.

Weiter wird bei genauer Betrachtung des Absoluten deutlich, dass Gott keine Verminderung erfährt, wenn er die Schöpfung und die Lebewesen in Form von Emanationen aus sich selbst herausstellt. Gott ergießt sich in seine Schöpfung oder wird zu seiner Schöpfung und bleibt dennoch zugleich vollkommen unvermindert und unverändert das ewige, absolute, allumfassende Individuum. Das Absolute ist jederzeit vollständig, es umfasst stets alles, was ist, und es nimmt weder zu noch ab, egal was geschieht. Also wird Gott zur Schöpfung und bleibt zugleich außerhalb seiner Schöpfung, als Individuum, vollkommen unverändert bestehen.

Dieser Sachverhalt wird in einem bedeutenden vedischen Text wie folgt ausgedrückt:

„Der Persönliche Gott ist vollkommen und vollständig, und weil Er völlig vollkommen ist, sind alle Seine Emanationen, wie zum Beispiel die Erscheinungswelt, als vollständige Einheiten vollkommen ausgestattet. Alles, was vom Vollkommenen Ganzen hervorgebracht wird, ist ebenfalls in sich vollständig. Weil Er das Vollkommene Ganze ist, bleibt Er die völlige Ausgeglichenheit, obwohl zahllose vollständige Einheiten von Ihm ausgehen." (A. C. Bhaktivedanta Swami Prabhupada: Sri Isopanisad)

Das heißt, Gott verändert sich nicht. Er ist immer gleich und er ist immanent und transzendent zugleich!

Er wird zu seiner Schöpfung und bleibt gleichzeitig als Individuum außerhalb von ihr. Gott versprüht seine Energie in Form unzähliger individueller Lebensfunken und schafft damit uns selbst und unsere Mitgeschöpfe, zugleich jedoch bleibt er unverändert der eine, vollständige, absolute Gott, der keinen Wandlungen unterliegt.

Dieses Mysterium gleichzeitiger Wandlung und Beständigkeit sowie gleichzeitiger Transzendenz und Immanenz wird möglich durch Gottes absolutes Sein, das eben nicht den Maßstäben und Begriffen unserer relativen Welt unterliegt.

Aber das Mysterium geht noch weiter. Gott tut noch mehr. Er beschränkt sich nicht darauf, unsere Welt in einem einmaligen Akt der Schöpfung erschaffen zu haben und sie dann sich selbst zu überlassen. Der Deismus, der diese These vertritt, irrt, wenn er das Wirken Gottes auf den Schöpfungsakt beschränkt und keinen weiteren Einfluss von ihm auf die Welt akzeptiert.

Denn Gott beeinflusst die Welt! Ganz konkret, heute und in der Vergangenheit! Immer wieder hat Gott sich den Menschen offenbart und ihnen Wege zum Frieden, zur Liebe und zum Licht gezeigt. Die Geschichte der Menschheit kennt viele Beispiele von göttlichen Offenbarungen durch spezielle Ereignisse und Personen. Zum Teil betrachten wir diese Heilsbringer direkt als göttliche Inkarnationen, also konkret als Gott in Menschengestalt, und teilweise sehen wir in ihnen Menschen, die direkt von Gott inspiriert worden sind. In beiden Fällen erhalten wir Informationen von der Quelle des Seins, von Gott.

Herausragende Beispiele für solche Offenbarungsgeschehnissen sind: Rama und Krishna als göttliche Inkarnationen in der vedischen Tradition (Hinduismus), Buddha als Begründer des Buddhismus, Abraham und Moses als Begründer des Judentums, Jesus Christus als göttliche Inkarnation („Sohn Gottes") und Begründer des Christentums und Mohamed als prophetischer Begründer des Islam. Aber dies sind nur die heute bekanntesten, herausragendsten Beispiele und bei weitem nicht alle göttlichen Inkarnationen oder menschlichen Propheten, die uns direkte Kunde von Gott geben. Zu allen Zeiten und in allen Kulturen gab und gibt es dieses direkte Einwirken Gottes auf uns und damit auf die Schöpfung. Gott hat uns nie allein gelassen.

Zusätzlich zu den göttlichen Inkarnationen und den menschlichen Vermittlern oder Propheten beziehen sich viele religiöse und spirituelle Traditionen auch auf göttliche Botschaften und Informationen, die uns aus höheren Dimensionen übermittelt werden. Gott zugewandte Wesen aus den parallelen, feinstofflichen Ebenen des Universums, die wir im abendländischen Kulturraum üblicherweise als Engel bezeichnen und die in anderen Kulturen zum Beispiel als Devas bekannt sind, weisen uns auf Gott und auf seine Wünsche hin.

Unabhängig vom konkreten Vorgang der jeweiligen Offenbarung handelt es sich bei all den vermittelten Informationen und Inhalten um sogenanntes „herabgereichtes Wissen", also um Wissen, das wir nicht selbst, durch unsere eigenen Überlegungen und Schlussfolgerungen gewonnen haben, sondern das uns direkt oder indirekt von Gott oder in seinem Auftrag ohne unser aktives Zutun gegeben worden ist. All diese Quellen sind wichtige Informationen über die Absichten, die Wünsche und die Ziele Gottes. In ihnen finden wir nicht nur Aussagen über Gott selbst, mit denen er sich und sein Handeln erklärt, wir finden ebenso Informationen über das Universum und die Welt, in der wir leben, und nicht zuletzt finden wir wichtige Informationen über uns selbst.

Insbesondere können wir aus diesen Offenbarungen die persönlichen Eigenschaften Gottes herleiten und verbindliche Werte und Normen für unser Leben erkennen. Liebe und Gerechtigkeit, Wahrhaftigkeit und Aufrichtigkeit, Treue und Vergebung, Toleranz und Gleichmut sind stets wiederkehrende, zentrale Begriffe in Gottes Offenbarungen. Bei diesen und weiteren Werten der nur beispielhaften und nicht vollständigen Aufzählung handelt es sich daher nicht um beliebige, grundsätzlich wertneutrale Verhaltensweisen, wie es uns der Materialismus und der Spiritualismus nahelegen möchten, es sind ausdrücklich von Gott gelehrte und von ihm gegebene Handlungsempfehlungen für uns.

Wir haben also lediglich vergessen, in unserer Welt nach Gott Ausschau zu halten und auf seine Offenbarungen zu hören. Oder – und das kam und kommt leider noch viel häufiger vor – wir haben ihn und seine Offenbarungen missverstanden und seine Botschaften falsch interpretiert.

Das Problem besteht nämlich darin, dass sich Gott bei seinem direkten Wirken in der Welt auf die Stufe unseres menschlich begrenzten Verständnisses hinabbegeben muss. Darüber hinaus muss er die jeweiligen kulturellen Aspekte und den besonderen Zeitgeist berücksichtigen, wenn er verstanden werden will. All dies, in Kombination mit nur sehr wenig gutem Willen unsererseits, führt dazu, dass wir Gott immer wieder falsch interpretieren und missverstehen. Und durch unsere vorgefertigten menschlichen Meinungen und Urteile setzen wir seine Offenbarungen oft sogar vorsätzlich und ganz bewusst entgegen der eigentlichen Botschaft zu unserem eigenen Vorteil und damit gegen andere Menschen ein.

Eines der größten Missverständnisse überhaupt ist es, einzelne göttliche Inkarnationen oder Offenbarungen zur einzigen und absoluten Wahrheit zu erklären. Dieser gravierenden Fehlinterpretation verdanken die monotheistischen Religionen ihre Existenz und ihren Alleinvertretungsanspruch. Allen voran das Judentum, das Christentum und der Islam nehmen diese exklusive Stellung für sich in Anspruch und verkennen damit, dass Gott sich ständig offenbart hat und neu offenbart, zu allen Zeiten, an allen Orten und in allen Kulturen. Die Haltung und der Anspruch des Monotheismus ist somit vollkommen inakzeptabel und ganz entschieden zurückzuweisen.

Der entscheidende Fehler der monotheistischen Religionen liegt darin, dass sie die unterschiedlichen Ebenen des Seins außer Acht lassen! Sie unterscheiden nicht ausreichend klar zwischen der absoluten und der relativen Wirklichkeit. Der Monotheismus betont zwar, dass es nur einen Gott gibt – das ist richtig und insoweit hat er Recht –, aber er raubt diesem einen Gott seine wahre, transzendente, allumfassende Position im Bereich des absoluten Seins und bringt ihn stattdessen hinunter auf die Ebene der relativen Wirklichkeit. So wird Gott durch die jeweilige Glaubensdoktrin und Glaubenspraxis von der einzelnen Religion vereinnahmt und zu einem exklusiven Bestandteil der eigenen religiösen Weltanschauung. Auf diese Weise wird das in Wahrheit allumfassende Sein, also die transzendente Grundlage von „Allem, was ist", zu einer kleinen, exklusiven, abgegrenzten Instanz, zu der dann nur noch die eigenen Anhänger Zugang haben. Ein solches Vorgehen hat mit dem Absoluten Gott, der Quelle von „Allem, was ist", nichts zu tun.

Das heißt jedoch nicht, dass die jeweiligen Offenbarungen, auf die sich die monotheistischen Religionen beziehen, insgesamt falsch sind oder zurückzuweisen wären. Im Gegenteil! Es geht darum, die spezielle Interpretation dieser Offenbarungen und den daraus abgeleiteten Alleinvertretungsanspruch als falsch zu identifizieren. Gott ist auf vielen Wegen erreichbar und alle seine Offenbarungen, zu allen Zeiten und in allen Teilen der Welt, können uns wichtige Hinweise geben, wie wir uns auf ihn ausrichten können. Dies gilt auch, gleichrangig neben anderen Wegen, für diejenigen Offenbarungen, die den monotheistischen Religionen zugrunde liegen.

„Den Geist dämpfet nicht, die Weissagung verachtet nicht, prüft aber alles, und das Gute behaltet." Dies rät der Apostel Paulus den Tessalonichern in seinem ersten Brief an sie vor nahezu zweitausend Jahren. Dieser weisen Aufforderung sollten nicht nur christlich orientierte Menschen entsprechen, sie taugt für uns alle, um Gottes Worte und Gottes Weisungen von menschengemachten Irrtümern und falschen Interpretationen zu unterscheiden.

Und eine solche Unterscheidung ist unbedingt notwendig! Denn im Gegensatz zur Überzeugung der Spiritualisten, die, wie wir gesehen haben, von einer komplett wertfreien Welt ausgehen, müssen wir in Wirklichkeit ständig zwischen Gut und Böse, Richtig und Falsch sowie Wahrheit und Lüge unterscheiden. Unsere Welt ist eben nicht das wertfreie Produkt einer neutralen, unbewussten Quelle, sondern sie ist die Schöpfung des allumfassenden ewigen Individuums, das wir Gott nennen. Und dieser Gott hat ein Bewusstsein und einen zielgerichteten Willen. Das, was wir in unserer Welt und in unserem Universum vorfinden, und all das, was in den parallelen, feinstofflichen Dimensionen des Seins anzutreffen ist, wurde von Gott bewusst geschaffen und gestaltet.

Aber! Gott hat seine Schöpfung nicht wie ein Uhrwerk erschaffen, das, nachdem es einmal von ihm aufgezogen wurde, automatisch nach seinen Regeln abläuft. Gott hat etwas ganz Außerordentliches getan! Er hat eine eigenständige, von ihm unabhängige Dynamik in seine Schöpfung eingebracht. Der Schlüssel für diese eigenständige, von ihm unabhängige Dynamik heißt: freier Wille! Gott hat all seine Geschöpfe mit einem freien Willen ausgestattet. Er hat ihnen die Möglichkeit gegeben, in jeder Situation frei zu wählen und sich frei zu entscheiden. Damit öffnet er seine Schöpfung für etwas Neues, etwas, das nicht von ihm vorgegeben worden ist. Gott macht aus seiner Schöpfung so etwas wie ein großes Experiment, indem er seinen Geschöpfen erlaubt, ihren eigenen Willen zu entfalten und ihre eigenen Wege zu gehen.

Und von dieser Freiheit machen seine Geschöpfe tatsächlich Gebrauch! Wir selbst, unsere Mitmenschen und alle bewussten Wesen in der Welt um uns her legen großen Wert darauf, frei entscheiden zu können, was sie denken, was sie glauben, was sie tun. Und dies gilt nicht nur für unsere materielle Ebene des Seins, auch in den feinstofflichen Dimensionen besitzen die dort lebenden Geschöpfe Gottes einen freien Willen und entsprechend gestalten sie ihr Sein.

Durch den freien Willen hat Gottes Schöpfung eine eigene Dynamik entwickelt und sie bestimmt die Richtung ihrer Entwicklung somit selbst! Die Schöpfung insgesamt schreitet in der Richtung voran, die der kollektive, gesammelte Wille der in ihr lebenden Geschöpfe vorgibt. Mit unserem freien Denken, Fühlen, Wollen und Tun gestalten wir unsere Welt und unser Schicksal also selbst und dies sowohl auf individueller als auch auf kollektiver Ebene. Und hierbei müssen wir stets zwischen Gut und Böse, Richtig und Falsch sowie Wahrheit und Lüge unterscheiden.

In seinen unzähligen und zum Teil sehr eindringlichen Offenbarungen weist uns Gott dabei den Weg. Er sagt und zeigt uns, was gut, richtig und wahr ist. Er gibt uns Ermahnungen und Handlungsempfehlungen. Mit unserem seelischen Empfinden und in unserem unsterblichen ICH-BIN-Bewusstsein haben wir darüber hinaus eine Art inneren Kompass, der stets auf Gott ausgerichtet bleibt und uns intuitiv wissen lässt, was gut, richtig und wahr ist. Aber stets haben wir trotzdem die Freiheit, selbst zu entscheiden, was wir tun. Gott zwingt uns nicht, unserem Gewissen oder seinen Empfehlungen zu folgen.

Viele Menschen sind in ihrem Leben auf Gott ausgerichtet und bemühen sich darum, seine Weisungen anzunehmen und umzusetzen. Andere Menschen sind daran weniger interessiert. Sie orientieren sich primär an ihren eigenen Wünschen und Vorteilen, ohne dabei jedoch ihr inneres Gewissen vollständig zu ignorieren oder gar anderen vorsätzlich Böses zu tun. Es gibt jedoch auch Menschen, die ihr eigenes Wohl über alles setzen und ausschließlich ihre eigenen Vorteile verwirklichen, sogar wenn dies bewusst zu Lasten anderer geschieht. Diese Personen wenden sich mit ihrem Willen und mit ihrem Verhalten gegen Gottes Geschöpfe, gegen Gottes Schöpfung, gegen Gott!

Ein solches gegen Gott gerichtetes Tun wird möglich durch den freien Willen, den uns Gott gegeben hat! Obwohl wir alle Geschöpfe des einen, absoluten Gottes sind, können wir uns gegen unseren Schöpfer wenden und unseren gegen ihn gerichteten Willen zum Ausdruck bringen. Dies tun wir, indem wir uns bei unserem Handeln zum eigenen Vorteil zum Beispiel von Lug und Trug, Falschheit und Gewalt, Gier und Zerstörung antreiben lassen. Wenn wir unseren inneren, seelisch-geistigen Kompass zum Schweigen gebracht haben und durch eine der monistischen Philosophien, die die Wertfreiheit propagieren, einen ideologischen Schutzwall gegen Gott und die von ihm vermittelten Werte errichtet haben, dann merken wir nicht einmal, dass wir uns auf Abwegen befinden. Wir sind dann davon überzeugt, das Vernünftige und das Notwendige zu tun, das eben getan werden muss, damit wir unsere Ziele erreichen.

Auf diese Weise, bewusst oder unbewusst abgewendet von Gott und geschützt durch eine von uns selbst errichtete ideologische Mauer, kommt das Böse in die Welt. Gott selbst, als das Licht der Schöpfung, ist für das Böse nicht verantwortlich! Das Böse ist Ausfluss oder Resultat des freien Willens der von Gott abgewandten Geschöpfe. Gott, das Licht, strahlt nur Leben und Liebe aus, der Schatten und damit der Tod und der Hass entstehen, wenn eine Mauer errichtet wird, die sich den Strahlen Gottes, dem Licht, entgegenstellt, es unterbricht und aussperrt. Das Licht selbst wirft keinen Schatten! Der Schatten verdankt seine Existenz nur dem von uns im Licht errichteten Hindernis, mit dem seine Strahlen ferngehalten und ausgesperrt werden.

Es ist somit ein Irrtum und ein schlimmer Fehler, Gott für das negative Geschehen in unserer Welt verantwortlich zu machen. Denn die ausschließlich positiven Intentionen Gottes kennen wir doch genau aus all den Offenbarungen, in denen er uns über die Jahrhunderte und Jahrtausende begegnet ist. Seine Absichten sind auf das Leben, die Liebe und das Licht gerichtet. Er will unser Glück und er will unser geistig-seelisches und unser körperliches Wohlergehen, er will unsere Vollkommenheit. Aber auf allen Ebenen des Seins, in unserer materiellen Welt genauso wie in den parallelen Welten der feinstofflichen Dimensionen, gibt es nicht nur freundliche, auf Gott ausgerichtete, wohlwollende Wesen, es gibt ebenso Geschöpfe, die sich von Gott abgewandt haben und die seine Schöpfung für ihre eigenen Wünsche missbrauchen. Und aus diesen Quellen fließt das Unheil in die Welt.

In nahezu allen Offenbarungsüberlieferungen dieser Welt ist der sogenannte Sündenfall, also das Abwenden der Geschöpfe von Gott, auf diese oder jene Weise, mehr oder weniger ausführlich, beschrieben. Klar wird dabei, dass die Abkehr von Gott kein spezifisch irdisches Problem ist, sondern die gesamte Schöpfung umfasst. Gerade auch in den Dimensionen der feinstofflichen Welt, also von uns aus gesehen auf den himmlischen Ebenen, haben sich Gottes Geschöpfe von ihm entfernt und sich gegen ihn gestellt. Auf diese Weise wurden von den gottabgewandten Wesen die Bereiche der Schattenwelten geschaffen, die wir Hölle nennen. In christlicher Terminologie werden diese Wesen, die gegen Gott Stellung bezogen haben, Dämonen oder Teufel genannt, im Bereich der vedischen Literatur nennt man sie Asuras und in anderen

Teilen der Welt sind sie mit anderen Namen belegt.

Und hier wird besonders deutlich, dass wir zwischen Gut und Böse unterscheiden müssen! Nicht nur in Bezug auf unsere grundsätzliche Haltung und Ausrichtung in der Welt, sondern jederzeit in unserem täglichen Leben. Und wir müssen auch entscheiden, auf welche Seite wir uns stellen wollen, auf die Seite des Lichts oder in den Dienst der Finsternis?

Gott zwingt niemanden, sich ihm zuzuwenden. Jeder hat das Recht, seinem eigenen Weg zu folgen. Gott und die positiven, Gott zugewandten, lichtvollen Kräfte dieser Welt und im Jenseits achten den freien Willen jedes Einzelnen und respektieren seine freien Entscheidungen. Ganz im Gegensatz zu den negativen, Gott abgewandten dunklen Kräften. Diese drängen uns, manipulieren uns und versuchen, uns gegen unseren Willen zu beeinflussen und uns von sich zu überzeugen.

Gott dagegen möchte, dass wir seine Liebe spüren und diese Liebe in Freiheit erwidern! Er sehnt sich danach, von all seinen Geschöpfen geliebt zu werden! Nicht mehr und nicht weniger. Und damit möchte er genau das, was auch jeder Liebhaber hier auf Erden von seiner Geliebten möchte: dass er von ihr in gleichem Maße geliebt wird, wie er sie liebt!

In der vedischen Philosophie wird die von Gott angestrebte Liebesbeziehung mit uns durch die romantische Liebe des göttlichen Paares „Radha-Krishna" versinnbildlicht. Dabei steht Krishna für den ewigen, allumfassenden, absoluten Gott, und Radha, seine Partnerin, steht nicht nur für sich selbst, sondern symbolhaft auch für jeden Einzelnen von uns. Ein wundervolles Bild mit tiefer Symbolik und der deutlichen Aussage, dass Gott als ewiges Individuum dem ewigen, individuellen Selbst in jedem Einzelnen auf diese einzigartige Weise persönlich begegnen möchte.

Es geht bei der Rückkehr zu Gott also nicht um die Verschmelzung mit irgendeinem anonymen Urgrund oder um das Aufgeben der Individualität zugunsten einer homogenen, eigenschaftslosen Einheit in der Transzendenz. All das sind falsche Vorstellungen monistischer Ideologien. Gott möchte mit uns eine immerwährende Beziehung eingehen, eine Liebesbeziehung. Er liebt uns und wünscht sich, von uns in gleicher Weise geliebt zu werden. Und hier wird auch ein weiterer, vielleicht sogar der entscheidende Sinn und Zweck unser persönlichen Freiheit deutlich: Liebe ohne Freiheit gibt es nämlich nicht! Man kann niemanden zwingen, jemanden oder etwas zu lieben. So etwas wie erzwungene Liebe gibt es nicht! Liebe kann nur freiwillig und in Freiheit gegeben werden. Liebe kann nur auf der Grundlage von Freiheit entstehen. Gegenseitige Liebe ist ein freiwilliger Austausch zwischen zwei freien Individuen.

Gott kann uns also nicht zwingen, ihn zu lieben. So funktioniert Liebe nicht. Und Gott kann uns auch nicht mit eingebauter Liebe zu ihm erschaffen, denn das wäre keine Liebe, sondern eine von ihm programmierte und damit eine für ihn wertlose Eigenschaft. Erst durch die persönliche Freiheit, den freien Willen, den er uns gegeben hat, hat Gott die Grundlage geschaffen, dass wir uns ihm freiwillig zuwenden und ihn lieben können. Gott ist in diesem Punkt ganz und gar von unserem freien Willen, von unserer ureigenen Entscheidung abhängig. Und Gott hat sich uns, durch die Offenbarung seiner Liebe zu uns, bereits ausgeliefert. Er hat sich geöffnet und sich damit „verwundbar" gemacht, so wie ein Liebhaber sich verwundbar macht, wenn er vor seiner Geliebten kniet und sie fragt, ob sie ihn lieben und heiraten will. Was für ein unglaubliches Geschehen!

Die Freiheit des Menschen allgemein und die individuelle Freiheit des Einzelnen, die als ein ganz wesentlicher und antreibender Faktor beim Materialismus und bei Spiritualismus gesehen werden kann, ist also beim Theismus ebenfalls gegeben. Ja man muss sogar sagen, diese Freiheit ist eigentlich nur und ausschließlich beim Theismus gegeben, weil nur hier das wirklich freie, ewige, individuelle Sein jedes Einzelnen als Wahrheit erkannt wird.

Wir sind ewige Individuen, die mit Gott, dem absoluten Individuum, in Beziehung stehen. Wir haben die Freiheit zu entscheiden, wie unsere Beziehung zu Gott aussehen soll. Wir können uns von ihm abwenden oder wir können die Liebe, die er uns entgegenbringt, erwidern. Genau hierin liegt unsere Freiheit!

Deutlich wird an dieser Stelle aber auch, dass unsere Freiheit nicht beliebig ist. Es macht einen konkreten Unterschied, ob wir uns für das Licht oder für die Dunkelheit entscheiden. Auf dem einen Weg wenden wir uns Gott zu und leben unser Leben als einen Weg zu ihm, hingewandt zu seinem Licht – auf dem anderen Weg wenden wir uns von ihm ab, gehen von ihm fort und leben unser Leben in der von uns geschaffenen Dunkelheit. Am Ende des einen Wegs wartet Gott auf uns, um uns zu umarmen – auf dem anderen Weg warten die Kräfte der Dunkelheit auf uns, um uns zu versklaven.

Doch auch in der tiefsten Dunkelheit gibt es Hoffnung! Ein Weg zurück ins Licht ist selbst dann möglich, wenn es auf den ersten Blick aussichtslos erscheint. Es genügt, einen einzigen Stein aus der hohen Mauer zu brechen, die die Lichtstrahlen von uns abhält. Bereits durch eine kleine Lücke wird ein wenig Licht fallen, sodass wir uns wieder orientieren können und unseren Weg durch das Labyrinth aus Irrtümern und falschen Vorstellungen zurück zu Gott finden.

Dies ist Hoffnung, die diesen Aufzeichnungen zugrunde liegt. Vielleicht treffen sie hier und da auf einen Leser, für den die niedergelegten Gedanken ausreichend inspirierend sind, sodass er oder sie sich selbst auf die Suche nach dem Licht und der Wahrheit macht.

Allen Lesern wird ein ausreichendes Maß an persönlicher Kraft für ihren individuellen Weg zu Gott gewünscht. Gott wartet auf uns alle, damit wir in ewiger, liebender Gemeinschaft mit ihm leben können.

Nichts soll dich ängstigen,
nichts dich erschrecken.
Alles geht vorüber.
Gott allein bleibt derselbe.
Alles erreicht der Geduldige,
und wer Gott hat, der hat alles.
Gott allein genügt.

(Teresa von Avila, 1515-1582, Mystikerin)

FSC

www.fsc.org

MIX

Papier aus ver-
antwortungsvollen
Quellen
Paper from
responsible sources

FSC® C105338